Werner Kehrer

SIE WAR DIE TOCHTER DES RICHTERS

Ein Schwabenkrimi

Oertel+Spörer

Ein laues Lüftchen wehte durch das geöffnete Fenster ins Büro von Gernot Maier. Der Vorsitzende Richter an der großen Jugendkammer des Landgerichts in Tübingen las sich gerade in eine Akte ein und erschrak, als sein Telefon klingelte. Das Display zeigte ihm die Nummer seiner Ex-Frau an und Maier wusste, dass ihn wieder Ärger erwartete. Dass dieser Anruf allerdings nur ein kleiner Teil der Probleme sein sollte, die auf ihn warteten, das ahnte er glücklicherweise zu diesem Zeitpunkt nicht.

»Ja, was gibt's?«, fragte er gelangweilt.

»Deine Tochter ist wieder mal abgehauen! Ist die zufällig bei dir?«, fragte seine geschiedene Ehefrau.

»Wie oft soll ich dir das noch sagen, dass auch du bei der Zeugung dieses Menschen zugegen warst und es somit auch deine Tochter ist. Und nein, ich habe gerade andere Probleme, als mich um schlecht erzogene, pubertierende Teenager zu kümmern! Hast du sie wenigstens am Handy erreicht?«

»Nein! Das ist ja wieder typisch, wenn es Probleme gibt, wiegelt der Herr Richter ab. Ich danke für die erschöpfende Auskunft, Euer Ehren!«, schimpfte Margit Maier-Hof.

Gernot Maier, Sohn eines wohlhabenden Bauunternehmers, und seine Frau hatten sich vor einigen Jahren getrennt, die Chemie passte einfach nicht mehr zwischen den Eheleuten. Aus der Ehe ging ein Kind hervor, eine Tochter namens Zita-Fee. Der Mutter wurde das Sorgerecht zugesprochen, was Gernot Maier nicht unrecht war, denn er war nicht der geborene Familienvater. Zita-Fee war siebzehn

Jahre alt und litt am meisten unter der Trennung der Eltern, vor allem vom Vater. Oft hörte sie stundenlang zu, wenn er im Wohnzimmer eine Urteilsbegründung formulierte. Gernot Maier hegte die Hoffnung, dass seine Tochter einmal in seine Fußstapfen treten könnte. Mit zunehmendem Alter aber entfremdete sie sich von ihm. Nun war sie also wieder mal von zu Hause weggelaufen, wie dies nach Disputen mit ihrer Mutter in letzter Zeit des Öfteren passierte. Meistens tauchte sie tatsächlich bei ihrem Vater auf und klagte ihm ihr Leid. Der konnte sie bisher jedes Mal überreden, nach Hause zurückzukehren, nachdem er ihr finanziell unter die Arme gegriffen hatte. Also war es nur eine Frage der Zeit, bis Zita-Fee in seinem Büro auftauchte. Eigentlich hatte er an diesem Tag aber keine Zeit für die Probleme seiner Tochter, denn es stand eine schwierige Verhandlung gegen vier Jugendliche wegen einer Gruppenvergewaltigung in einem Jugendzentrum in Tübingen an.

Gerd Fröhlich sah auf den Wecker. Es war halb sieben und Sonntag. Die Vögel am Ufer des Bodensees in Langenargen machten schon mächtig Lärm und die Sonne schien bereits ins Wohnzimmer der Ferienwohnung. Also stand er auf und ging zur Tür, die auf den Balkon führte. Um diese Zeit lag der See ruhig da, nur ein paar Fischer sorgten mit ihren Booten für Bewegung auf dem Wasser. Er schaute mit dem bereitliegenden Fernglas hinüber zu den Schweizer Alpen. Der Säntis war an diesem Morgen zum Greifen nahe, was bezüglich des Wetters nichts Gutes zu bedeuten hatte. Nachdem er das Fernglas wieder beiseitegelegt hatte, fiel ihm das Motorboot auf, das, ein wenig zur Seite geneigt, etwa fünf Meter vom Ufer entfernt lag. Wieder nahm er das Fernglas zur Hand und sah hinüber. Da er keine Ankerleine oder Ähnliches erkennen konnte, nahm er an, dass sich das Boot irgendwo losgelöst hatte und bis hierher abgetrieben worden war. Anhand der Kennung »FN« sah er, dass es in Friedrichshafen registriert worden war. Es handelte sich um eine stattliche Jacht, deren Oberdeck mit weißen Sitzgarnituren ausgestattet war. Auf einer dieser Sessel meinte Gerd Fröhlich deutliche Spuren, die er für Blut hielt, erkannt zu haben. Aufgeregt ging er zurück ins Wohnzimmer, um sein Handy zu suchen. Inzwischen war auch seine Frau aufgewacht und protestierte gegen den Lärm, den ihr Mann verursachte. Der suchte fluchend weiter nach dem Telefon.

»Was suchscht du denn om dui Zeit, um Gottes willen?«, schimpfte sie.

»Mei Handy, mo hosch du denn des wieder verschoppet?«

»Gugg halt em Bad, wahrscheinlich hoschs do liega glassa! Was isch denn los?«

Inzwischen war sie ebenfalls aufgestanden. Tatsächlich kam ihr Mann mit dem Handy zurück aus dem Bad. Sofort wählte er die Notrufnummer der Polizei.

»Ja, hallo! Hier spricht Fröhlich, Gerd Fröhlich! Bei uns am Ufer liegt eine Motorjacht. Es sieht so aus, wie wenn die sich losgerissen hätte. Und am Oberdeck sieht alles blutverschmiert aus! Ach so, ja! Langenargen, Obere Seestraße! Residenz am See, die Hausnummer weiß ich im Moment net!«

Keine fünf Minuten nach dem Anruf traf eine Streife vom Polizeiposten in Langenargen ein. Gerd Fröhlich ging vor die Haustür, um die Beamten in Empfang zu nehmen. Er führte sie in seine Ferienwohnung und zeigte ihnen aufgeregt das Boot auf dem Wasser. Einer der Beamten hatte selber ein Fernglas dabei und sah nun hinüber zu der Jacht.

»Ich sehe Blut oder so was Ähnliches auf dem Sitz am Oberdeck. Ans Boot kommt man aber nur von der Wasserseite her. Da müssten die Kollegen vom Wasserschutz heranfahren, um das Boot abzuschleppen!«, sagte der Beamte zu seinem Kollegen.

Dieser zückte ein Funkgerät und gab den Sachverhalt durch. Dann gingen die Beamten wieder zurück zu ihrem Fahrzeug. Wenig später hörte man das Brummen des Wasserschutzpolizeibootes. Gerd Fröhlich beobachtete, wie ein Schlauchboot zu Wasser gelassen wurde, um näher an die Jacht zu kommen.

»Do wird doch nix Schlemms passiert sei!«, jammerte seine Frau.

»No kennat mir 's au nemme verheba«, antwortete Fröhlich.

Inzwischen wurde die Jacht über ein Tau mit dem Polizeiboot verbunden und in Richtung Hafen abgeschleppt. Da Fröhlich einen sehr guten Rundumblick von seinem Balkon hatte, konnte er erkennen, dass im Hafen von Langenargen inzwischen mehrere Fahrzeuge der Polizei eingetroffen waren.

»I gang gschwind hoch zum Bäcker und hol a baar Weckla!«, sagte Fröhlich und zog sich die Schuhe an.

Als er auf dem Weg zum Bäcker am Hafen vorbei kam, sah er, dass der Liegeplatz der Jacht weiträumig abgesperrt worden war. Männer in weißen Schutzanzügen machten sich an dem Boot zu schaffen.

Kurz nach Dienstbeginn wurden die beiden Polizeikommissare Heiner Kromer und Hans Auwärter von der Wasserschutzpolizei Friedrichshafen informiert, dass sich unweit des Ufers vor Langenargen ein führerloses Boot befindet. Die Kollegen von der Nachtschicht hatten schon allerhand zu tun, da in der lauen Samstagnacht überall am und auf dem See gefeiert worden war. Es war gang und gäbe, dass nach einer Feier auf den Booten geschlafen wurde.

»Isch wieder einer besoffen gewesen und hat den Anker vergessen!«, maulte Heiner Kromer.

»'S däd mi nett wundere!«, antwortete Hans Auwärter.

Sie starteten die Maschine des Polizeibootes und fuhren hinaus auf den See. Es waren bis zur Einsatzstelle wenige Hundert Meter. Da der Wasserstand des Bodensees in diesem Jahr sehr niedrig war, mussten die beiden Beamten das Beiboot benutzen, um zu der herrenlosen Jacht zu gelangen. Als sie am Heck festgemacht hatten, ging Auwärter über eine Leiter an Bord.

»Hallo! Ist jemand an Bord?«, rief er.

Dann folgte ihm sein Kollege Kromer. Vorsichtig öffneten sie eine Tür, die in den unteren Bereich des Bootes führte. Es schien niemand anwesend zu sein. Hans Auwärter ging nun über eine Treppe nach oben.

»Heiner, komm amol! Guck dir das mal an!«, rief er aufgeregt.

Eine große Blutlache breitete sich auf dem Boden vor dem Ruderstand aus.

»Da isch jemand abgschdocha worda!«, antwortete Kromer und nahm sein Funkgerät in die Hand.

Er meldete die ersten Beobachtungen an die Zentrale und ging wieder vorsichtig die Treppe hinunter, um keine Spuren zu verwischen. Hans Auwärter folgte ihm. Die Ermittlungsmaschinerie der Kriminalpolizei lief nun in vollem Umfang an. Polizeikommissar Heiner Kromer fuhr mit dem Schlauchboot zurück, um ein Seil zu holen, welches zum Freischleppen der Jacht benötigt wurde. Nachdem das Seil am Bug festgemacht worden war, begann die Bergung der Jacht. Diese wurde zunächst in den Hafen von Langenargen geschleppt und dann dieser weiträumig abgesperrt, damit Neugierige auf Abstand gehalten wurden, die die Arbeit der Ermittler behindern konnten. Nach und nach trafen Einsatzkräfte der verschiedensten Abteilungen der Polizei ein. Da der Verdacht auf ein Kapitalverbrechen bestand, war auch der diensthabende Staatsanwalt vom Landgericht in Ravensburg verständigt worden. Da es Sonntagmorgen war und der Staatsanwalt in Meersburg wohnte, war dieser schon nach einer halben Stunde da. Die ersten Beamten, die nach Kromer und Auwärter die Jacht betraten, waren die Spezialisten der Spurensuche in ihren weißen Schutzanzügen. Da die Sonne bereits ihre Wärme mächtig an die Umgebung abgab, standen den Spurensuchern bereits jetzt die Schweißperlen auf der Stirn. Sofort begannen sie mit ihrer Arbeit. Auf dem Kai am Anlegeplatz standen nun mehrere Beamte und beratschlagten das weitere Vorgehen. Die Ermittlungen vor Ort wurden auf Kriminalhauptkommissar Hein Mommsen und Kriminalkommissar Franz Bäuerle übertragen. Beide waren gerade eingetroffen und gesellten sich zu der Gruppe.

»Was können wir schon zur Sache sagen?«, fragte der Staatsanwalt die Anwesenden.

»Eigentlich noch gar nichts, weil wir erst einmal abwarten müssen, ob es sich um Menschenblut handelt«, antwortete Hans Auwärter.

»Wurde der Halter des Bootes schon ermittelt?«, fragte der Staatsanwalt weiter.

»Das wurde schon veranlasst, ja! Das dauert noch ein

wenig, da die Dienststelle im Schifffahrtsamt heute nicht besetzt ist.«

Einer der Spurensucher kam von Bord und ging auf die Beamten zu.

»Also es handelt sich eindeutig um Menschenblut. Der Menge nach zu urteilen, hat die Person den Blutverlust erfahrungsgemäß nicht überlebt. Dem Gerinnungsgrad nach zu urteilen, war der Blutaustritt vor etwa fünf bis sechs Stunden«, berichtete er.

»Hm, das wäre also Samstagnacht. Und wo ist die Person jetzt?«, fragte Kriminalkommissar Franz Bäuerle.

»Wenn wir Pech haben, auf dem Grund des Sees. Und dann finden wir sie nie wieder!«, antwortete Hans Auwärter.

»Wenn sich die Faktenlage einigermaßen geklärt hat, müssen wir uns wohl an die Öffentlichkeit wenden. Wo ist denn das Boot registriert, weiß man das schon?«

»Das alles werden wir in den nächsten Minuten erfahren!«, gab Hans Auwärter zur Antwort.

»Gut, meine Herren! Ich werde mich dann mal verabschieden! Halten Sie mich bitte auf dem Laufenden!«, sagte der Staatsanwalt und stieg in sein Auto.

Wenig später klingelte das Handy von Heiner Kromer. Er nahm ein Notizbuch zur Hand und notierte ein paar Zeilen. Dann bedankte er sich und beendete das Telefonat.

»Soeben hat das Seeamt angerufen. Die Jacht ist hier in Langenargen im Ultramarin angemeldet. Der Eigner ist ein gewisser Gernot Maier aus Reutlingen. Ich gebe euch die Kontaktdaten, damit ihr den Mann erreichen könnt, falls er nicht das Opfer ist.«

Kriminalhauptkommissar Hein Mommsen notierte sich die Daten und sah auf die Uhr.

»Halb neun, ich denke mal, da dürfte schon jemand zu erreichen sein!«, sagte er mit norddeutschem Akzent.

Mommsen war Hamburger und der Liebe wegen an den See gezogen. Er hatte seine Frau an einem frühen Sonntagmorgen in der Fischauktionshalle in Hamburg-Altona kennengelernt. Sie war bei einem Junggesellenabschied und er auf Ermittlungen in Sachen Rauschgiftkriminalität unterwegs. Auf dem Gang zur Toilette war er mit ihr zusammengestoßen, als er einen Dealer verfolgte. Nach der Festnahme des Mannes entschuldigte er sich bei ihr und so nahm das Schicksal seinen Lauf. Er wohnte schon seit über zehn Jahren in Litzelstetten und fühlte sich sehr wohl. Probleme gab es am Anfang nur mit der Bedächtigkeit seiner badischen Kollegen; das hatte sich aber inzwischen gelegt. Seine Erfahrung aus der Großstadt half ihm hier im ländlichen Raum weiter, weshalb er als Ratgeber bei seinen Kollegen sehr geschätzt war.

»Da geht keiner ran!«, sagte Mommsen und steckte sein Handy wieder in die Tasche.

»Da wird uns nichts anderes übrig bleiben, als mit den Kollegen in Reutlingen in Verbindung zu treten«, sagte Franz Bäuerle.

Kurze Zeit später verließen die Spurensucher die Jacht und verstauten ihre Koffer in ihrem weißen Sprinter.

»Den Schuh haben wir unter einem Bett gefunden. Ansonsten fanden wir keine Hinweise auf Kleidung oder so was. In der Kochecke steht ein Messerblock, bei dem ein Exemplar fehlt. An Bord konnten wir es nicht finden. Das Boot ist zwar schon etwas älter, aber es ist mit moderner Funk- und Radartechnik ausgestattet. Unter Umständen kann man dadurch ein Bewegungsprofil des Bootes erstellen. Vorausgesetzt, es war während der Fahrt in Betrieb. Jemand hat wohl versucht, die Blutspuren zu beseitigen, ist aber am Aufwand gescheitert. Wir konnten einige DNA-Spuren und viele Fingerabdrücke sichern, die müssen wir aber erst auswerten«, berichtete der Mann.

»Ja gut, danke. Dann wünschen wir noch einen schönen Sonntag!«, verabschiedete Mommsen die beiden.

»Was machen wir jetzt?«, fragte Bäuerle.

»Ich schau mich mal auf dem Boot um«, antwortete Mommsen und stieg die Leiter hinauf. Franz Bäuerle folgte ihm. In der Kombüse fiel sofort der Holzblock auf, in dem eines der Messer fehlte. Mommsen öffnete diverse Schubladen, um deren Inhalt zu untersuchen. Er öffnete den Kühlschrank und fand zu seiner Überraschung frische Lebensmittel.

»Sag mal, wenn du den Kühlschrank füllst, dann bleibst du doch für länger. Aber warum finden wir dann keine Kleidung? Oder nur diesen einen Schuh?«, fragte Bäuerle.

»Da wollte jemand unbedingt Spuren beseitigen. Und offensichtlich hat das ja ganz gut geklappt.«

Beide gingen wieder nach oben zum Steuerstand.

»Das Boot ist auf dem neuesten technischen Stand! Da ist sogar ein Radar verbaut. Solche Boote werden sehr gerne zum Drogenschmuggel verwendet. Wir sollten uns den Eigner einmal unter die Lupe nehmen!«, murmelte Mommsen vor sich hin, während er an der technischen Bordeinrichtung herumspielte. Plötzlich wählte sich ein Telefon irgendwo lautstark ein. Mommsen drückte einen Knopf auf dem Tableau und schon war es wieder aus.

»Da war die ganze Zeit ein Telefon im Hintergrund aktiv. Das könnte uns helfen, den Aktionsradius des Bootes aufzuzeichnen. Das ist vielleicht noch sehr wichtig für unsere Ermittlungen«, sagte Mommsen und ging wieder zurück an Land.

Franz Bäuerle folgte ihm und ging zum Dienstfahrzeug, um ein Funkgerät zu holen, das er vergessen hatte. An der Uferpromenade standen nun viele Neugierige und beobachteten die Arbeit der Polizei. Sogar ein Reporter hatte sich eingefunden und löcherte die Beamten des Langenargener Reviers mit seinen Fragen.

Mommsen versuchte abermals, den Eigner des Bootes zu erreichen. Nach wenigen Augenblicken wurde auch tatsächlich abgehoben.

»Maier«, war die kurze Ansage.

»Guten Tag, Herr Maier! Mein Name ist Kriminalhauptkommissar Mommsen vom Kriminalkommissariat Konstanz. Sind Sie der Eigner des Bootes mit der Kennung FN-23045?«

»Kriminalpolizei? Was ist los? Ich weiß doch die Nummer von dem Boot nicht auswendig!«

»Im Seeamt sind Sie als Eigner eingetragen.«

»Warten Sie, ich schau mal kurz nach!«, antwortete Maier.

Mommsen hörte im Hintergrund, wie er mit irgendwelchen Papieren raschelte.

»Hören Sie, ich finde im Augenblick die Zulassungspapiere nicht, die sind mir abhandengekommen, obwohl ich sie immer bei mir trage. Warum rufen Sie überhaupt an?«

»Ihr Boot wurde führerlos an das Ufer von Langenargen angetrieben. Wir haben Anlass zu der Vermutung, dass an Bord eine Gewalttat verübt wurde. Waren Sie gestern oder an den Vortagen hier vor Ort?«

»Eine Gewalttat sagen Sie? Was für eine Gewalttat?«

»Darüber können wir aus ermittlungstaktischen Gründen keine Auskunft geben!«

»Hören Sie, Herr Kriminalhauptkommissar! Sie sprechen mit Gernot Maier, ich bin Richter am Landgericht in Tübingen. Also geben Sie mir bitte detaillierte Auskunft, was vorgefallen ist!«

Mommsen nahm das Telefon einen Augenblick vom Ohr und schrieb den Namen des Richters auf einen Zettel. Den reichte er seinem Kollegen, der ihn aufmerksam durchlas und dann sein Laptop aufklappte, um nach Richter Maier am Landgericht Tübingen zu suchen. Nachdem Bäuerle den Daumen nach oben gerichtet hatte, sprach Mommsen weiter.

»Also Herr Maier, wir haben folgende Situation vor Ort: Ihr Boot wurde am Ufer treibend von einem Passanten entdeckt. Nachdem es von den Kollegen der WAPO geborgen wurde, entdeckten wir massive Blutspuren am Oberdeck. Die Spurensucher haben es eindeutig als menschliches Blut identifiziert. Können Sie sich vorstellen, von wem die Blutspuren stammen könnten?«

»Von mir jedenfalls nicht! Ich werde mich sofort auf den Weg machen, und mir das vor Ort anschauen. Ich bitte Sie, keine Details an die Öffentlichkeit zu geben!«, sagte Maier und legte sofort auf.

»Also, dann warten wir mal, bis der Herr Richter hier auftaucht«, sagte Mommsen zu Bäuerle.

Die beiden gingen die paar Meter zum Polizeirevier, das sich in der Nähe des Rathauses in Langenargen befand. Später wollten sie dem Hafenmeister des Ultramarin-Geländes einen Besuch abstatten.

Gernot Maier rief nach dem Telefonat mit der Kripo Konstanz sofort bei seiner Ex-Frau an. Es dauerte eine ganze Weile, bis jemand ans Telefon ging.

»Jaaa?«, meldete sich eine verschlafene Stimme.

»Ich bin es, Gernot!«, sagte Maier aufgebracht.

»Was willst du schon so früh am Morgen?«, blaffte Margit Maier-Hof zurück.

»Warst du unten am See?«

»Ich? Was soll ich da?«

»Wo ist unsere Tochter?«

»Ich dachte, die ist bei dir!«

»Sie ist nicht bei mir, wozu auch! Du hast doch das Sorgerecht erstritten! Hast du eine Ahnung, wo sie sich aufhalten könnte und mit wem?«

»Nein. Ich habe dir doch gesagt, dass die mal wieder ausgebüxt ist! Darf man wissen, was los ist?«

»Auf meinem Boot sind Blutspuren von einem Menschen gefunden worden. Außerdem fehlen meine Bootspapiere und der Schlüssel. Die muss mir Zita gestohlen haben, als sie das letzte Mal da war! Ich hoffe nur, dass die keinen Mist gebaut hat! Ich fahre jetzt sofort an den See und schaue mir die Sache an!«

»Es wird ihr doch nichts passiert sein?«

»Deiner Tochter passiert schon nichts, ich fürchte, dass jemand anderes das Opfer ist!«

»Na, das nennt man Vaterliebe, vielen Dank!«, Margit Maier-Hof unterbrach die Verbindung.

Gernot Maier stieg in sein Auto und machte sich auf den Weg an den Bodensee. Er nahm einen Schal mit, den seine Tochter bei ihm liegen gelassen hatte. Unterwegs machte er sich Gedanken über sein Verhalten gegenüber seiner geschiedenen Frau. Warum hatte er sich so benommen? Traute er tatsächlich seiner Tochter eine Gewalttat zu? Völliger Blödsinn! Genauso wenig wollte er wahrhaben, dass seine Tochter Opfer einer Gewalttat sein konnte. Das Ganze würde sich schon irgendwie aufklären!

Es dauerte fast zwei Stunden, bis Maier die Ortsgrenze von Langenargen erreicht hatte. Er fuhr direkt ins Ortszentrum, wo er vor einer Apotheke einen Parkplatz fand. Er hastete die paar Meter hinüber zum Hafengelände. Da sah er auch schon sein Boot, das hinter einer Absperrung am Kai festgemacht worden war. Zwei Polizeibeamte waren davor postiert, damit keine Neugierigen zu nahe kamen. Maier ging direkt auf die Beamten zu.

»Das ist mein Boot, wo sind die beiden Kripobeamten, mit denen ich telefoniert habe?«

»Können Sie sich ausweisen?«, fragte einer der Uniformierten.

Genervt kramte Maier seinen Ausweis hervor und hielt ihn dem Beamten unter die Nase.

»Also, Herr Maier, die Kollegen sind drüben in der Dienststelle. Wir dürfen Sie nur mit Genehmigung auf das Boot lassen.«

»Ich bin Richter am Landgericht in Tübingen! Holen Sie mir die Kollegen her, sofort!«

Einer der Beamten nahm ein Funkgerät in die Hand und gab die Meldung durch, dass der Bootseigner inzwischen eingetroffen war. Wenig später erschienen Franz Bäuerle und Hein Mommsen am Kai.

»Hab ich mit Ihnen telefoniert?«, fragte Gernot Maier aufgeregt.

»Ja, haben Sie, Herr Richter!«, antwortete Mommsen sarkastisch.

»Jetzt lassen Sie mich auf mein Boot, ich will sehen, was passiert ist!«, sagte Maier schnaubend und schob den uniformierten Beamten einfach zur Seite.

Mommsen zeigte Maier hinterrücks den Vogel, was seine Kollegen zu einem zustimmenden Nicken veranlasste. Gebannt blieb der Richter an der Stelle stehen, an der sich die Blutlache befand. Dann hielt er inne und senkte den Kopf.

»Haben Sie eine Vermutung, von wem das Blut stammen könnte?«, fragte Bäuerle.

»Nein! Nein! Ich hoffe, dass ich es nicht weiß!«, antwortete Maier mit belegter Stimme. »Vor ein paar Tagen ist meine Tochter von zu Hause ausgebüxt. Sie wohnt bei meiner geschiedenen Frau. Meine Bootsschlüssel fehlen und auch die Chipkarte, die zum Einlass in das Bootsgelände nötig ist. Die Sachen hat meine Tochter wohl bei ihrem letzten Besuch bei mir mitgenommen.«

»Wie alt ist Ihre Tochter?«

»Siebzehn, sie ist vor einem Monat siebzehn geworden.«

»Hat sie ein Handy?«

»Ja, aber sie ist nicht erreichbar.«

»Haben Sie einen persönlichen Gegenstand …«

»Ja, ich habe einen Schal dabei. Da hat es genug Haare für eine DNA-Analyse dran. Ich habe ihn in meinem Auto.«

»Wie kam Ihre Tochter hierher?«

»Sie hat eine Bahncard. Sie ist sicher mit dem Zug gekommen. Das hat sie schon öfter gemacht.«

»Jetzt würden wir gerne zum Liegeplatz hinüber in den Ultramarinhafen fahren, um mit dem Hafenmeister zu sprechen. Würden Sie uns dahin begleiten?«

»Ja, natürlich!«

Gernot Maier setzte sich zu den beiden Kripobeamten in den Dienstwagen. Wenig später hielten sie vor dem Eingang des hochmodernen Ultramaringebäudes an und gingen direkt zum Büro des Hafenmeisters.

Dort war natürlich an diesem Sonntag viel los. Einige der Nachtausflügler hatten nicht mehr ihren Liegeplatz gefunden und hatten einfach am nächstbesten angelegt, was natürlich zu Differenzen mit den rechtmäßigen Anliegern führte. Kriminalkommissar Hein Mommsen unterbrach die Diskussion zwischen dem Hafenmeister und den Skippern, indem er seinen Dienstausweis zog und in die Höhe hielt.

»Darf ich mal kurz unterbrechen!«, rief er. »Wir haben ein paar Fragen an den Hafenmeister in einer wichtigen Sache!«

»Was gibt's denn so brennendes?«, antwortete der Hafenmeister sichtlich genervt.

»Können wir uns irgendwo in Ruhe unterhalten?«

»Da kann ja jeder kommen!«, maulte einer der Segler.

»Gehen Sie einen Augenblick raus aus dem Büro! Hier geht es um Ermittlungen«, sagte Franz Bäuerle und schob die Freizeitkapitäne aus dem Büro.

»Mein Name ist Gernot Maier, mein Boot liegt normalerweise da hinten am Steg 1, kurz vor der Hafenausfahrt. Offenbar ist meine Tochter mit dem Boot am Freitag letzte Woche auf den See hinausgefahren und nicht mehr zurückgekehrt.«

»Maier sagten Sie?«, fragte der Hafenmeister nach und setzte sich an seinen Schreibtisch. Er rief den Hafenplan auf dem Computer auf.

»Ja stimmt, da sind Sie eingetragen und sogar noch mit einem Besetztschild markiert. Das heißt also, das Boot sollte eigentlich wieder zurückkommen.«

»Sie haben doch eine Webcam, die die Hafenausfahrt und den Hafen zeigt. Werden die Bilder gespeichert?«, fragte Hein Mommsen.

»Nein, das dürfen wir nicht mehr.«

»Sie können uns dann auch nicht sagen, wann das Boot von Herrn Maier das Gelände verlassen hat?«

»Eigentlich nicht. Aber wir haben zur Sicherheit gegen den Diebstahl von Außenbordern natürlich eine nicht offizielle Überwachungskamera installiert. Die speichert schon Bilder.«

»Welche Bereiche deckt die Kamera ab? Und wie lange werden die Daten gespeichert?«

»Den gesamten Hafen. Die Aufzeichnungen werden eine Woche gespeichert. Warum fragen Sie?«

»Wir vermuten, dass auf Herrn Maiers Boot ein Gewaltverbrechen geschehen ist. Wir wollen wissen, wer mit dem Boot den Hafen verlassen hat und wann«, mischte sich Bäuerle ein.

»Ich weiß nicht, ob ich das darf!«

»Sie dürfen! Ich bin Richter am Landgericht in Tübingen. Ich kann das anordnen!«, fügte Gernot Maier hinzu.

Der Mann rief eine Datei auf seinem Bildschirm auf und öffnete sie.

»Wann soll denn das gewesen sein?«, fragte der Hafenmeister sichtlich genervt.

»Ich denke so am Freitagnachmittag«, antworte Maier.

Gernot Maier stand nun hinter dem Hafenmeister und sah auf den Bildschirm. Es waren Videosequenzen von ein paar Sekunden zu sehen, die das Hafengelände abbildeten.

»Da, da liegt mein Boot. Sehen Sie?«, rief Maier aufgeregt.

»Es ist noch abgedeckt, also war auch noch niemand an Bord«, bemerkte Bäuerle, der eine Lesebrille aufgesetzt hatte.

Nun konnten alle Sequenzen übersprungen werden, auf denen das abgedeckte Boot sichtbar war. Dann plötzlich, am Freitagnachmittag um fünf Uhr, fehlte die Abdeckung. Der Hafenmeister klickte die Sequenz davor an und ließ sie ablaufen. Im letzten Augenblick, bevor die Kamera umschwenkte, sah man eine Frau auf dem Boot, wie sie die Schutzplane entfernte.

»Das ist meine Tochter«, sagte Gernot Maier leise.

Bei der nächsten Aufnahme sah man, wie die Frau eine Reisetasche an Bord brachte. Später dann, war das Boot plötzlich weg.

»Sie verließ also kurz nach sieben Uhr am Abend den Hafen«, bemerkte der Hafenmeister.

»Jetzt wäre interessant, ob sie in der Nacht wieder zurückkehrte, oder ob sie zwei Tage auf dem See verbrachte«, sagte Hein Mommsen.

»Um die ganzen Videos anzuschauen, fehlt mir die Zeit! Sie sehen ja, was da draußen los ist«, erklärte der Hafenmeister.

»Da können wir helfen, speichern Sie die ganzen Dateien auf diesem Stick und wir schauen uns alles in Ruhe an!«, sagte Bäuerle und hielt dem Mann einen USB-Stick vor die Nase.

»Ich weiß nicht, ob ich das darf!«, sagte der Mann zweifelnd.

»Sie dürfen, Sie haben meine richterliche Anweisung. Ich spreche mich noch mit dem Amtsgericht in Tettnang ab und gebe es Ihnen gerne schriftlich!«, beruhigte ihn Gernot Maier.

Dann nahm der Mann den USB-Stick und verschob sämtliche Dateien darauf. Anschließend verabschiedeten sich Mommsen, Bäuerle und Maier und fuhren zurück zur Dienststelle nach Langenargen. Dort begann ein Beamter sofort, das Bildmaterial auszuwerten. Diese Arbeit würde bestimmt ein paar Stunden in Anspruch nehmen. Inzwischen bekam Gernot Maier von der Staatsanwaltschaft die Freigabe seines Bootes und brachte es zurück zum Ultramarinhafen. Anschließend fuhr er wieder zurück nach Hause.

Am späten Nachmittag klingelte Gernot Maier bei seiner Ex-Frau. Auf dem Weg dorthin war ihm ein Mann aufgefallen, den er zu kennen schien. Er wusste aber nicht recht, wo er diesen einordnen sollte. Er konnte das Gesicht nicht genau erkennen, da sich der Mann in dem Augenblick umdrehte, als Maier ihn mit dem Auto passierte. Er musste eine Weile warten, bis aufgemacht wurde. Margit Maier-Hof öffnete, nur mit einem Handtuch bekleidet, die Tür.

»Du? Was willst du?«, fragte sie erstaunt.

»Ja ich. Hast du jemand anderes erwartet?«

»Das geht dich nichts an«, wandte sie sich ab und wollte die Tür schließen, um Gernot Maier den Zutritt zu verwehren.

»Ich möchte das Zimmer unserer Tochter sehen!«

»So wie früher, wo du ihr immer nachspioniert hast? Kannst du sie nicht in Ruhe lassen?«

»Hör zu, es kann sein, dass Zita einem Verbrechen zum Opfer gefallen ist! Sollte sich der Tatbestand bestätigen, tauchen bei dir demnächst Kriminalbeamte auf und wollen das Zimmer sehen. Wir sollten ein paar Dinge entfernen, um nicht ins Gespräch der Leute zu kommen!«

»Du meinst doch sicher, dass deine Tochter gekifft hat, oder?«

»Ja, das auch. Das muss nicht unbedingt an die Öffentlichkeit gelangen!«

»Du hast doch nur Angst um deinen Ruf, sonst nichts. Dich interessiert nicht, was deiner Tochter passiert ist! Das hat dich noch nie interessiert! Für dich gab es doch nur deine Karriere bei Gericht. ›Vielleicht hab ich die Chance nach Karlsruhe berufen zu werden‹, hör ich dich noch predigen. Dass aber deine Tochter in der Schule ein ums andere Mal eine Fünf schreibt, kümmerte dich nicht! Dazu ist ja die Mutter da, die ist doch schließlich Sonderschullehrerin! Geh jetzt, es ist genug geredet! Zita wird wieder nach Hause kommen, das weiß ich! Und untersteh dich, in ihr Zimmer zu gehen!«, brüllte Margit Maier und schob ihren Ex-Ehemann zur Wohnung hinaus.

Ziemlich bedröppelt stieg er in sein Auto und blieb noch eine Weile sitzen, um nachzudenken. Seine Ex-Frau hatte die Situation anscheinend überhaupt nicht begriffen. Er hatte aber keine Möglichkeit einzugreifen und die Lage so zu lenken, dass er und sein Ruf unbeschadet blieben. Tatsächlich hatte er seine Tochter verdächtigt, Drogen zu konsumieren. Zwar beteuerte sie ihm gegenüber immer wieder, dies nicht zu tun, aber er wusste aus Erfahrung, dass auf Partys der jungen Leute die Joints reihum gingen. Sollte die DNA-Probe der Haare am Schal seiner Tochter, den er den Polizeibeamten übergeben hatte, mit der aus der Blutlache übereinstimmen, würde es tatsächlich nicht lange dauern, bis die Kripo bei seiner Ex-Frau auftauchte. Er startete sein Auto und fuhr nach Hause. Den ganzen Abend dachte er nach, wie er sich in den nächsten Tagen verhalten sollte. Bisher war er immer auf der anderen Seite eines Kriminalfalles. Diese Situation war neu für ihn und belastete ihn zusehends. Den ganzen Abend versuchte er, seine Tochter auf ihrem Handy zu erreichen. Er hatte die Hoffnung noch nicht aufgegeben. Aber zu seiner Enttäuschung kam keine Verbindung zustande.

Am Wochenende ging es in der Bundesliga heiß her. Die Favoriten auf die Meisterschaft hatten allesamt verloren, sogar der alles beherrschende FC Bayern München. Kriminalhauptkommissar Gerhard Meininger war Anhänger des VfB Stuttgart und musste sich der Angriffe der Bayernfans unter seinen Kollegen erwehren. Die Stuttgarter hatten auswärts gewonnen, was Meininger zum Anlass nahm, die Vorzüge der Mannschaft hervorzuheben. Die Diskussion wurde durch ein Telefonat unterbrochen. Es war der Oberstaatsanwalt aus Tübingen, der mitteilte, dass ihm und der Kripo Reutlingen ein Vermisstenfall mit vermutlicher Todesfolge von der Staatsanwaltschaft in Ravensburg zugestellt werde. Dabei ging es um eine vermisste Siebzehnjährige aus Reutlingen, die in Langenargen vermutlich einem Gewaltverbrechen zum Opfer gefallen sei. Meininger hörte sich den Sachverhalt kommentarlos an und legte, nachdem er mit einem kurzen »Ja«, geantwortet hatte, auf.

»Wer war denn das am frühen Montagmorgen?«, fragte sein langjähriger Kollege Christian Fromm.

»Der Oberstaatsanwalt, er wird uns eine Vermisstensache zukommen lassen«, antwortete Meininger gelangweilt.

Wenig später brachte der Amtsbote einen Aktenordner und legte ihn direkt vor Meininger auf den Schreibtisch. Der öffnete den Ordner und las halblaut vor sich hin.

»Maier. Zita-Fee. Alter siebzehn Jahre …«, brummte er vor sich hin. »Seltsamer Name, Zita-Fee.«

»Moment mal, was sagst du da gerade?«, fragte Carsten Dombrowski.

»Hm? Ach so, ja da wird eine Siebzehnjährige mit dem Namen Zita-Fee Maier vermisst. Die soll wohl auf dem Bodensee verschwunden sein.«

»Auf dem Bodensee? Was geht das uns an?«, mischte sich Christian Fromm ein.

»Die stammt aus Reutlingen, wohnhaft …«

»Nördlinger Straße!«, fiel ihm Dombrowski ins Wort.

»Woher weißt du, wo die wohnt?«, fragte Meininger verwundert.

»Sagt dir der Name Maier nichts?«

»Davon gibt's in Reutlingen bestimmt mehrere Hundert.«

»Aber niemand dessen Tochter Zita-Fee heißt. Da gibt es nur einen.«

»Ach du Scheiße! Na klar!«, Meininger schlug sich mit der Hand auf die Stirn und setzte sich ruckartig in seinem Bürosessel auf. »Das ist doch das Töchterlein vom Richter ›Gnadenlos‹!«

»Stimmt«, fügte Fromm hinzu.

Gernot Maier war Vorsitzender Richter bei der Jugendstrafkammer am Landgericht in Tübingen. Er galt als Verfechter einer harten Linie im Jugendstrafrecht, vor allem wenn es um Drogenmissbrauch ging. Nun also war ausgerechnet dessen Tochter verschwunden. Die junge Frau hatte schon mehrmals mit der Polizei zu tun gehabt, ihr Vater konnte sie aber jedes Mal vor einer Strafe retten.

»Die heißt doch in Fachkreisen die ›Rote Zora‹ oder nicht?«, fügte Dombrowski hinzu.

»Wie heißt der Spruch? Pfarrers Tochter, Müllers Vieh, die geraten selten oder nie! Im übertragenen Sinne natürlich«, meinte Fromm

»Der Herr Philosoph wächst wieder über sich hinaus!«, brummte Meininger.

Der Kriminalhauptkommissar blätterte nachdenklich in der Akte. Er wusste aus Erfahrung, dass dieser Fall schwierig werden würde. So dauerte es auch nicht lange, bis Gernot Maier persönlich in der Dienststelle der Kripo in Reutlingen auftauchte. Ohne anzuklopfen, betrat er den Raum.

»Guten Morgen, die Herren!«, begann er hektisch. »Haben Sie die Akte Maier schon bekommen?«

»Ja, Herr Richter. Wir haben die Akte soeben erhalten«, antwortete Meininger seelenruhig.

Er gab sich mit Absicht gelassen, um Maier seine lästige Hektik zu nehmen.

»Dann wird es Zeit aktiv zu werden, meinen Sie nicht?«

»Herr Richter, ich habe die Akte soeben überflogen. Wir werden uns mit der Sache noch eingehend befassen. Zunächst stellt sich mir da eine Frage: Warum wurde Ihre Tochter nicht schon früher von Ihnen oder Ihrer Frau als vermisst gemeldet? Denn so, wie sich die Lage für uns darstellt, kam die Sache doch nur durch das Auffinden Ihrer Jacht ans Tageslicht!«

»Ja, da haben Sie recht. Ich versuche es zu erklären, das bleibt aber unter uns! Ich möchte keine Details aus meinem Familienleben in der Presse lesen! Haben wir uns verstanden, meine Herren? Also, meine Tochter lebt bei meiner Frau, da sie das Sorgerecht hat. Und wie das so ist, gibt es immer mal wieder Streit. In letzter Zeit kam das immer öfter vor, weil sich die Ansichten von Mutter und Tochter grundlegend unterscheiden. Mit anderen Worten, Zita nahm öfter Reißaus und verbrachte den ein oder anderen Tag bei Freunden.«

»Die Nächte auch?«

»Ja, die Nächte auch!«

»Sie war doch minderjährig, oder?«

»Ja, ich weiß das! Glauben Sie etwa, ich hab das gut geheißen?«

»Herr Richter, wir wissen, dass Ihre Tochter in linksextremen Kreisen verkehrte. Kann es sein, dass sie sich jetzt bei jemanden von denen aufhält?«

»Nein, meine Herren, nein. Ich habe soeben den Laborbericht der Blutanalyse von den Spuren auf meinem Boot erhalten. Die DNA stimmt mit der meiner Tochter überein. Wir müssen also mit dem Schlimmsten rechnen.«

Maier sagte dies mit tränenerstickter Stimme und gesenktem Kopf.

»Wir haben ein Bewegungsprofil vom Handy meiner

Tochter veranlasst. Dies könnte das Auffinden von ihr beschleunigen. Ihre gesamte Kleidung, bis auf einen Schuh, ist verschwunden. Da hat jemand versucht, alle Spuren zu beseitigen. Ebenfalls fehlt ein Messer aus der Kombüse. Den immensen Blutspuren nach könnte es sich um die Tatwaffe handeln. Die Kollegen von der Wasserschutzpolizei in Langenargen suchen im Augenblick mit Metalldetektoren danach«, sagte Maier weiter.

»Ich hätte da noch eine Frage: Warum wurde der Fall uns übertragen?«

»Der Staatsanwalt in Ravensburg, der noch für Konstanz zuständig ist, hat mich gebeten, die Kollegen dort zu entlasten.«

»Sie haben doch sicherlich ein aktuelles Foto von Ihrer Tochter, könnten wir ein solches bekommen?«

Wortlos legte Gernot Maier das Bild auf den Schreibtisch von Meininger. Es zeigte eine junge Frau mit kurzen, grellblonden Haaren, die mehrere Pearcings an den Lippen und der Nase trug. Sie war mehrfach tätowiert.

»Sind die Haare gefärbt?«, fragte Carsten Dombrowski.

»Ja, normalerweise ist ihre Haarfarbe dunkler.«

Die Unterhaltung wurde durch ein Telefonat an Maiers Handy unterbrochen. Offenbar meldeten sich die Kollegen vom Bodensee mit weiteren Erkenntnissen. Maier sah angestrengt auf das Display seines Handys und sagte dann nur: »Ja, das ist es. Noch was: Sie können Ihre Ermittlungsergebnisse gerne an den zuständigen Beamten, den Herrn Kriminalhauptkommissar Meininger, durchgeben. Sie müssen nicht immer mich anrufen. Ich danke Ihnen trotzdem für die Information.«

»Waren das die Kollegen aus Konstanz?«

»Ja, sie teilten mir eben mit, dass das Messer tatsächlich unweit des Ufers in drei Metern Tiefe gefunden wurde.

Außerdem hat ein Vogelwart im Eriskircher Ried verschiedene Kleidungsstücke gefunden. Leider sind an dem Messer keine verwertbaren Spuren mehr feststellbar. Ich konnte das Messer auf einem Foto, das mir per WhatsApp zugeschickt wurde, identifizieren.«

Gernot Maier faltete die Hände und saß nachdenklich an einem der Schreibtische.

»Ich werde die Person kriegen, die das zu verantworten hat!«, presste er durch die Zähne.

»Können Sie uns sagen, wie Ihre Tochter an den Bodensee und auf Ihr Boot gekommen ist?«

»Meine Tochter hat eine Bahncard. Ich denke, sie ist mit dem Zug angereist. Sie hat den Schlüssel und die Chipkarte für den Zutritt zum Bootsgelände offenbar an sich genommen, als sie mich das letzte Mal besuchte.«

»Sie hatte also vor, mit Ihrem Boot eine Spritztour zu machen. Hatte sie einen Führerschein oder wie man das nennt?«

»Ja, sie hat letztes Jahr das Bodenseeschifferpatent gemacht. Das darf man ab sechzehn machen. Sie hat es auf Anhieb geschafft. Als Kind ist sie sehr oft mit mir am See gewesen. Bis zu unserer Scheidung, dann ...«

Maier sprach nicht weiter, es war wohl sehr unangenehm für ihn, darüber zu reden.

»Wissen Sie, in welchen Kreisen Ihre Tochter in letzter Zeit verkehrte?«

»Nein, sobald ich sie darauf ansprach, wich sie mir aus. Meine Ex-Frau müsste da mehr wissen. Allerdings bezweifle ich, ob sie Ihnen darüber Rede und Antwort steht.«

»Sie wissen schon, dass man Ihre Tochter wegen ihrer Weltanschauung die ›Rote Zora‹ nannte?«, fragte Christian Fromm dazwischen.

Offenbar hatte er damit einen wunden Punkt bei dem

Richter getroffen, denn dieser presste den Kiefer derart zusammen, dass die Backenmuskeln hervortraten.

»Ich weiß von derartigen Dingen nichts. Ich glaube auch nicht daran!«

»Es ist aber bewiesen, dass Ihre Tochter an mehreren gewalttätigen Demonstrationen teilgenommen hat. Wir konnten ihr bisher aber keine Straftaten nachweisen.«

»Das sind doch Jugendstreiche. Wer war als junger Mensch nicht mal auf 'ner Demo?«

»Ich glaube, keiner von uns hier!«, sagte Meininger.

Gernot Maier versuchte, seine Tochter als harmlose junge Frau darzustellen, die, wie er es formulierte, als »Jugendstreich« Autos angezündet und Schaufensterscheiben eingeworfen hatte.

»Herr Richter, wir müssen das Zimmer Ihrer Tochter ansehen, um dort vielleicht Hinweise zu finden, die zur Aufklärung der Tat führen können«, sagte Meininger.

»Nur zu, meinen Segen haben Sie! Meine Ex-Frau hat mir jedenfalls den Zutritt verweigert.«

»Dann benötigen wir eine richterliche Anordnung!«

»Die lasse ich Ihnen umgehend zustellen! Vielleicht finde ich die Zeit, bei dem Termin ebenfalls dabei zu sein!«

Kriminalhauptkommissar Meininger uns seine Kollegen hofften inständig, dass dies nicht der Fall sein würde. Mit gesenktem Haupt stand Gernot Maier auf und bedankte sich bei jedem der Anwesenden per Handschlag für den Einsatz in diesem Fall. Dann verließ er das Büro.

»Wollte der nicht auf der Karriereleiter nach oben?«

»Ja, da kommt ihm aber der mutmaßliche Tod seiner Tochter recht ungelegen!«

»Wir sollten uns mit dem Umfeld der Vermissten beschäftigen, Schule, Jugendklubs und so weiter«, sagte Gerhard Meininger.

Nachdem die Polizeikommissare Heiner Kromer und Hans Auwärter die vermutliche Tatwaffe unweit des Seeufers bei Langenargen gefunden hatten, meldeten sie es sofort an die zuständige Stelle beim Polizeipräsidium Konstanz weiter. Eine weitere Spur wurde im Eriskircher Ried entdeckt. Ein Vogelschutzwart meldete, dass im Uferbereich verschiedene Kleidungsstücke und andere Gegenstände angeschwemmt worden waren. Vorsichtig fuhren die beiden Beamten in der Nähe des Ufers entlang. Hin und wieder sah man an einem Baum oder einem Busch auf Wasserhöhe ein weiteres Kleidungsstück hängen. Mühsam mussten die beiden Beamten die Funde aus den Ästen befreien. Das Wasser war sehr klar, sodass man bis auf den Grund sehen konnte. Immer wieder suchten sie den Grund des Sees ab, um vielleicht noch andere Dinge zu finden. Nach etwa einer Stunde beendeten Auwärter und Kromer ihren Einsatz und fuhren zurück in den Hafen von Langenargen. Auf der Dienstelle warteten schon die Kollegen von der Kripo Konstanz, um ihre aktuellen Erkenntnisse abzugleichen. Die Fundsachen wurden auf dem Boden ausgelegt und einzeln begutachtet. Da es an diesem Tag weit über dreißig Grad warm war, war das meiste abgetrocknet. Es handelte sich in der Mehrzahl um Unterwäsche und T-Shirts. Aber auch seltsame Dinge waren dabei, wie zum Beispiel eine Perücke.

»Wir können natürlich nicht sagen, ob das die Sachen der Vermissten sind. Wozu braucht man zum Beispiel eine Perücke, vor allem bei den Temperaturen, die zurzeit herrschen?«, fragte Kriminalhauptkommissar Hein Mommsen in die Runde.

»Das könnte nur eine von vielen Seltsamkeiten in diesem Fall sein«, ergänzte Franz Bäuerle. »Wir haben die Daten vom Seeamt erhalten. Damit können wir die Fahrten des Bootes vom Freitagnachmittag bis zum Sonntagmorgen nachvollziehen. Sie stimmen mit den Bildern der Kamera auf dem Gelände des Ultramarinhafens überein. Das Boot wurde am Freitagnachmittag gegen siebzehn Uhr in Betrieb genommen. Etwa zwei Stunden später verließ es den Hafen, um in Richtung Schweiz zu fahren. Eine Stunde später kam es am Ufer an, und zwar unweit des Strandbades Wiedehorn in der Nähe von Arbon. Dort blieb es bis gegen zweiundzwanzig Uhr. Wir haben das Bewegungsprofil anhand der Handydaten der Vermissten angefertigt. Das war sehr schwierig, denn sie hat sich nur sporadisch ins Funknetz eingewählt, und zwar immer, kurz bevor das Boot irgendwo festgemacht hat.«

»Das heißt also, sie wollte nicht, dass man sie erreichen kann«, sagte Mommsen dazwischen.

»Das könnte sein. Oder aber sie wollte nicht geortet werden, weil sie etwas Illegales vorhatte. Nach all diesen Fakten habe ich mich einmal mit der Vermissten erkennungsdienstlich befasst. Strafrechtlich liegen keine relevanten Daten vor. Aber es gibt eine Akte über sie, in der sie verdächtigt wird, an Straftaten rund um den G20-Gipfel in Hamburg beteiligt gewesen zu sein. Nachgewiesen werden konnte ihr bisher nichts, da sie nicht eindeutig identifiziert werden konnte.«

»Interessant, wie lange hat sie sich in der Schweiz aufgehalten?«, fragte Heiner Kromer von der Wasserschutzpolizei.

»Wie gesagt, um genau zweiundzwanzig-null-fünf Uhr setzte sich das Boot wieder in Bewegung. Und zwar wieder zurück nach Deutschland. Die Überfahrt dauerte etwa eine Stunde. Angelegt hat das Boot dann kurz nach dreiundzwanzig Uhr an einem Steg in der Seewiesenstraße am östlichen Ortsrand von Friedrichshafen. Da gibt es ein Privatgrundstück mit einem Steg, das nicht besonders gepflegt und deshalb auch nicht immer vom Eigentümer besucht wird. Am dortigen Steg verweilt das Boot etwa zehn Minuten, bevor es wieder zurück zum Heimathafen Ultramarin fährt. Dies deckt sich auch mit den Aufzeichnungen der Webcam auf dem Ultramaringelände. Auf den Bildern ist aber leider nicht zu erkennen, wer das Boot gesteuert hat und wie viele Personen an Bord waren. Auch im Laufe des Samstages ist niemand an Bord des Bootes zu erkennen. Ein Problem ist auch, dass die Kamera ständig hin und her schwenkt. Am Samstagabend verlässt das Boot wiederum den Hafen. Die Kamera hat dies leider nicht aufgezeichnet. Wir sehen nur, dass so um neunzehn Uhr herum der Liegeplatz des Bootes leer ist. Auf dem Radar wird aber die Bewegung des Bootes aufgezeichnet. Und wie am Vortag war das Ziel wieder das Ufer in Arbon. Die Aufenthaltszeit, die Dauer der Rückfahrt und das Ziel sind mit denen des Vortages identisch.«

»Wir können also davon ausgehen, dass es sich um Schmuggelfahrten handelte, oder verstehe ich das falsch?«, fragte Mommsen dazwischen.

»Vermutlich ja. Nur, was sollte die Tochter eines Richters schmuggeln wollen?«, ergänzte Kromer.

»Drogen, Waffen, Geld? Keine Ahnung! Wir fanden auf jeden Fall keine Spuren auf dem Boot, die solch einen Tatbestand erhärteten. Aus technischer Hinsicht bemerkenswert ist, dass das Boot über einen dieselelektrischen Antrieb verfügt. So etwas ist äußerst aufwendig und teuer, vom eingebauten Radar ganz zu schweigen.«

»Was hat so ein Antrieb für Vorteile?«, fragte Franz Bäuerle.

»Der Dieselmotor treibt einen Generator an, dieser wiederum versorgt einen zusätzlichen Antriebsmotor der Schrauben mit Strom. Außerdem befindet sich an Bord eine große Batterie, sodass das Boot eine bestimmte Zeit mit Elektroenergie angetrieben werden kann. Damit macht das Boot fast gar keine Fahrgeräusche.«

»Also ideal, um nachts unbemerkt irgendwo anlanden zu können«, sagte Kromer.

»So ist es. Da die technische Ausstattung aber schon vor einiger Zeit eingebaut wurde, muss man davon ausgehen, dass der ehrenwerte Herr Richter diese ebenfalls genutzt hat, für welchen Zweck auch immer«, erklärte Hein Mommsen.

Franz Bäuerle setzte seinen Vortrag fort: »Das alles wird noch zu klären sein. Zunächst wollen wir aber die Vorkommnisse der Nacht auf Sonntag zu rekonstruieren versuchen. Der Aufenthalt am Ufer in Friedrichshafen dauerte länger als am Vortag. Und zwar ganze zwanzig Minuten. Dann setzte sich das Boot um halb elf wieder in Bewegung. Zunächst fuhr es denselben Kurs wie am Vorabend. Während der ganzen Zeit war das Handy der Vermissten außer Betrieb. Das Boot fuhr dann wieder zurück, bis kurz vor die Mündung der Argen. Dann stoppte es. Ab diesem Zeitpunkt trieb es führerlos auf dem See.«

»Das bedeutet, dass wir zwei Anhaltspunkte haben, um nach dem mutmaßlichen Opfer zu suchen«, fügte Kromer hinzu.

»So sieht es aus. Wobei wir beim zweiten Punkt, unmittelbar im Mündungsbereich der Argen, wenig Chancen haben werden, etwas zu finden. Der See ist dort schon über siebzig Meter tief. Anders sieht es beim ersten Punkt aus, da sind es nur etwa fünfzehn bis zwanzig Meter. Ich schlage vor, wir fahren den ersten Punkt an und untersuchen mit dem Echolot den Grund nach Auffälligkeiten. Das machen wir aber erst heute am späten Abend, wenn sich der Verkehr auf dem See beruhigt hat«, schlug Polizeikommissar Hans Auwärter vor.

»Das sehe ich auch so!«, ergänzte sein Kollege Kromer.

»Gut. Jetzt stellt sich uns die Frage, wie genau der Herr Richter über die Fahrten seines Bootes unterrichtet war oder ob er sogar dabei war. Wir sollten mit dem Staatsanwalt abklären, inwieweit wir die Kollegen in Reutlingen in unsere Ermittlungen einbeziehen können«, sagte Kriminalhauptkommissar Hein Mommsen.

Anschließend wurde die Sitzung beendet.

In Reutlingen waren Gerhard Meininger und Christian Fromm unterwegs zum Johannes-Kepler-Gymnasium. Sie hatten sich telefonisch bei der Schulleitung angemeldet. Meininger parkte den Dienstwagen auf einem der Lehrerparkplätze. Als sie das Gebäude betraten, wurden sie von den Schülern argwöhnisch beäugt. Es roch in den Gängen nach Reinigungsmittel und aus den Klassenzimmern war Stimmengemurmel zu hören. Die Schulleitung hatte ihre Räume genau gegenüber der Haupttreppe. Nachdem die beiden sich im Sekretariat angemeldet hatten, wurden sie in einen Besprechungsraum geführt.

Wenige Augenblicke später wurde die Tür geöffnet und ein großer, sportlicher Mann kam lächelnd herein.

»Guten Tag, meine Herren! Mein Name ist Wurster, Armin Wurster, ich bin der Rektor an dieser Schule. Was führt Sie zu uns?«, grüßte er und gab Meininger und Fromm die Hand.

»Wir kommen in einer Vermisstensache. Es handelt sich dabei um Zita-Fee Maier«, begann Gerhard Meininger.

Kaum hatte er den Namen ausgesprochen, da machte der Rektor ein besorgtes Gesicht. Er begann langsam mit dem Kopf zu nicken.

»Mal wieder? Und warum kommt dann jetzt gleich die Polizei?«, fragte Wurster.

»Was heißt mal wieder? Fehlte die Schülerin in der Vergangenheit schon öfter?«

»Ja, das kann man sagen! So etwa alle zwei, drei Wochen einen Tag. Und dann auch mal eine ganze Woche.«

»Aus Krankheitsgründen?«

»Wie man es nimmt. Ihre Mutter schrieb ihr bisher immer eine Entschuldigung. Da sind uns die Hände gebunden. Auf Nachfrage unsererseits bekamen wir zur Auskunft, dass Zita offenbar psychische Probleme seit der Scheidung der Eltern habe. Wissen Sie, ihre Mutter ist Sonderpädagogin. Da müssen wir glauben, was sie sagt.«

»Und wie ist Ihre persönliche Meinung zu der Schülerin?«

»Meine ganze persönliche Meinung darf und möchte ich nicht kundtun. Aus schulischer Sicht ist es ganz einfach so, dass Zita mit dem Unterrichtsstoff überfordert ist. Ich glaube sogar, dass sie die Schule wechseln sollte. Das sehen aber weder die Mutter noch der Vater ein. Der Herr Vater träumt sogar von einer Juristenkarriere seiner Tochter. Der Klassenlehrer und ich haben versucht, ihn auf den Boden der Tatsachen zu holen, das gelang uns aber nicht. Aber das ist doch sicherlich nicht der Grund Ihres Besuches, oder?«

»Nein. Ihre Schülerin Zita-Fee Maier wird seit dem Wochenende vermisst«, erklärte Meininger sein Kommen.

»Wer hat sie als vermisst gemeldet, etwa ihre Mutter?«, fragte der Schulleiter verwundert.

»Warum fragen Sie das?«

»Weil die nie etwas unternommen hat, wenn ihre Tochter mal wieder dem Unterricht fern blieb. Erst auf Nachfrage unsererseits reagierte die Mutter und schrieb dann im Nachhinein ihrer Tochter eine entsprechende Entschuldigung.«

»Aber jetzt liegen die Fakten anders. Wir haben Grund zur Annahme, dass die Schülerin Opfer eines Gewaltverbrechens geworden ist«, fügte Fromm hinzu.

»Auch das wundert mich nicht wirklich! Zita musste mehrmals bei mir erscheinen, weil sie aggressiv aufgefallen war. Wir haben dafür speziell ausgebildete Schüler, die als Streitschlichter einschreiten. Gegen die junge Dame waren sie machtlos. Ich denke, Sie wissen, dass sie sich bei irgendwelchen linksradikalen Gruppierungen aufhält. Das haben mir jedenfalls ihre Mitschüler berichtet. Was ist ihr denn passiert?«

»Das wissen wir nicht, weil wir sie noch nicht gefunden haben. Deshalb gilt sie ja als vermisst.«

»Ach ja, richtig. Woher wissen Sie dann, dass sie einem Gewaltverbrechen zum Opfer gefallen ist?«

»Wir haben Hinweise darauf. Wir wollen aus Ermittlungsgründen nicht weiter darauf eingehen.«

»Und was wollen Sie dann konkret von mir oder von der Schule?«

»Wir möchten mit Ihren Mitschülern reden, vielleicht war die ein oder andere Schülerin ihre Freundin.«

Wieder verzog der Schulleiter das Gesicht und schüttelte langsam mit dem Kopf.

»Ich glaube kaum, dass Sie da etwas erreichen können, denn Zita war eine Einzelgängerin. Wenn, dann hatte sie bevorzugt Kontakt zu den älteren Schülern. Aber ich kann mal schauen, ob wir Sie in die Klasse reinbringen können. Moment, ich schaue mal auf den Klassenplan«, sagte der Rektor und verließ kurz den Raum.

Nach ein paar Minuten kam der Rektor wieder.

»Ich habe mich gerade mit dem Klassenlehrer, dem Herrn Blocha, abgestimmt. Er unterbricht den Unterricht und steht für Sie zur Verfügung. Wenn Sie mir dann in den

Klassenraum folgen wollen?«, sagte der Schulleiter und ging zur Tür. Meininger und Fromm standen auf und folgten dem Mann. Über eine Treppe ging es ins nächste Geschoss hinauf. Vor einem der Klassenzimmer stand ein Mann, der die Abordnung offenbar erwartete. Freundlich gab er den beiden Kriminalbeamten die Hand und machte eine Geste, die bedeuten sollte, dass man ihm ins Klassenzimmer folgen soll. Der erste Eindruck von Gerhard Meininger war, dass in dem Raum schlechte Luft herrschte. Am liebsten wäre er zu den Fenstern gegangen und hätte alle geöffnet. Erwartungsvoll sahen die Schüler die beiden Besucher an.

»Guten Tag miteinander!« begrüßte der Schulleiter die Klasse. »Das sind die Herren, ähem …«

»Kriminalhauptkommissar Meininger und das ist mein Kollege Fromm. Wir sind vor der Kripo Reutlingen!«, ergänzte Meininger den Rektor.

»Ja, genau! Die Herrn haben an euch ein paar Fragen wegen der Zita-Fee Maier.«

Auf dem ein oder anderen Gesicht sah man ein Grinsen oder aber man verdrehte die Augen, als ob es heißen sollte: »Schon wieder die!« Der Klassenlehrer wurde bleich.

»Was ist denn schon wieder mit ihr los und warum kommt die Polizei in die Schule?«, fragte er aufgebracht.

»Wir haben Hinweise, dass Ihre Mitschülerin Opfer einer Gewalttat geworden ist. Jetzt wollen wir von Ihnen und vor allem Euch wissen, wer mit ihr in letzter Zeit in engem Kontakt gestanden hat!«, fragte Meininger in die Klasse.

Niemand meldete sich. Der Klassenlehrer nahm die Sache schließlich in die Hand.

»Jörn, du bist doch der Klassensprecher, mit wem hatte die Zi nach der Schule Kontakt?«, fragte er einen schmächtigen Burschen mit einem Flaumbart im Gesicht.

»Mit niemanden. Die wollte schon seit einiger Zeit nichts

mehr mit uns zu tun haben. Früher einmal hat sie mit Kathrin zusammen gelernt. Aber sonst weiß ich niemanden«, sagte der Junge.

In der vorderen Reihe saß ein Mädchen mit hochrotem Kopf. Das konnte nur Kathrin sein.

»Das ist aber schon eine Weile her«, sagte sie leise, »ein Jahr oder so. Dann ist sie zu der Friedensgruppe gegangen und wollte mich mitschleppen. Das wollte ich nicht. Dann hat sie mich nicht mehr angeschaut.«

»Was ist das für eine Friedensgruppe?«, fragte Christian Fromm nach.

»Ich weiß es nicht. Ich wollte es auch nicht wissen!«, antwortete das Mädchen schüchtern.

»Das sind so linke Proleten, die auf jeder Demo Rabatz machen!«, mischte sich ein Schüler ein.

»Kennen Sie da jemanden davon?«

»Nein, aber Zi, wir nennen sie immer so, kam einmal mit einer Verletzung im Gesicht zur Schule. Da hat sie nur gesagt, das seien Kampfspuren. Die habe sie sich bei einer Auseinandersetzung mit den Faschistenschweinen zugezogen. So sagte sie das wörtlich. Da war sie offenbar auf einer Demo gewesen, wo genau weiß ich nicht.«

»Sie hat ja öfters gefehlt. Kennt jemand den genauen Grund?«

»Wir hatten die Vermutung, dass sie an den Fehltagen mit ihren Genossen irgendwo unterwegs war. Ich habe mal in den Medien geschaut, ob es eine Übereinstimmung von den Fehltagen und Demos in Deutschland gegeben hat. Da gab es schon einige Auffälligkeiten. Wir konnten aber nichts machen, denn ihre Mutter schrieb ja immer eine Entschuldigung«, bemerkte der Klassenlehrer.

»Haben Sie den Kontakt zu den Eltern gesucht und von Ihren Beobachtungen erzählt?«

»Nein! Der Vater ist, wie soll ich es sagen, ein wenig kompliziert. Er ist Richter am Landgericht. Mir missfiel die Unterhaltung mit ihm, weil er jeden Satz von mir mit irgendeinem Paragrafen aus dem Strafgesetzbuch kommentiert hat. Man konnte ihn nicht auf die Probleme seiner Tochter ansprechen, weil er sie nicht wahrhaben wollte. Bei ihrer Mutter ist das ähnlich. Sie argumentiert, dass sich die Probleme nach der Pubertät von selber lösen.«

Kriminalkommissar Christian Fromm entdeckte einige Fotos, die an der hinteren Wand hingen. Er ging dahin und betrachtete sie eingehend. Sie wurden bei einem Theaterprojekt aufgenommen, welches den Namen »Holocaust, eine versuchte Aufarbeitung« trug. Einige der abgebildeten Personen waren in Sträflingskleidern gekleidet und an eine Mauer gekettet. Daneben stand ein Wächter in Uniform und machte ein böses Gesicht.

»Hat da die Vermisste mitgespielt?«, fragte Fromm.

»Ja, natürlich! Das war ein Projekt letztes Jahr im Herbst«, sagte der Lehrer.

»Und was für eine Rolle spielte sie da?«

»Die des Wächters.«

»Woher hatten Sie denn die Wehrmachtsuniform, die Zita trägt?«

»Vom Landestheater in Tübingen, wir haben mit denen eine Kooperation.«

»Ist das nicht komisch? Die engagiert sich in einer Friedensgruppe und schlüpft dann in eine Naziuniform?«

»Sie sagte, man kann den Feind nur dann ausschalten, wenn man weiß, wie er tickt!«

Christian Fromm nahm das Foto von der Wand und betrachtete es genauer.

»Kann ich das mitnehmen? Oder gibt es noch mehr Fotos von diesem Theaterstück?«

»Wir haben noch mehr Fotos, klar. Aber wozu brauchen Sie diese? Ich möchte Sie auf die Persönlichkeitsrechte hinweisen, falls die Fotos weitergeleitet werden.«

»Die brauchen wir nur, um uns ein Bild von dem Mädchen zu machen. Wir haben sie ja noch nie gesehen. Wir versichern Ihnen, dass die Bilder Dritten nicht zur Verfügung gestellt werden«, mischte sich Gerhard Meininger ein.

Der Lehrer holte aus seinem Tisch einen USB-Stick und übergab ihn an Meininger.

»Also gut. Ich glaube, wir wissen nun einiges. Wie war Ihr Name noch mal?«

»Rolf Blocha«, antwortete der Lehrer unsicher.

»Falls wir noch ein paar Fragen haben!«, sagte Fromm und überreichte dem Lehrer eine Visitenkarte.

Die beiden Kriminalbeamten bedankten sich bei den Lehrern und den Schülern und verließen anschließend das Schulgebäude.

»Also, während du mit den Schülern und dem Lehrer gesprochen hast, hab ich die Schüler beobachtet. Die meisten von ihnen interessierten sich überhaupt nicht für das, was da gesagt worden ist. Die einen spielten am Handy unter dem Tisch, die anderen zeichneten Figuren auf ein Blatt Papier. Drei von den Schülern reagierten anders. Einer malte Kreuze auf seinen Block. So als wäre es ein Friedhof. Ein anderer saß reglos da und starrte nur ins Leere. Ein Mädchen hatte Tränen in den Augen.«

»Hast du dir gemerkt, wo die gesessen haben?«

»Ja klar. Ich bin doch kein Anfänger!«

»Gut dann besuchen wir den Lehrer zu Hause. Mit dem stimmt auch etwas nicht. Ich hab da so ein Gefühl!«

Auf der Rückfahrt zur Dienststelle erreichte sie ein Anruf.

In der Zwischenzeit hatten sich die Kriminalhauptmeister Carsten Dombrowski und Willi Früh zum Wohnort der Vermissten begeben, um mit ihrer Mutter zu reden. Sie hatte sich extra vom Unterricht befreien lassen, um den Beamten Rede und Antwort zu stehen. Margit Maier-Hof stand schon in der Haustür, als Dombrowski in den Hof einfuhr. Sie lehnte am Türrahmen, als wolle sie einen Kampf ausfechten.

»Guten Tag, Frau Maier!«, grüßte Dombrowski freundlich.

»Maier-Hof, bitte!«, antwortete sie giftig.

»Na dann eben Maier-Hof. Wir haben wegen Ihrer Tochter ein paar Fragen an Sie. Können wir reinkommen?«

Dombrowski stand vor die Frau hin und sah sie von oben bis unten lächelnd an.

»Wenn es unbedingt sein muss!«

»Muss sein, ja! Wir wollen auch mal einen Blick in das Zimmer Ihrer Tochter werfen!«, ergänzte Willi Früh.

»Das erlaube ich Ihnen nicht! Das ist die Privatsphäre meiner Tochter!«

»Frau Maier-Hof«, sagte Dombrowski bewusst freundlich, »wir wollen Ihre Tochter finden, das ist unsere Aufgabe. Dazu müssen wir nachsehen, mit wem sie unterwegs war. Außerdem haben wir eine richterliche Anordnung. Wir dürfen das also!«, sagte Früh und hielt ihr das Dokument unter die Nase.

»Ich kann mir schon denken, wer den Fetzen ausgestellt hat!«

»Nicht ihr Ex-Mann, sondern das Amtsgericht Reutlingen. Wir leben ja schließlich in einem Rechtsstaat.«

Widerwillig machte sie Platz und zeigte mit dem Kinn auf eine Tür.

»Da, da ist es!«

»Haben Sie in dem Zimmer aufgeräumt? Nicht, dass Sie Spuren verwischt haben, die uns weiterhelfen könnten!«

»Nein, natürlich nicht. Ich betrete den Raum nicht, wenn meine Tochter nicht da ist!«

Carsten Dombrowski öffnete die Tür des Zimmers und trat ein. Willi Früh und Margit Maier-Hof folgten ihm. Es sah alles sehr aufgeräumt aus. Auf dem Schreibtisch lagen pedantisch geordnet Unterrichtsformulare. Aus Erfahrung wussten die beiden Beamten, dass ein Schreibtisch einer pubertierenden, aufsässigen Siebzehnjährigen so nicht aussah. Dombrowski ging zum ordentlich gemachten Bett und hob Kissen, Decke und die Matratze an, um darunter zu schauen. Dann drehte er sich um und überreichte Margit Maier-Hof eine Haarklammer. Mit solchen Klammern hatte sie ihr Haarband am Kopf festgemacht.

»Eine Haarklammer, die fehlt da!«, sagte Dombrowski lächelnd und zeigte an die Stelle des Kopfes der Frau.

Die steckte die Klammer schnell weg.

»Frau Maier-Hof, warum ist Ihre Tochter weggelaufen?«

»Sie ist doch nicht weggelaufen, sie wollte halt ein paar Tage ihre Ruhe haben!«

»Aha, es sind doch aber gerade keine Ferien. Und dass in Deutschland Schulpflicht herrscht, sollten Sie als Lehrerin eigentlich wissen!«

»Meine Tochter leidet unter der Trennung von meinem Mann sehr. Sie hat seither psychische Probleme. Von Zeit zu Zeit ist sie unausstehlich. Meistens hat sie sich dann in ihr Zimmer eingeschlossen und es tagelang nicht verlassen. Ich konnte sie nicht dazu bewegen, in die Schule zu gehen.«

»Haben Sie gewusst, dass Ihre Tochter an den Bodensee gefahren ist?«

»Nein, woher auch. Ich dachte, dass sie zu ihrer Freundin gegangen ist. Das hat sie schon öfter gemacht. Nach drei

Tagen war sie dann wieder hier. Ich denke, so wird es auch jetzt sein. Ich verstehe die ganze Aufregung nicht!«

»Frau Maier-Hof, es gibt deutliche Hinweise, dass Ihre Tochter einem Gewaltverbrechen zum Opfer gefallen ist …«

»Ach Quatsch! Das glaube ich Ihnen nicht!«

»Na gut, dann eine andere Frage: Bei welcher Organisation engagierte sich Ihre Tochter?«

»Was ist denn das für eine Frage? Ist es strafbar, wenn sich ein junger Mensch für den Frieden einsetzt?«

»Nein. Wir hätten trotzdem gerne gewusst, wie der Verein heißt.«

»Ich glaube, irgendwas mit Pax Mediterrane oder so. Die haben ihr auch bei den Schulaufgaben geholfen, nicht wie die Ziege, die vorher zu ihr gekommen ist.«

»Hatte Ihre Tochter einen Freund?«

»Nicht, dass ich wüsste!«

Willi Früh schrieb sich den Namen des Vereins auf und lehnte dabei gegen den Fenstersims. Der war mit Büchern belegt, die aus einer Bibliothek stammten. Plötzlich stutzte er und drehte sich um. Dann nahm er die Bücher vom Sims und schob diesen vorsichtig vom Fenster weg. Darunter kam ein Hohlraum zum Vorschein.

»Ach, sieh mal an! Ruf bitte sofort die Spurensicherung an!«, sagte Früh zu seinem Kollegen und zog sich Gummihandschuhe über.

»Was gibt es denn da zu schnüffeln!«, rief Maier-Hof entsetzt.

»Frau Maier-Hof, jetzt ist Schluss mit lustig! Wir werden jetzt eine Hausdurchsuchung vornehmen! Oder sieht das etwa wie eine Friedenstaube aus?«, sagte Früh und hielt der konsternierten Frau einen Revolver unter die Nase.

Die Frau wollte danach greifen, aber Früh war schneller und verwahrte die Waffe in einem Beutel.

»Das Ding gehört niemals meiner Tochter. Ich habe sie zu einer Pazifistin erzogen! Sie haben das Ding da reingeschmuggelt, um sie zu belasten!«

»Das werden wir ja sehen. Die Waffe ist geladen, mit sechs Schuss. Ein ganz schöner Brummer, Smith und Wesson, dreisiebenundfünfzig Magnum! Das ist normalerweise nichts für zarte Frauenhände. Schau mal, da gibt es noch mehr interessante Sachen! Ich sehe einen Beutel, der sieht aus, als wäre da Sprengstoff drin! Auch nichts für Friedenstauben!«

»Ich rufe meinen Mann an, das lasse ich mir nicht mehr gefallen!«, schrie Maier-Hof und verließ das Zimmer.

»Hast du die Nummer von deren Ex-Mann?«, fragte Früh seinen Kollegen.

»Nö, wozu?«

»Falls der hier auch noch auftaucht und womöglich Beweismittel verschwinden lassen will!«

»Keine Sorge, die Kollegen sind gleich da. Dann nehmen die die Sachen mit!«

Wenig später hielt der Dienstwagen mit Meininger und Fromm vor dem Haus der Lehrerin. Willi Früh ging an die Tür, um die Kollegen ins Haus zu lassen, während Dombrowski im Zimmer der Vermissten blieb.

Wir haben was Interessantes gefunden, das müsst ihr euch anschauen!«, empfing Früh die Kollegen eifrig.

»Na dann wollen wir mal sehen!«, antwortete Meininger.

Der Kriminalhauptkommissar nahm den Revolver vorsichtig in die Hand und roch an der Mündung.

»Schon lange nicht mehr abgefeuert worden. Die Seriennummer ist noch dran. Vielleicht können wir damit feststellen, woher er stammt. Und das Zeug da? Sieht aus wie Plastiksprengstoff. Unsere Vermisste war wohl kein so ein unbeschriebenes Blatt, wie uns die Eltern vormachen wollten. Ich bin mal gespannt, was der Herr Richter dazu zu sagen hat!«

Fast zur gleichen Zeit wie die Spurensicherung, traf auch der Richter Gernot Maier ein. Er hatte den Staatsanwalt gleich mitgenommen, da sie beide zufällig am Landgericht zu tun hatten. Maier beachtete seine Ex-Frau nicht, als er in das Haus trat. Die Männer in ihren weißen Anzügen begannen sofort mit ihrer Arbeit, während Meininger die anderen aus dem Zimmer drängte. Auf der Terrasse traf man sich, um weitere Absprachen zu treffen.

»Herr Richter«, begann Meininger, »Ihre Tochter hat sich in Tübingen bei einer Organisation mit dem Namen Pax Mediterrane engagiert, wussten Sie davon?«

»Wie heißen die?«, fragte Maier zurück.

»Pax Mediterrane. Die setzen sich für den Frieden im Mittelmeerraum ein. Wie wir erfahren haben, betreut der Verein auch Flüchtlinge in Tübingen. Ich frage mich, wozu die dann Waffen und Sprengstoff brauchen.«

»Ich weiß von dem allem nichts! Glauben Sie mir, meine Herren! Wenn meine Tochter bei dem linken Gesindel tätig war, dann nur, weil ihre Mutter in ihrer Jugend ebenfalls extrem links war. Von mir hat sie das jedenfalls nicht!«, beteuerte der Richter.

»Das hilft uns nicht weiter, meine Herren! Wie gehen wir weiter vor, was können wir den Medien melden?«, mischte sich der Staatsanwalt ein.

»Ich könnte mir vorstellen, dass das Zeug nur zwischengelagert wurde. Quasi als sicherer Ort. Wenn wir der Presse nur eine Meldung durchgeben, dass die junge Frau vermisst wird, wird doch der vermutliche Besitzer der Waffe versuchen, diese wieder zu holen. Und zwar recht flott. Wir brauchen uns also nur auf die Lauer legen und den Kerl abfangen«, schlug Meininger vor.

»Dazu müsste das Haus aber leer sein, denn wie sollte der Kerl sonst hineinkommen?«, fragte Maier nach.

»Ich bleibe in meinem Haus, mich bringt niemand von hier fort!«, tönte es zornig aus dem Hintergrund.

»Sie wollen doch sicherlich auch wissen, wer Ihrer Tochter das Zeug hier untergeschoben hat, oder Frau Maier?«, fragte der Staatsanwalt.

»Maier-Hof, bitte!«

»Also gut, Frau Maier-Hof. Sie gefährden sich damit selber!«, ergänzte er.

»Das ist mir völlig egal! Ich kann nicht glauben, dass meine Tochter damit etwas zu tun hat!«

»Gut, wir werden das Weitere veranlassen und hören dann voneinander«, sagte der Staatsanwalt, dem die Szenerie offensichtlich peinlich geworden war. Gernot Maier nickte den Kriminalbeamten zu und folgte ihm.

»Sobald die Spurensucher fertig sind, geben wir einen Suchaufruf an die Presse weiter. Ich denke, es wird dann nicht lange dauern, bis sich jemand bei der Frau Maier meldet«, sagte Gerhard Meininger zu den umstehenden Kollegen.

»Maier-Hof, bitte, zum Donnerwetter!«, meckerte die Lehrerin im Hintergrund.

Der Kriminalhauptkommissar nahm den Zwischenruf nicht wahr, denn er war mal wieder im Jagdfieber.

»Einer von euch bleibt hier!«, befahl der Kriminalhauptkommissar, und meinte dabei Dombrowski oder Früh.

Die sahen sich beide leidend an, denn sie wussten genau, was sie erwartete. Ein paar Stunden mit dieser kratzbürstigen Lehrerin zu verbringen, war sicherlich kein Zuckerschlecken. Willi Früh erklärte sich freiwillig für die Aufgabe bereit und ging dann sofort zu den Kollegen von der Spurensicherung, um ihnen bei ihrer Arbeit zuzuschauen. Nach ein paar Minuten förderte einer der beiden Experten aus einem weiteren Versteck eine Mappe hervor, die seltsame Zeichnungen enthielt. Nachdem die Mappe auf Fingerabdrücke untersucht worden war, reichte der Kollege sie an Früh weiter. Der blätterte die Mappe durch, konnte sich aber keinen Reim auf die Aufzeichnungen machen. Da waren offenbar Straßenzüge aufgezeichnet worden. In diese waren Kreuze und Kreise und wieder Pfeile in Rot und Braun eingetragen worden. Dazu wurden die roten Pfeile mit den Buchstaben »J« und »P« bezeichnet. Die Straße wurde mit »SPFM« markiert. Andere Blätter zeigten eine große vierspurige Straße, die als Bierstraße bezeichnet wurde. Auch hier waren Punkte und Pfeile eingezeichnet. Bei anderen Blättern wurden Gebäude mit Ausrufezeichen markiert.

»Was ist das?«, fragte Margit Maier-Hof, die unbemerkt neben den ins Lesen vertieften Willi Früh getreten war.

»Wenn ich das wüsste, würde ich es Ihnen sagen, glauben Sie mir! Warum hat Ihre Tochter die Mappe wohl versteckt?«

»Wo soll die versteckt gewesen sein?«

»Unter der Platte des Schreibtisches ist ein Hohlraum.«

»Sieht nach einer Mathe- oder Bioarbeit aus. Das könnte eine Ausarbeitung über den Einfluss von Winden auf das Klima einer Stadt sein.«

»Oder Pläne für einen Banküberfall, wir wissen es nicht!«

»Was? Sie wollen meiner Tochter die Planung eines Banküberfalles in die Schuhe schieben? Sind Sie wahnsinnig?«

»Nein, aber schon lange im Geschäft. Da hat man ein Auge für so was!«

»Geben Sie mir das sofort her!«, keifte Maier-Hof.

»Das ist ein Beweismittel. Wenn Sie es an sich nehmen, machen Sie sich strafbar. Ich glaube nicht, dass Sie wegen Mittäterschaft einer Straftat gerne in Untersuchungshaft sitzen wollen!«, konterte Früh.

Kriminalhauptmeister Willi Früh war ein Älbler aus Sonnenbühl, der, wenn es darauf ankam, auch mal kräftig zulangen konnte. So hatte er beim Versuch Maier-Hofs den Ordner zu entreißen, einfach ihr Handgelenk gepackt und kräftig zugedrückt, sodass diese in die Knie ging. Mit hochrotem Kopf stand sie wieder auf.

»Ich werde Sie wegen Körperverletzung anklagen! Jawohl! Und eine Dienstaufsichtsbeschwerde werde ich auch gleich schreiben! So!«, schrie sie und stampfte davon.

Die Kollegen von der Spurensicherung schüttelten nur lachend den Kopf, während sie ihr Equipment zusammenpackten. Willi Früh nahm sein Handy aus der Hosentasche und rief seinen Chef an, um ihm mitzuteilen, dass er auf gar keinen Fall hier vor Ort bleiben konnte. Er wusste nicht, was der Frau noch alles einfiel. Wenig später war er auch tatsächlich auf dem Weg zur Dienststelle.

Carsten Dombrowski übernahm und postierte sich aber in einem zivilen Fahrzeug unweit der Wohnung von Margit Maier-Hof.

Noch am späten Nachmittag verständigten die Beamten der Kripo Konstanz ihre Kollegen in Reutlingen von ihrem Kleiderfund und kündigten ihren Besuch am nächsten Tag in Reutlingen an, um die Sachen zur Identifikation an die Spurensicherung zu übergeben.

Die Kriminalhauptkommissare Hein Mommsen und Franz Bäuerle standen auf der A 81 kurz vor der Ausfahrt Rottenburg im Stau. Sie waren früh losgefahren, um genau dem zu entgehen. Es war kurz vor neun Uhr und um halb zehn wollten sie eigentlich in Reutlingen sein. Mommsen hasste Unpünktlichkeit, deshalb ärgerte er sich über die Verkehrsstockung. Vor allem aber ärgerte er sich, dass über den Stau vorher nichts im Verkehrsfunk gemeldet wurde. Erst jetzt wurde durchgesagt, dass es bedingt durch einen Lkw-Unfall auf sieben Kilometern zu Stauungen kommt. Der Unfall ereignete sich ausgerechnet kurz vor der Ausfahrt Rottenburg. Mühsam quälte sich der Verkehr an der Unfallstelle vorbei. Fast eine halbe Stunde dauerte es, bis die beiden Kripobeamten die Ausfahrt erreicht hatten. Tatsächlich standen zwei Lastwagen genau in der Ausfahrt. Das Führerhaus des hinteren Fahrzeugs war total zerstört worden. Es sah so aus, als wäre der Lastwagen ungebremst auf den Vordermann aufgefahren. Der Rettungsdienst kämpfte zusammen mit der Feuerwehr um die Bergung des verunglückten Fahrers. Zum Schutz vor Gaffern war eine große Plane vor das Unglücksfahrzeug gespannt worden, trotzdem filmten einige Unbelehrbare mit dem Handy die Szenerie im Vorbeifahren.

»Der hat wohl zu lange aufs Handy geglotzt, was?«, bemerkte Mommsen.

»Sicherlich. Aber schau dir doch diese Idioten an, die fahren mit ausgestrecktem Arm vorbei und filmen das Ganze. Da schaut doch keiner mehr auf die Straße!«

»Tja, die Strafen fürs Handy am Steuer sind halt immer noch zu gering!«

Von nun an hatten die beiden freie Fahrt, sodass sie doch noch kurz vor zehn Uhr in der Dienststelle in Reutlingen eintrafen. Sie mussten sich zuerst einmal orientieren, wo sie ihr Dienstfahrzeug abstellen konnten, dann machten sie sich auf den Weg zu den Büros der Reutlinger Kollegen. Man begrüßte sich herzlich und tauschte einige Nettigkeiten aus. Im Konferenzraum war schon alles für die Besprechung hergerichtet worden. Kriminaldirektor Richard Heinrich wollte zwar ebenfalls teilnehmen, sagte dann aber wegen eines dringenden Termins im Innenministerium wieder ab. Kriminalhauptkommissar Gerhard Meininger hatte zwar den Staatsanwalt darüber informiert, nicht aber Richter Gernot Maier, und zwar in Absprache mit dem Staatsanwalt. Auf mehreren Tischen wurden die Fundsachen nun ausgelegt und nummeriert. Neugierig beäugten die Anwesenden die Kleidungsstücke.

Kriminalkommissar Christian Fromm interessierte sich sofort für die Perücke.

»Das ist ja mal interessant!«, sagte er.

»Ich weiß nicht, ob die zu den Kleidungsstücken gehört, das kann auch ein Zufallsfund sein«, erklärte Franz Bäuerle.

»Nein, nein, die gehört dazu. Die hab ich doch schon mal gesehen. Einen Moment bitte!«

Christian Fromm verließ den Raum, um ins Büro zurück zu gehen. Wenig später kam er mit ein paar Fotos zurück.

»Seht ihr, da ist die Perücke!«, sagte er und deutete auf eines der Fotos, »und die Trägerin ist unsere Vermisste!«

»Zu was braucht man eine Perücke im Sommer am Bodensee?«, fragte Hein Mommsen verwundert.

»Um sich unkenntlich zu machen. Wir glauben, dass unsere Vermisste in irgendwelche illegalen Machenschaften verwickelt war, denn wir haben noch was Interessantes bei ihr gefunden: Das hier sieht aus wie Aufzeichnungen von Straßenzügen. Ich weiß nur nicht, wo das sein soll und vor allem, was das zu bedeuten hat!«, sagte Fromm und reichte den Kollegen die ominösen Aufzeichnungen.

Mommsen und Bäuerle studierten die Blätter aufmerksam, wobei Bäuerle immer wieder den Kopf schüttelte.

»Damit kann ich nichts anfangen!«, meinte er.

»Interessant, sehr interessant!«, bemerkte Mommsen. »Wir sollten diese Blätter an das BKA weitergeben. Zumindest ein Blatt weist auf eine Mittäterschaft bei den Krawallen beim G20-Gipfel in Hamburg hin. SPFM heißt nämlich nichts anderes wie Sankt Pauli Fischmarkt. Ich war als Zivilfahnder dort im Einsatz und hab die Brutalität hautnah miterlebt. Es wäre mir ein Anliegen, dass wir diese Chaoten zur Verantwortung ziehen könnten.«

»Du glaubst also, dass das Aufmarschpläne sind?«, fragte Bäuerle ungläubig.

»Ich kann das nicht mit Sicherheit sagen, aber die Experten beim BKA wissen da sofort Bescheid, weil man bei einigen Festgenommenen ähnliche Dokumente gefunden hat!«

»Es bestünde also die Möglichkeit, dass Zita-Fee Maier bei den Krawallen dabei war? Dann sollten wir aber die Fotos, auf denen sie die Perücke trägt, gleich mitsenden. Und wir sollten uns das Klassenbuch anschauen, ob sie im infrage kommenden Zeitraum in der Schule gefehlt hat. Und vielleicht fragen wir auch mal ihre Mutter, diese Frau Maierhof, ob ihr Töchterchen im fraglichen Zeitraum zu Hause war«, ergänzte Gerhard Meininger.

Der Kriminalhauptkommissar setzte den Doppelnamen der Ex-Frau des Richters Maier mit Absicht zusammen, weil er es nicht leiden konnte, wenn jemand auf seinem Doppelnamen bestand.

»Wann war denn dieser G20-Gipfel in Hamburg?«, fragte Franz Bäuerle.

»Am siebenten und achten Juli 2017. Ich weiß das genau, weil ich am neunten Juli dreißig Jahre verheiratet war. Meine Frau und ich wollten das gemütlich bei einem Abendessen feiern. Daraus wurde nichts. Da ich aus Hamburg komme, wurden ich und andere Kollegen zur Unterstützung der Kräfte vor Ort dienstverpflichtet. Wir mussten uns mit den Chaoten rumprügeln, die vor nichts und niemanden in ihrer sinnlosen Zerstörungswut haltgemacht haben. Es liegt mir also sehr viel daran, diese Leute zur Rechenschaft zu ziehen. Wenn es euch nichts ausmacht, würde ich gerne mit dem Sachbearbeiter beim BKA Kontakt aufnehmen. Dann könnten wir uns den Weg durch die Instanzen sparen«, schlug Hein Mommsen vor.

»Gute Idee, dann können wir uns auf die Arbeit hier vor Ort konzentrieren«, sagte Gerhard Meininger.

Hein Mommsen ging aus dem Sitzungsraum, um in Ruhe telefonieren zu können.

»Die Sache nimmt immer größere Dimensionen an«, brummte Fromm.

»Du hast recht. Ich bin mal gespannt, wie sich unser Herr Richter zu den Erkenntnissen äußert. Dass die Mutter nichts von den Aktivitäten ihrer Tochter mitbekommen haben will, kann ich nicht glauben. Als normaler Mensch willst du doch wissen, wo dein Kind drei Tage und Nächte gewesen ist. Schau doch mal, ob du im Archiv etwas über eine gewisse Margit Hof findest. Oder was meinst du?«, fragte Meininger seinen Kollegen.

Dieser setzte sich an einen Computer, der etwas abseits auf einem separaten Tisch stand. Nach ein paar Augenblicken kam das Ergebnis der Anfrage vom BKA. Christian Fromm berichtete sofort:

»Also folgender Eintrag im Archiv: Margit Andrea Hof, geboren in Stuttgart, war zwischen 1981 und bis zur Auflösung 1990 Mitglied im Spartakus, einem von der ehemaligen DDR und der DKP finanzierten, linken Studentenbund.

Sie galt als Sympathisantin der Roten-Armee-Fraktion und wurde mehrmals erkennungsdienstlich behandelt. Sie beteiligte sich an mehreren Demonstrationen, bei denen es zu gewaltsamen Auseinandersetzungen mit den Ordnungsorganen kam. So zum Beispiel am 2. November 1981 nach der Räumung eines Hüttendorfes am Frankfurter Flughafen, in dem sie zeitweise gewohnt hatte.«

»Da fällt der Apfel ja nicht weit vom Stamm, wenn ich das mal so salopp ausdrücken darf!«, sagte Gerhard Meininger und rieb sich das Kinn.

»Ich habe vorsorglich mal unseren Herrn Richter Maier eingegeben. Über den ist nichts vermerkt. Wie mag der wohl an diese Frau geraten sein?«, fragte Fromm.

Kaum hatte er diesen Satz ausgesprochen, da wurde die Tür aufgerissen.

»Hatten wir nicht vereinbart, dass ich unterrichtet werde, wenn sich in der Sache etwas Neues ergibt?«, fragte der aufgebrachte Gernot Maier.

»Herr Richter, wir sind in unseren Ermittlungen noch in der Schwebe, das heißt, dass unsere Erkenntnisse nicht gesichert sind. Wir wollten ganz einfach nicht mit Gerüchten zu Ihnen kommen, weil wir dachten, das Sie sowieso genug anderes zu tun haben!«, log Meininger.

»Das mag sein! Aber wenigstens hätten Sie mich unterrichten können, dass die Herren aus Konstanz anreisen!«

»Herr Richter, wir sind gerade an einer Sache dran, die äußerst sensibel behandelt werden muss. Deshalb wollten wir den Sachverhalt unbedingt hieb- und stichfest haben, bevor wir fortfahren«, argumentierte Meininger weiter.

Die Tür wurde geöffnet und Mommsen kam wieder herein. Als der den aufgebrachten Gernot Maier sah, verzog er das Gesicht.

»Guten Tag, Herr Richter!«, grüßte Mommsen artig.

»Tag!«, antwortete Maier kurz, und beachtete Mommsen dabei nicht.

Der machte hinterrücks zu Meininger ein Zeichen, in dem er den Daumen nach oben hob. Es bestand also ein Zusammenhang zwischen der vermissten Tochter Maiers und den Krawallen in Hamburg.

»Herr Richter, es erhärtet sich der Verdacht, dass Ihre Tochter weit mehr als nur in einer Friedensorganisation tätig war«, begann Meininger.

»Wie meinen Sie das? Erklären Sie mir das!«, empörte sich der Richter.

»Wir haben in einem Versteck im Zimmer Ihrer Tochter nicht nur eine Waffe und Sprengstoff gefunden. Wir konnten außerdem diese Zeichnungen sicherstellen. Sie zeigen vermutlich Einsatzpläne für Gewalttaten bei einer Demonstration.«

Bestürzt nahm Gernot Maier die Blätter in die Hand und überflog sie.

»Das könnten ja auch Arbeitsblätter in Geografie sein oder so etwas!«

»Könnte, ja. Aber warum sollte dann gerade von der Hafenstraße in Hamburg eine solche Ausarbeitung gemacht werden?«, fragte Mommsen dazwischen und hielt dem Richter das entsprechende Blatt unter die Nase.

Gernot Maier betrachtete das Papier eingehend und schüttelte dabei langsam den Kopf.

»Ihre Mutter hat einen sehr negativen Einfluss. Sie müssen wissen, dass meine Ex-Frau in jungen Jahren beim Spartakusbund aktiv war. Offenbar hat sie nichts dazugelernt. Ich habe versucht, meine Tochter auf meine Seite zu ziehen. Sie durfte mit mir ans Gericht und die Strafakten einsehen. Das sollte sie davon überzeugen, dass es sich nicht lohnt, gegen die Regeln unserer Rechtsgrundlagen zu verstoßen. Aber es sieht so aus, als habe sie genau das Gegenteil davon getan. Ich habe meine Ex kennengelernt, da war ich ganz neu als Strafverteidiger tätig. Sie gefiel mir, weil sie sehr selbstbewusst war. Und gut ausgesehen hat sie auch noch. Die hat mich sofort um den Finger gewickelt. Eine Rakete war sie, wenn Sie wissen, was ich meine. Das hat aber alles sehr schnell nachgelassen. Naja, das Ergebnis sehen Sie ja. Wissen Sie, meine Herren, Jean Paul Sartre sagte einmal: »Wenn ein junger Mensch mit fünfzehn kein Kommunist ist, ist er nicht normal. Wenn er als Erwachsener immer noch Kommunist ist, ist er auch nicht normal.« So in etwa verhält es sich mit meiner Ex-Frau. Meine Herren, was ich da eben gesagt habe, bleibt aber bitte unter uns!«

Alle nickten und wunderten sich über die Offenheit des Mannes, der sich nun im Klaren war, dass er bei der Erziehung seiner Tochter versagt hatte.

»Was sind die nächsten Schritte?«, fragte er weiter.

»Wir haben eine Suchmeldung an die Medien rausgegeben. Beim Lokalfernsehen wurde bereits gestern darüber berichtet, die lokalen Zeitungen schreiben heute darüber. Wir erhoffen uns davon, dass vielleicht ein Mitwisser bei Ihrer Frau auftaucht, um nach der Waffe oder dem Sprengstoff sucht. Wir haben auf beiden Beweismitteln keine Fingerabdrücke sichern können. Es könnte also sein, dass Ihre Tochter entweder nichts von der Existenz der beiden Dinge wusste, oder aber sie war so professionell und hat alle Spuren verwischt«, antwortete Meininger.

»Naja, das hat sie ja dann bei mir gelernt!«, bemerkte der Richter sarkastisch.

»Einer unserer Beamten ist vor Ort und beobachtet das Haus, falls sich jemand gewaltsam Zutritt verschaffen will«, sagte Christian Fromm.

»Das würde ich niemandem raten. Meine Ex-Frau frisst einen Eindringling mit Haut und Haaren auf!«

Meininger und Fromm hatten die Frau miterlebt und konnten sich vorstellen, was da los wäre, wenn sich ein potenzieller Einbrecher in ihrem Haus befinden würde. Aber die Frau war ja berufstätig und musste zur Schule gehen, deshalb bestand die Gefahr, dass diese Zeit ausgenutzt werden konnte, um die Beweismittel an sich zu bringen. Das Handy des Richters beendete die weitere Unterhaltung. Er verabschiedete sich bei jedem der Anwesenden wieder per Handschlag und machte sich auf den Weg zurück ans Landgericht. Wenig später kam der Amtsbote in den Besprechungsraum und übergab die Tagespost. Darunter befand sich ein Brief ohne Absender. Meininger betrachtete den Brief aufmerksam.

»Schau, schau, der erste anonyme Brief!«, sagte er.

Vorsichtig tastete er das Kuvert ab, falls sich etwas anderes als ein Blatt Papier darin befand. Dies schien aber nicht der Fall zu sein. Dann öffnete er den Umschlag. Es kam ein DIN-A4-Blatt zum Vorschein, das nur mit einem Bild bedruckt war. Der Kriminalhauptkommissar faltete das Blatt auseinander und betrachtete es aufmerksam.

»Ach sieh mal einer an! Unser Herr Lehrer und seine Schülerin.«

»Lass mal sehen!«, sagte Fromm und nahm das Blatt.

»Ich glaube, wir haben Gesprächsbedarf mit dem Herrn Blocha!«

Auf dem Bild war der Lehrer Rolf Blocha mit einem Mädchen im Arm auf einer Bank abgebildet. Bei dem Mädchen handelte es sich tatsächlich um Zita-Fee Maier.

»Es könnte sich um ein Fake handeln. Wir sollten das Papier den Spezialisten von der IT-Abteilung übergeben«, sagte Willi Früh.

»Ja klar, aber wir müssen den Urheber des Bildes herausfinden, denn der weiß offenbar mehr über das Mädchen. Wer könnte das sein? Ein Mitschüler, der auf den Lehrer eifersüchtig ist oder eine Mitschülerin, die auf die Maier eifersüchtig ist? Langsam wird es kompliziert«, brummte Meininger.

»Nichtsdestotrotz sollten wir Mittagspause machen. Wollen wir in die Stadt zum Essen gehen, meine Herren?«, fragte Christian Fromm die Anwesenden.

»Gibt es etwas Empfehlenswertes in der Innenstadt? Also ich meine keinen Imbiss oder so etwas«, fragte Franz Bäuerle.

»Ja, ja, da gibt es schon einige gute Wirtschaften. Ich denke, wir gehen zum Rathaus, da kann man schön draußen sitzen und bekommt immer einen Platz«, schlug Gerhard Meininger vor. Während des Essens unterhielten sich die Beamten über aktuelle Probleme in ihrem Berufsleben. Eigentlich wäre Meininger sehr gerne in die Polizeikantine gegangen, denn da gab es heute gebackene Kalbsleber. Eines seiner Lieblingsgerichte. Seit dem Tod seiner Frau hatte er dieses Gericht nicht mehr gegessen. Nach etwa einer Stunde beendeten sie die Mittagspause. Mommsen und Bäuerle verabschiedeten sich und traten die Rückfahrt an den Bodensee an.

Am Nachmittag bekamen die Ermittler das Ergebnis der Untersuchung der gefundenen Waffe und des Sprengstoffs. Die Waffe war wohl schon länger nicht mehr abgefeuert worden, denn im Lauf zeigten sich Rostspuren. Ob der Revolver bei früheren Straftaten Verwendung gefunden hatte, musste noch geklärt werden, da noch nicht alle Daten digitalisiert waren. Der Sprengstoff stammte eindeutig aus Tschechien. Er war ebenfalls schon einige Jahre alt. Gerhard Meininger las den Bericht aufmerksam durch.

»Wenn die Waffe schon über Jahre nicht benutzt wurde, vom wem stammt sie dann? Tatsächlich von der Tochter, oder ist das etwa ein Überbleibsel aus der radikalen Vergangenheit der Mutter? Wir sollten uns noch mal mit der Dame unterhalten, ich würde gerne eine Handyüberwachung anordnen«, sagte Meininger und telefonierte mit dem Staatsanwalt. Der war aber anderer Auffassung und genehmigte zur Enttäuschung Meiningers die Handyüberwachung nicht.

»Dann nehmen wir uns halt den Lehrer vor, gehst du mit?«, fragte er Christian Fromm gereizt.

»Sollen wir nicht vorher bei dem anrufen? Der hat vielleicht noch Unterricht.«

»Glaubst du das? Ich nicht, der Überraschungseffekt ist immer besser.«

Also nahm Meininger eine Kopie des anonymen Briefes in die Hand und war auch schon auf dem Weg zum Dienstwagen. Wenig später fuhren sie vor einem alten Tuffsteinhaus in der Paul-Pfitzer-Straße vor.

Meininger drückte kurz den Klingelknopf, drinnen krächzte eine Klingel. Dann hörte man, wie jemand auf die Haustüre zu ging und am Schloss drehte. Das erstaunte Gesicht von Rolf Blocha, dem Lehrer, kam zum Vorschein.

»Sie? Gibt es denn noch etwas zu besprechen?«, fragte er erstaunt.

»Ja. Es gibt Neuigkeiten, die Sie wissen sollten!«, antwortete Meininger.

»Okay, dann kommen Sie halt herein. Ich bin gerade am Vorbereiten für eine Klassenarbeit. Darum ist es ein wenig ungeordnet!«

Ein wenig? Es sah aus, als hätte eine Bombe in das Zimmer eingeschlagen. Überall lagen Bücher und Ordner verstreut, sodass es gar keine Sitzgelegenheit gab. Eiligst räumte Blocha einige Ordner beiseite.

»So, setzen Sie sich doch! Ich bin gespannt, was Sie mir zu sagen haben!«

»In welchem Verhältnis standen Sie zu der vermissten Schülerin?«

»In keinem besonderen. Wie halt zwischen Lehrer und Schüler, ganz normal.«

»Können Sie sich vorstellen, dass einer Ihrer Schülerinnen oder Schüler Sie heimlich beobachtet hat?«

»Was soll das denn heißen? Wieso sollte mich jemand beobachten?«

»Darum!«, antwortete Meininger und reichte dem Mann das Bild.

»Das ist ein Fake! Klar! Das hat jemand am Computer zusammengefügt!«

»Wer ist bei Ihnen in der Klasse zu so etwas fähig?«

»Da gibt es einige. Wir haben eine Digitalprojektgruppe. Da sind einige Schüler engagiert, die die Schule auf das Digitalzeitalter vorbereiten sollen.«

»Können Sie uns da ein paar Namen nennen? Ober gab es den ein oder anderen Schüler, der sich zu der Vermissten hingezogen fühlte?«

Blocha blies die Backen auf.

»Was soll ich da sagen? So spontan fällt mir da nur der Tim ein. Der hat immer versucht, mit der Zita anzubandeln. Sie hat ihm aber immer wieder die kalte Schulter gezeigt.«

»Wo wohnt der junge Mann?«

»Draußen in Orschel-Hagen. Aalener Straße glaube ich, ich bin mir aber nicht ganz sicher!«

»Das können wir herausfinden«, sagte Meininger und wurde durch einen Anruf unterbrochen.

»Kommen Sie mit allen Schülern zurecht oder gibt es mit dem oder der einen schon mal Probleme?«, fragte Christian Fromm weiter.

»Eigentlich hab ich keine Probleme. Naja, die Jungs sind nun mitten in der Pubertät, da wollen sie schon mal die Kräfte messen. Aber bisher hab ich alles im Griff!«

Gerhard Meininger beendete das Telefongespräch.

»Das war das Labor, das den Originaldruck untersucht hat. Der Experte meint, zu neunzig Prozent ist das Bild kein Fake. Was sagen Sie dazu?«

»Das muss ein Fake sein, ich, ich …«, stotterte Blocha und wurde dabei kreideweiß.

»Unsere Experten haben einen sogenannten Pixelvergleich gemacht. Bei dem sieht man ganz genau, ob ein Bild zusammengesetzt worden ist oder nicht. Und die sind der Meinung, dass es das eben nicht so ist! Wo könnte das Bild aufgenommen worden sein?«

»Ich weiß es nicht! Ach wissen Sie was, ich sage gar nichts mehr!«, sagte der Lehrer und verschränkte dabei seine Arme wie ein trotziges Kind.

»Herr Blocha, wenn wir an die Originalaufnahme herankommen, dann wird es sehr schwierig für Sie, aus der Sache wieder herauszukommen. Und so wie mir meine Erfahrung sagt, wird der Informant mit mehr Fakten auf uns zukommen, wenn er sieht, dass nichts geschieht. Eine abschließende Frage noch: Wo waren Sie am letzten Samstag und die Nacht auf Sonntag?«

»Das werde ich Ihnen nicht auf die Nase binden!«, antwortete Blocha trotzig.

»Es wäre gut, wenn Sie sich nach einem Rechtsbeistand umschauen würden!«, sagte Christian Fromm zu dem aufgebrachten Mann.

Die beiden Beamten ließen Blocha stehen und gingen zurück zum Dienstfahrzeug.

»Mich würde jetzt brennend interessieren, wen der gleich anruft!«, sagte Fromm.

»Mich auch. Das mit den neunzig Prozent war übertrieben. Das Labor ist sich lediglich zu fünfzig Prozent sicher, da der Ausdruck doch eher eine schlechte Qualität aufweist. Ich hab ein bisschen auf den Busch geklopft, um die Reaktion von dem Herrn zu testen.«

»Das ist dir gelungen, gratuliere! Wenn der sich jetzt einen Anwalt nimmt, sehen wir ganz alt aus.«

»Egal. Glaubst du, der hatte was mit der Maier?«

»Ich kann es nicht sagen. Ich meine, das kommt schon mal vor, dass sich ein Lehrer mit einer Schülerin einlässt. Aber in dem Fall? Da muss für die Maier was herausgesprungen sein, weil ich mir das von dem Blocha nicht vorstellen kann. Hat der eigentlich Familie? Das haben wir gar nicht gefragt!«

»Der ist Junggeselle. Wohnt bei Mutti. Also ein leichtes Opfer für eine raffinierte Siebzehnjährige.«

»Die sich vor allem in Strafverfahren auskennt! Wir sollten herausfinden, ob es sich bei unserem anonymen Schreiberling um diesen Schüler da handelt. Der heißt Tim Grüner. Wohnhaft Aalener Straße 25. Das ist draußen in Orschel-Hagen.«

»Ich würde zuerst zu der Maier-Hof gehen. Was ist, wenn die Waffe tatsächlich aus deren Besitz stammt? Die versteckt sie vor ihrem Mann und ihrer Tochter. Sie will die Waffe schon längst los haben, weiß aber nicht wie. Die Tochter findet die Waffe und stellt die Mutter zur Rede. Schließlich ist sie ja Mitglied in einer Friedensorganisation. Es kommt zum Streit. Die Tochter haut ab, weil sie Angst vor der Mutter hat.«

»Und warum vertraut sie sich dann nicht dem Vater an?«

»Weil sie mit ihm ebenfalls im Streit ist«, erklärte Gerhard Meininger.

Wenig später erreichten sie das Wohnhaus von Margit

Maier-Hof. Etwas weiter entfernt erkannten sie das Auto von Carsten Dombrowski. Um nicht aufzufallen, rief Meininger bei Dombrowski an.

»War irgendetwas?«, fragte er kurz angebunden.

»Nö, alles ruhig bisher!«, antwortete Dombrowski.

Meininger beendete das Telefonat, und ging, gefolgt von Christian Fromm, zur Haustür. Zum Erstaunen beider wurde sofort geöffnet. Maier-Hof hatte ein Handtuch, das zu einem Turban gewickelt war, auf dem Kopf.

»Da haben Sie aber Glück gehabt. Vor fünf Minuten hätte ich Sie nicht klingeln gehört. Heute Morgen hat jemand angerufen und sich nach meiner Tochter erkundigt. Ich hab seine Telefonnummer vom Display abgeschrieben. Hier!«, sagte sie und überreichte Meininger einen Zettel. »Gibt es etwas Neues, weil Sie vorbei gekommen sind?«

»Naja, wie man es nimmt! Frau Maier-Hof, in ihrer Vergangenheit waren Sie ja ziemlich politisch engagiert!«

»Ach, hat Ihnen das mein Ex-Ehemann gesteckt? Ja, aber das war einmal! Ich nenne das eine Jugendsünde. Das haben Sie doch sicherlich auch gemacht, wenn Sie ehrlich sind!«

»Nein, nicht dass ich wüsste. Wir haben die Waffe im Labor untersuchen lassen. Leider haben wir keine Fingerabdrücke finden können. Was aber noch wichtiger ist, dass die Waffe schon lange nicht mehr gebraucht worden ist. Das heißt, sie könnte über Jahre schon unter dem Sims gelegen haben!«

Langsam drehte sich die Lehrerin um und sah die beiden Kriminalbeamten wütend an.

»Ach, und jetzt glauben Sie, ich hätte das Ding da versteckt, ja? Sind Sie noch bei Sinnen? Ich werde mir sofort einen Rechtsbeistand besorgen, das lasse ich mir nicht gefallen! Und dann raus hier!«, brüllte sie und zeigte mit der Hand in Richtung Haustüre.

Meininger und Fromm verließen das Haus und gingen zurück zu ihrem Dienstfahrzeug.

»Das war Wespennest Nummer zwei«, sagte Fromm trocken.

»Die hat was auf dem Kerbholz, das sagt mir mein Gefühl«, murmelte Meininger und startete den Motor. Meininger fuhr an Dombrowski vorbei und grüßte ihn mit einem Kopfnicken. Die Aalener Straße war zugeparkt mit den Autos der Anwohner, sodass Meininger den Dienstwagen einfach im Halteverbot parkte. Die beiden Kriminalbeamten mussten einige Meter gehen, bis sie das Mietshaus erreicht hatten. Im dritten Stock wohnte Tim Grüners Familie. Fromm drückte den Klingelknopf. Wenig später kam durch den Lautsprecher der Sprechanlage ein kurzes »Ja!«

»Guten Tag, Meininger mein Name, können wir kurz mit Tim Grüner reden?«

Ein kurzes Knacken und dann wurde der Türöffner betätigt. Instinktiv schauten beide im Treppenhaus nach oben. Aber zu sehen war niemand, also stiegen sie die Treppen hoch. Oben angekommen, sahen sie, dass die Wohnungstür offen stand. Meininger klopfte an und öffnete vorsichtig die Tür. Dann stand plötzlich ein junger Mann vor ihnen.

»Nerd«, schoss es Meininger beim Anblick des Jungen in den Kopf. Als »Nerd« bezeichnet man landläufig Computerfreaks, die die soziale Bindung zu ihrer Umwelt verloren haben. Tim hatte eine ausgewaschene Hose an und trug darüber ein ebenso verwaschenes T-Shirt. Er sah die beiden Beamten mit großen Augen an, denn er hatte wohl jemanden anderen erwartet.

»Sie schon wieder, Sie sehen aber nicht wie der Pizzalieferant aus!«, sagte er hektisch.

»Sind wir auch nicht. Haben wir auch nicht behauptet«,

antwortete Meininger und zeigte dem Mann seinen Dienstausweis. »Sind Sie der Tim Grüner?«

»Ja, warum, was ist?«

»Haben Sie uns diesen Brief geschickt?«, fragte Christian Fromm und hielt ihm den Ausdruck unter die Nase.

»Nein, warum sollte ich so was schicken? Ich mache alles online!«

»Dürfen wir kurz reinkommen?«, fragte Meininger und drängte den jungen Mann zurück.

»Ja wieso denn, warum?«, stammelte der junge Mann und wich ängstlich zurück.

Während sich Gerhard Meininger mit dem jungen Mann beschäftigte, sah sich sein Kollege Fromm in der Wohnung um. Alles schien einigermaßen aufgeräumt zu sein. Die Möbel waren ziemlich neu und im Wohnzimmer stand ein überdimensionaler Flachbildschirm. Auf einem Sideboard befand sich ein großes Foto. Es zeigte einen Mann in Uniform. In dieses Foto war ein kleineres angefügt worden, das denselben Mann auf einem gepanzerten Fahrzeug zeigte.

»Noch eine Frage: Haben Sie dieses Bild gemacht?«, wiederholte Meininger.

»Nö, womit denn? Mit dem Handy? Nö! Da können Sie nachschauen, da werden Sie nichts finden. Und auf meinem Rechner auch nicht. Und einen Drucker hab ich sowieso nicht, zu was auch?«, antwortete er und übergab dem Kriminalhauptkommissar sein Handy.

»Wer könnte dann dieses Foto gemacht haben?«, fragte Fromm.

»Ist mir eigentlich egal.«

»Wie gut kommen Sie eigentlich mit Ihrem Lehrer Blocha aus?«

»Sagen wir es mal so, wir respektieren uns.«

»Warum? Ist es wegen dieses Mädchens?«

»Quatsch! Mit der hat doch jeder in der Klasse Zoff gehabt. Gut, es gab mal eine Zeit, in der die normal war. Da fühlte ich mich schon zu ihr hingezogen. Aber das hat sich dann sehr schnell geklärt.«

»Warum, hatte ein anderer mehr Chancen bei ihr? Etwa der Herr Blocha?«

»Nein. Sie hat mich mal zutiefst beleidigt!«, sagte der junge Mann und verzog sein Gesicht zu einer Grimasse.

»Darf man wissen, was der Grund zu der Beleidigung war?«

»Nein.«

»Glauben Sie, dass das Bild echt ist? Oder anders gesagt, wer hat die Möglichkeit, ein solches Fake herzustellen?«

»Keine Ahnung«, sagte Tim Grüner und zuckte nur mit den Schultern.

»Herr Grüner, wenn Sie uns nicht helfen wollen, müssen wir Sie wegen des Verdachts der Mittäterschaft beim Verschwinden von Zita-Fee Maier mitnehmen. Also: Sie wissen ganz genau, wer dieses Foto gemacht und ausgedruckt haben könnte. Wer war das?«

»Ich weiß es wirklich nicht! Ich bin zwar in der Arbeitsgruppe Digitalisierung drin und habe Zugang zu den diversen Geräten, aber ich bin nicht der Einzige. Da sind noch vier andere. Ich will aber niemanden verdächtigen. Schon allein deshalb, weil die anderen nicht viel Ahnung von Computertechnik haben. Die sind nur deshalb in der Gruppe, dass sie sich ein paar unterrichtsfreie Stunden gönnen können.«

»Können Sie uns die Namen nennen?«

»Ich weiß nicht, ob ich das darf!«

»Wir sind hier in einer Ermittlung in einer Straftat, vielleicht in einem Kapitalverbrechen und nicht im Schultheater. Also, die Namen!«, fragte Meininger mit drohender Stimme.

»Kevin Mischke, Felix Dopfner, Karla Heinzelmann.«

Fromm notierte sich die Namen in ein kleines Büchlein.

»Und wer ist der betreuende Lehrer?«

»Der Herr Blasius.«

»Eine andere Frage: Sind Ihre beiden Eltern berufstätig?«

»Ja.«

»Und wo?«

»Meine Mutter arbeitet bei Bosch in der Kontischicht und mein Vater ist Soldat«, antwortete Grüner mit gesenktem Kopf.

»Wo ist Ihr Vater stationiert?«

»In Afghanistan. Im Augenblick!«

Gerhard Meininger dachte eine Weile nach und sagte dann: »Könnten Ihre Probleme mit der Zita-Fee aufgrund der Tätigkeit Ihres Vaters entstanden sein, weil er Soldat ist?«

»Ja. Sie hat mich als Sohn eines imperialistischen Besatzers bezeichnet«, sagte er mit tränenunterdrückter Stimme.

»Haben Sie aufgrund des Berufes ihres Vaters noch mehr Probleme an der Schule? Etwa von der Lehrerschaft?«

Tim Grüner nickt nur stumm mit dem Kopf.

»War auch der Herr Blocha dabei?«

»Ja, der auch. Der hat sich regelrecht aufgegeilt, als diese blöde Aktivistenkuh mich vor allen anderen niedergemacht hat. Was kann denn ich dafür, dass mein Vater Soldat ist?«, schrie er plötzlich und zitterte am ganzen Körper.

»Wo waren Sie am Samstagabend letzte Woche?«

»Ich wusste, dass diese Frage kommt. Ich war hier, wie immer, hier! Und ich habe keine Zeugen! Aber wenn Sie ein paar gute Leute in Ihrer IT-Abteilung haben, werden die feststellen, dass ich den ganzen Abend online gezockt habe. Ansonsten kann ich Ihnen nicht helfen!«

»Danke, das reicht uns schon. Ihre Angaben werden

wir überprüfen. Schönen Tag noch!«, sagte Meininger und wandte sich zur Tür.

Als die beiden Kriminalbeamten wieder im Dienstwagen saßen, sagte Christian Fromm: »Ich weiß nicht, was ich von dem Jungen halten soll!«

»Mir geht es genauso. Es sieht wohl so aus, als ob er den Brief nicht abgeschickt hat. Aber es könnte doch durchaus sein, dass er als Rache über die Demütigung wegen seines Vaters der Maier eins übergezogen hat!«

»Ich weiß nicht, der sieht mir nicht nach einem kaltblütigen Mörder aus!«

»Wir werden auf jeden Fall mal seine Verbindungsdaten überprüfen lassen. Ich glaube, dass wir noch Gesprächsbedarf mit diesem Lehrer haben. Hoffentlich hat der nicht schon nach einem Anwalt Ausschau gehalten.«

»Ich denke, es ist besser, wenn wir uns zuvor die anderen Jugendlichen einmal näher betrachten. Es könnte ja sein, dass unter denen ein schwarzes Schaf ist.«

Meininger fuhr zurück zur Dienststelle. Dort setzte er sich an seinen Computer und gab die Namen der anderen Projektteilnehmer in die Auskunftsdatei ein.

»Ach nee!«, rief er plötzlich.

»Was gefunden?«, fragte Fromm.

»Mischke, Kevin. Ist verdächtig, als Anhänger einer rechtsgerichteten Jugendgruppe anzugehören.«

»Das ist aber eine lustige Mischung in der Klasse. Eine Links- und ein Rechtsextremer oder vielleicht mehrere. Das ist doch der ideale Nährboden für gesinnungspolitische Auseinandersetzungen. Ob der Herr Rektor von dem allem Bescheid weiß?«

»Was ist mit den anderen beiden Schülern?«

»Nicht auffällig. Keine Einträge.«

Inzwischen war Carsten Dombrowski wieder von seinem

Posten vor der Wohnung von Margit Maier-Hof zurückgekehrt und von einem anderen Kollegen abgelöst worden. Er setzte sich an seinen Computer und veranlasste eine Rufnummernverfolgung des Anrufes, der bei der Pädagogin eingegangen war.

»Die Rufnummer, die die Frau Maier-Hof erreicht hat, gehört einem gewissen Paul Nevel aus Straßburg«, sagte er zu den anderen.

Meininger begann sofort, den Namen in das Fahndungsregister einzugeben.

»Hoppla, da haben wir aber einen Treffer gelandet. Nevel, Paul, wird mit internationalem Haftbefehl gesucht. Gilt als extrem gewaltbereit und gehört einer linksradikalen Bewegung in Frankreich an. Er wurde wegen der Unterstützung einer terroristischen Vereinigung zu sechs Jahren Haft verurteilt und ist vor seinem Haftantritt untergetaucht. Die Handynummer wurde seit einiger Zeit nicht mehr benutzt. Wir sollten sofort eine Handyortung beantragen und veranlassen. Außerdem werde ich mich mit den französischen Kollegen in Verbindung setzen. Vielleicht gehören dem Kerl die Waffe und der Sprengstoff!«

»Die Tübinger Kollegen haben sich inzwischen mit dieser Friedensinitiative beschäftigt. Über die ist nur bekannt, dass sie sich um die angekommenen Flüchtlinge in Tübingen kümmern. Allerdings gibt es in deren Umfeld auch einige Personen, die der linksextremen Szene im Großraum Reutlingen und Tübingen zugerechnet werden. Nach nicht gesicherten Informationen vom Bundesgrenzschutz werden diese Personen verdächtigt, die illegale Einreise von Flüchtlingen zu unterstützen«, berichtete Willi Früh.

»So langsam aber sicher driften wir da in eine Sache rein, die eigentlich ein Fall für den Staatsschutz ist. Wir sollten uns mit dem Staatsanwalt kurzschließen. Ich ruf den gleich mal an!«, sagte Meininger und hob den Hörer seines Telefons ab.

Während er auf die Verbindung wartete, winkte Christian Fromm aufgeregt mit den Händen. Meininger unterbrach das Telefonat sofort und fragte: »Was ist?«

»Der Kollege, der vor dem Haus Maier-Hof postiert ist, meldet eine merkwürdige Ansammlung von Personen. Offenbar soll da eine Kundgebung stattfinden!«

»Nix wie hin! Alle Mann mitkommen! Wir fahren aber nicht direkt den Eingang zum Haus an, sondern kommen über einen Pfad durch den Wald hinter das Haus!«

Margit Maier-Hof wohnte in einer Doppelhaushälfte in der Nördlinger Straße in Orschel-Hagen. Auf der Fahrt dorthin studierte Christian Fromm die Umgebung des Hauses auf einem Luftbild, das er vom Internet heruntergeladen hatte.

»Wir könnten unten am Heizwerk parken. Da geht ein Pfad den Berg hoch, der direkt am Grundstück der Maier-Hof vorbei geht. Der Garten sieht ziemlich verwildert aus.«

»Das ist gut, denn der bietet uns Deckung. Wir gehen irgendwo im Garten in Stellung, von wo wir aus das Fenster von Zitas Zimmers gut einsehen können.«

Jetzt klingelte auch noch das Handy Meiningers. Der Staatsanwalt hatte auf seinem Display einen Anruf in Abwesenheit gesehen.

»Herr Staatsanwalt, wir sind gerade auf dem Weg zu der Wohnung der Vermissten. Wir vermuten, dass dort im Rahmen einer Solidaritätsdemo versucht wird, in die Wohnung einzudringen, um an die Waffe und den Sprengstoff zu kommen. Wir haben die Waffe dort wieder postiert, vielleicht hinterlässt der Verdächtige ja seine Fingerabdrücke, wenn wir Glück haben!«

»Sie wissen schon, dass Sie ein großes Risiko eingehen,

ja? Wenn das schiefgeht, haben Sie von mir keine Rückendeckung. Wurde wenigstens eine SEK-Einheit zur Unterstützung angefordert?«

»Nein, bis die da sind, ist der ganze Spuk vorbei! Das wissen auch die Demonstranten!«

»Na, dann halten Sie mich auf dem Laufenden!«, sagte der Staatsanwalt und legte auf.

»Das weiß ich selber, dass ich keine Rückendeckung hab. Das wäre ja auch das erste Mal!«, brummte Meininger vor sich hin.

Nach etwa zehn Minuten Fahrt erreichten die Männer den Parkplatz in der Nähe des Heizwerkes in Orschel-Hagen, wo auf der linken Seite ein Pfad steil den Berg zur Nördlinger Straße hinaufging. Während der ganzen Zeit standen die Beamten in Funkkontakt zu ihrem Kollegen, der unweit des Hauses in seinem Wagen saß. Er meldete, dass sich etwa zehn Leute vor dem Haus versammelt hatten. Einige von ihnen hatten Spruchbänder dabei, die aber noch nicht ausgerollt waren. Hin und wieder gesellten sich einzelne Personen hinzu. Mittlerweile waren auch die Nachbarn auf die Ansammlung aufmerksam geworden und schauten aus den Fenstern neugierig zu. Die Hausbewohnerin schien nicht anwesend zu sein, denn es rührte sich nichts. Die Kriminalbeamten hatten einige Mühe, im ungepflegten Garten einen Platz zu finden, an dem sie sich unauffällig postieren konnten und gleichzeitig einen guten Blick auf das Fenster des Zimmers von Zita-Fee Maier zu haben. Dann hörten sie plötzlich Trommelgeräusche und Sprechgesänge. Der Posten vermeldete, dass die Demonstranten ihre Spruchbänder ausgerollt hatten und zu singen begannen. Selbst hinter dem Haus konnte man vernehmen, dass »We shall overcome« gesungen wurde.

Dann wurden Sprechchöre laut, die die Aufklärung des

Verschwindens von Zita-Fee Maier forderten. Es folgten die üblichen Beschimpfungen auf die korrupte Staatsmacht und die rechtsgesteuerte Polizei. Im Haus tat sich immer noch nichts. Der Posten meldete, dass einige Teilnehmer an der Haustüre geklingelt hatten. Nachdem sich niemand meldete, versuchte ein maskierter Mann die Haustüre aufzubrechen. Nun postierten sich die Demonstranten so, dass niemand der Außenstehenden diesen Vorgang mitbekommen konnte. Offenbar gab die Haustür aber nicht nach. Dann bewegten sich die Personen auf die Straße und deckten so den Eingang zum Garten ab. Zur Ablenkung trommelten und pfiffen sie und machten dabei einen Höllenlärm. Dann plötzlich lösten sich zwei Vermummte aus der Gruppe und drangen in den Garten ein. Auch sie hatten Probleme, durch das wild wachsende Grün zu kommen. Durch den Lärm konnten sie das Entsichern der Dienstwaffen der Kripobeamten nicht hören. Einer der Männer zog einen überdimensionalen Schraubendreher hervor und setzte ihn am Fensterrahmen von Zita-Fee Maiers Zimmer an. Mit einem kurzen Ruck öffnete er das Fenster und warf alles, was auf dem Sims gestanden hatte, zu Boden. Mit einem kurzen Satz drangen die beiden in den Raum ein. Zielgerichtet zog einer der Männer den Sims zurück und griff in den darunter liegenden Hohlraum. Zu Meiningers Freude benutzte der Mann keine Handschuhe. Der andere Eindringling durchsuchte das Zimmer nach weiteren Gegenständen, gab aber seinem Komplizen ein Zeichen, dass er nichts finden konnte. Dann verließen die beiden den Raum wieder durch das aufgebrochene Fenster. Die ganze Aktion hatte nur wenige Sekunden gedauert.

Im nächsten Augenblick sahen die beiden in die Mündungen von mehreren Dienstpistolen. Da sie die Ausweglosigkeit ihrer Situation sehr schnell begriffen hatten, ergaben sie sich widerstandslos. Auf der Vorderseite des Gebäudes trafen nun Streifenwagen ein, die von den Anwohnern herbeigerufen worden waren. Um keine unnötigen Auseinandersetzungen oder gar Befreiungsaktionen zu provozieren, wurden die beiden Gefangenen über den Pfad hinunter zum Heizwerk abgeführt. Als die Demonstranten bemerkten, dass zwei ihrer Teilnehmer verhaftet worden waren, fuhren diese schon längst schwer bewacht in Richtung der Dienststelle der Kriminalpolizei. Auf Höhe des zentralen Busbahnhofes versuchte einer der beiden Gefangenen, während eines Halts an einer Ampel, die Tür des Dienstfahrzeuges mit dem Knie zu öffnen. Der neben ihm sitzende Gerhard Meininger versetzte ihm einen Schlag, sodass er auf seinem Sitz zusammensank.

»Was glaubt das Bürschchen eigentlich, mit wem er es zu tun hat? Wir sind doch keine Anfänger!«, schimpfte er.

»Der sieht so aus, wie der gesuchte Franzose, der bei der Maier angerufen hat«, fügte Fromm hinzu.

»Das werden wir in Ruhe feststellen!«, antwortete Meininger völlig gelassen.

Wenig später wurden die Gefangenen getrennt in die Vernehmungszimmer geführt. Wie es sich herausstellte, handelte es sich bei den beiden Einbrechern um Paul Nevel und Jean Testard. Beide kamen aus dem Elsass. Meininger rief die Kollegen von der Streife an, um zu fragen, ob Margit Maier-Hof inzwischen von dem Einbruch wusste. Nachbarn hatten den Beamten erzählt, dass die Frau ein paar Tage in einem Kloster weilte, um innere Ruhe zu finden. Da sie in dieser Zeit ungestört sein wollte, gäbe es auch keine Möglichkeit, Maier-Hof zu erreichen. Dann rief er den Staatsanwalt an, um ihm über seinen Festnahmeerfolg zu berichten. Auf seinem Schreibtisch lag der Revolver, der die Fingerabdrücke von einem der Festgenommenen trug. Plötzlich tauchte der Staatsanwalt auf; er war völlig aus dem Häuschen.

»Das war ein Ritt auf der Rasierklinge, meine Herren! Ich muss Sie natürlich für Ihren Erfolg loben, klar, aber es war sehr leichtsinnig von Ihnen. Die Franzosen sind auf die beiden Burschen scharf. Die wollen die noch heute haben, die sind bereit, sofort einen Helikopter loszuschicken, um die beiden Kerle abzuholen. Hinter denen sind die schon eine ganze Weile her, und zwar ohne Erfolg. Ist das die Waffe?«

»Ja, und der Kerl war so unvorsichtig, seine Fingerabdrücke darauf zu hinterlassen!«, antwortete Meininger mit einem verschmitzten Lächeln im Gesicht.

»Da kommt uns aber auch das Wetter ein wenig entgegen. Wer trägt schon bei dreißig Grad im Schatten Handschuhe!«

Das Handy des Staatsanwaltes klingelte. Er hörte dem Gespräch nur zu und beendete es mit einem kurzen: »Ja, natürlich!«

»So, meine Herren! Das war das Innenministerium. Der Herr Staatssekretär persönlich. Die beiden Franzosen sind auf dem schnellsten Wege und mit höchstem Sicherheitsaufwand in die JVA Rottenburg zu verbringen. Dort werden sie von den französischen Kollegen mit einem Helikopter abgeholt. In wenigen Minuten wird ein Gefangenentransporter mit einer Eskorte eintreffen und die beiden abholen. Der Innenminister dankt Ihnen für Ihren Einsatz«, erklärte der Staatsanwalt mit erhobener Stimme und verließ daraufhin das Büro.

»Ach ja, was ich vergessen habe«, sagte der Staatsanwalt,

der noch einmal zurückgekommen war, »am heutigen Abend gibt es eine Pressekonferenz im Fernsehen. Schauen Sie doch mal rein. Ich werde neben dem Herrn Innenminister sitzen!«

»Ganz gewiss nicht!«, brummte Meininger. Er kannte solche Pressekonferenzen, hatte er doch oft schon auch selbst daran teilnehmen müssen. Viele Fragen, wenig Antworten. In diesem Fall gab es einige Sachen zu berichten, aber dem Mörder oder der Mörderin waren sie noch längst nicht auf der Spur.

Die Sache mit den Franzosen ging nun die Ermittler aus Reutlingen nichts mehr an. Ein paar Minuten, nachdem der Staatsanwalt das Büro verlassen hatte, trafen Sicherheitskräfte aus Stuttgart ein und übernahmen den Transport der beiden Gefangenen in die JVA nach Rottenburg.

Es war schon nach sechs Uhr am Abend, als Meininger auf die Uhr blickte und sich zum Feierabend bereit machte. Am Abend sollte er seine neue Lebenspartnerin zu einem Event mit Immobilienmaklern und Investmentbankern begleiten.

Die Veranstaltung sollte um acht Uhr in einem eigens dafür angemieteten Eventroom in einem gehobenen Hotel in Tübingen beginnen. Schon um sieben ging Meininger zu Amelie hinüber. Sie war gerade von einer Besprechung mit einem Kunden zurück und hatte nicht die beste Laune.

»Was ist los, war dein Tag so anstrengend?«, fragte Meininger und massierte dabei zärtlich ihren Nacken.

»Nicht jetzt!«, sagte sie und wich ihm aus. »Ich bin ziemlich nervös wegen heute Abend!«

»Geht's da um so wichtige Dinge?«

»Schon. Weißt du, ich will wegkommen vom Verkaufen von verwahrlosten Obstwiesen und Erbstreitigkeiten wegen einer heruntergekommenen Eigentumswohnung. Ich habe mir heute fast drei Stunden irgendwelche Erbstreitigkeiten von Assis anhören müssen, die die Wohnung ihrer Oma verkaufen wollten. Und das wegen ein paar lächerlichen Euro Provision. Mich kotzt das Ganze an!«

»Ja und was ist das dann heute Abend?«

»Da geht es um richtig viel Geld! Ich muss einen Fuß in die Tür von dem Projekt, das heute Abend vorgestellt wird, bringen. Dafür ist mir jedes Mittel recht!«

»Jedes?«, fragte Meininger nach.

»Fast jedes! Und, wie war bei dir der Tag?«, sagte sie lächelnd und streichelte dabei seine Wange.

»Durchschnittlich. Ich hab mich mit links- und rechtsradikalen Jugendlichen befassen müssen. Auch nicht gerade das Spannendste.«

»Hast du nicht auch mit den Franzosen zu tun, die gestern geschnappt wurden? Ich hab was im Radio gehört.«

»Nur am Rande. Das machen die Kollegen aus Tübingen, das hat mich nicht zu interessieren. Ich habe mit meinem aktuellen Fall Probleme genug.«

»Die ermordete Schülerin? Wer war es denn, ein verschmähter Lover?«

»Hm, das wissen wir ja gerade nicht!«

Amelie stand auf und ging ins Bad, um zu duschen. Nach wenigen Minuten kam sie splitternackt heraus und huschte sofort ins Schlafzimmer. Meininger folgte ihr und summte dabei das Lied »Wonderful Tonight« von Eric Clapton.

Als er an der Schlafzimmertür ankam, drückte Amelie die Tür zu. Enttäuscht drehte er sich wieder um. In der

Diele stellte er sich vor den Spiegel und betrachtete sich darin. Er war nicht gerade für solch einen Anlass wie heute Abend gestylt. Er hatte aber schlichtweg nichts Besseres zum Anziehen. Seine verstorbene Frau hatte ihm immer eine Auswahl von Hosen von ihren Einkäufen in der Stadt mitgebracht. Die legte sie dann über die Rücklehnen des Wohnzimmersessels. Dann musste er Hose für Hose anziehen und im Wohnzimmer umhergehen. Natürlich machte er sich darüber lustig, aber so kam er wenigstens zu einigermaßen modischen Hosen. Jetzt war das ganz anders. Wenn eine seiner Jeans an einer Stelle so durchgescheuert und somit unansehnlich geworden war, ließ er sich drei Hosen von *Manomama* in Augsburg schicken. Die Firma hatte er in einem Fernsehbeitrag entdeckt, weil sie Menschen beschäftigte, die am Arbeitsmarkt keine Chance hätten. Also bestellte er eine Hose auf Verdacht. Die passte sofort und somit war für weitere Bestellungen alles geregelt. Heute allerdings hatte er, den Temperaturen angepasst, eine leichte, helle Sommerhose an. Die war aber schon in die Jahre gekommen. Die Schlafzimmertür öffnete sich und ein betörender Duft machte sich breit. Amelie hatte sich ein Sommerkleid angezogen und darüber einen leichten Umhang übergestreift. Sie zog sich nun zum Kleid passende High Heels an, die sie ein paar Zentimeter größer werden ließen. Für Meiningers Empfinden war Amelie ein wenig zu gewagt angezogen. Damit die geladenen Herren nach übermäßigem Champagnergenuss nicht auf dumme Gedanken kamen, war er, Meininger, als Aufpasser dabei. Zum Hotel waren es zwar nur ein paar Hundert Meter, aber die konnte Amelie unmöglich mit ihren Schuhen zurücklegen. Also musste sich Gerhard Meininger in den Mini quälen und die paar Meter zum Hotel durchhalten.

Im Parkhaus waren Plätze für die Gäste des Events reserviert. Mit dem Aufzug ging es nach oben in den Konferenzraum. Als Amelie aus dem Aufzug trat, nahm sie ihren Umhang ab. Ihr Kleid war so tief ausgeschnitten, dass man die Ansätze ihrer Brüste sehen konnte. Das entging natürlich keinem der schon anwesenden Gäste. Es waren in der Mehrzahl Männer. Dementsprechend wurde Amelie persönlich von den meisten begrüßt. Gerhard Meininger zog sich sofort in den Hintergrund zurück und wartete auf den Beginn der Veranstaltung.

Der Abend verlief, wie Meininger es sich vorgestellt hatte: Es ging um die Vertiefung der Zusammenarbeit von Investoren und Maklern. Das Thema interessierte den Kriminalhauptkommissar überhaupt nicht. Amelie Förster hatte ihn auch nur mitgenommen, um vor der plumpen Anmache mancher Kollegen geschützt zu sein. Vor allem dann, wenn diese dem kostenlos ausgeschenkten Champagner allzu sehr zugesprochen hatten. Während des ganzen Abends konnte er beobachten, wie sich die Männer hinter vorgehaltener Hand über Amelie unterhielten. Zum Glück war es sehr warm gewesen und niemand hatte eine Krawatte oder ein Jackett angehabt. So fiel Gerhard Meiningers legere Kleidung nicht besonders auf. Irgendein Lokalpolitiker hielt eine Rede, deren Inhalt belangloser nicht sein konnte. Man applaudierte artig. Der Kriminalhauptkommissar überlegte sich, was der Mann für sein Gefasel wohl bekommen hatte, denn umsonst machte der das sicherlich nicht. Das kam der Sprecher der Investoren. Der gab den Anwesenden Tipps, wie man das aktuelle Mietrecht aushebeln konnte, um ein

Investitionsobjekt von den Bewohnern zu entmieten. Schon das Wort »entmieten« weckte in Meininger einen solchen Groll, dass er dem Kerl am liebsten eine gescheuert hätte. Das konnte doch nur bedeuten, dass langjährige Bewohner eines Hauses auf Umwegen aus ihren Wohnungen hinausgeworfen wurden, um diese neu und teurer zu vermieten. Der Tübinger Oberbürgermeister bekam auch sein Fett ab, weil er plante, große Flächen der Stadt dem sozialen Wohnungsbau zur Verfügung zu stellen. Der Sprecher beklagte, dass bei dieser Bauweise nicht die zu erwartenden Renditen zu erzielen seien. Auch hierbei nannte er Tricks, wie man dieses Vorhaben unterlaufen könne. Dass dies nicht ganz legal sei, so sagte der Sprecher augenzwinkernd, entspreche nun einmal der Denkweise des Kapitals. Meininger hatte solche eine Stinkwut, dass er alle Mühe hatte, sich zusammenzunehmen. Alle um ihn herum klatschten frenetisch Beifall, als der Mann seinen Beitrag beendete. Gerhard Meininger dagegen hatte seine beiden Hände aus Protest in den Taschen gelassen. In der anschließenden Aussprache wurde munter über das Thema Entmietung diskutiert. Abstruse Vorschläge und Probleme wurden behandelt. Meininger beteiligte sich nicht an der Diskussion, er blieb einfach in einer Ecke stehen und tat so, als würde er nicht dazugehören. Seine bittere Miene zu dem Ganzen entging einigen der Umstehenden nicht. Nachdem man zum gemütlichen Teil übergegangen war, entwickelten sich lockere Gespräche zum Thema der Veranstaltung. Gerhard Meininger wurde geflissentlich übersehen.

Einer der Initiatoren der Veranstaltung sprach mit Amelie eindringlich. Dabei fiel er ihr fast in ihr Dekolleté. Meininger schlenderte hinüber und stellte sich neben seine Partnerin.

»Ist das dein Lebensabschnittspartner?«, fragte der Mann.

»Ja«, antwortete Amelie sichtlich genervt.

Offenbar war es ihr peinlich, dass Meininger ausgerechnet jetzt auftauchte.

»Da hab ich dir aber mehr Geschmack zugetraut!«

»Sie können von mir eine gepflegte Ohrfeige bekommen, dann wissen Sie, was zu Ihnen passt!«, antwortete Meininger seelenruhig.

»Na toll! Lass uns gehen, bevor du noch mehr kaputt machst!«, zischte Amelie.

Sie trank ihr Glas leer und verabschiedete sich freundlich von einigen der Anwesenden. Als Meininger und sie im Auto saßen, legte sie los: »Hör zu, das ist mein Job! Ich lebe davon! Und die Leute, die wir heute getroffen haben, sind mir sehr wichtig. Vielleicht wichtiger als du. Von dem, was heute Abend auf der Veranstaltung geredet wurde, darf nichts an die Öffentlichkeit dringen, ist das klar? Haben wir uns verstanden?«

»Warum hast du mich dann gebeten mitzukommen? Du kennst doch meine Ansicht zu solchen Dingen!«, antwortete er.

»Ja, aber man kann sich ja mal anpassen, oder? Ist denn das bei Gott zu viel verlangt?«

»Ich bin Kriminalbeamter und kein windiger Finanzbetrüger, der hinter Gitter gehört!«

Danach schwieg er. Er war es nicht gewohnt, von einer Frau so angegangen zu werden, vor allem nicht, wenn sie ihm nahestand. Seine verstorbene Frau hätte sich zu solch einem Ausbruch nie hingegeben. Als sie vor der Wohnung von Amelie Förster ankamen, stieg diese wortlos aus und knallte die Türe ihres Autos zu. Meininger wollte ihr nach oben folgen, doch sie zog die Haustür vor ihm zu und verschloss diese. Wie ein begossener Pudel stand er nun da. Er ging über die Straße und bemerkte, dass er vergessen hatte, sein Auto wie gewohnt in die Tiefgarage zu fahren. Er hatte es vor dem Haus auf einem freien Stellplatz geparkt. Jetzt hatte er schon keine Lust mehr, den Wagen noch umzuparken. Er ging hinauf in seine Wohnung, setzte sich ins Wohnzimmer und dachte nach. Wie konnte er das Ganze wohl wieder gutmachen?

Aber warum war Amelie so plötzlich ausgerastet? Meininger hatte doch genau das getan, was ihn seine Partnerin im Vorhinein angewiesen hatte. Nämlich sie vor aufdringlichen Kerlen zu beschützen! Er dachte wohl sehr lange nach, denn er war darüber auf dem Sofa eingeschlafen. Als er wieder aufwachte, hatte er heftige Genickschmerzen. Er wusste zunächst überhaupt nicht, wo er war.

Dann hörte er, dass draußen auf der Straße irgendwelche Motoren liefen. Er dachte zuerst an die Müllabfuhr, aber als er auf die Uhr sah, war es gerade mal halb fünf Uhr in der Frühe. Außerdem sah er in der Küche, dass sich Blaulichtleuchten an der Decke abzeichnete. Mit einem Ruck stand er auf und ging ans Fenster, um nachzusehen, was da los war.

Auf der Straße vor dem Haus stand doch tatsächlich ein Löschzug der Feuerwehr. Daneben mehrere Streifenwagen. Irgendetwas da unten rauchte so sehr, dass er nicht sehen konnte, was los war. Sofort machte er sich auf den Weg nach unten. Als er die Haustür öffnete, sah er, dass das qualmende Objekt sein Auto war. Es war wohl in Brand geraten. Sofort eilte der Kriminalhauptkommissar hinüber, um sich ein Bild von der Lage zu machen.

»Do solltad se ett so näh no ganga, dees isch no reachd hoiß!«, sagte ein Feuerwehrmann und versperrte ihm den Weg.

»Das ist oder war mein Auto!«, rief Meininger und hielt dem Mann seinen Dienstausweis unter die Nase.

»Des hilft ällas nix. Des wird au wega ma Kriminaler ett schneller kalt!«, grinste der Mann.

Dann kam einer der Streifenpolizisten dazu.

»Ist das Ihr Auto?«, fragte der genervt.

»Ja.«

»War wohl ein technischer Defekt. Das ist bei solch alten Fahrzeugen durchaus drin!«, sagte der Beamte und gähnte dabei.

»Das ist kein technischer Defekt, das Auto wurde in Brand gesetzt!«, sagte Meininger und zeigte auch ihm seinen Dienstausweis. »Sorgen Sie dafür, dass niemand mehr an das Fahrzeug und dessen Umgebung herankommt, klar?«

Gerhard Meininger eilte zurück ins Haus, um eine Taschenlampe zu holen. Dabei sah er, dass auf seinem Klingelschild mit Filzschreiber »Nazi« angeschrieben worden war. Er nahm sofort sein Handy aus der Tasche und fotografierte das Klingelschild. Dabei sah er im Augenwinkel etwas Rotes neben sich im Gebüsch liegen. Es war ein roter Filzschreiber, er hob ihn mit seinem Taschentuch vorsichtig auf und verstaute ihn in einem Plastikbeutel, von denen er immer welche in der Gesäßtasche trug. In seinem Briefkasten sah er einen Zettel. Er öffnete die Klappe und nahm das Blatt an einer Ecke vorsichtig heraus. Eine Botschaft war mit einem Filzstift schlecht lesbar darauf gekritzelt. Damit wollte er sich später beschäftigen. Wie es immer ist, wenn man mal was braucht, waren die Batterien der Taschenlampe leer. Also ging er verärgert wieder nach unten. Währenddessen telefonierte er mit dem Kollegen von der Nachtschicht der Tübinger Kripo. Meininger schilderte ihm den Sachverhalt und der versprach ihm, umgehend die Spurensicherung zu verständigen. Meininger ging zu den Streifenpolizisten und bat sie um eine Taschenlampe. Dann ging er in weitem Bogen um sein ausgebranntes Auto herum und suchte den Boden ab. Etwa einen Meter vom Auto entfernt entdeckte er einen Knopf auf dem Gehweg. Er hob ihn auf und verwahrte ihn in ebenfalls in dem Plastikbeutel. Dann sah er sich sein Auto an. Es war total ausgebrannt. Die Feuerwehr musste sehr schnell vor Ort gewesen sein, denn der Lack war noch nicht überall zerstört. Das Feuer war vermutlich durch eine brennbare Flüssigkeit verursacht worden, die durch das eingeschlagene Beifahrerfenster ins Innere geworfen worden war. Meininger untersuchte die am Boden liegenden Scherben. Und tatsächlich entdeckte er an einigen von ihnen Blutspuren. Vorsichtig barg er die Beweismittel. Dann ging er auf den Einsatzleiter der Feuerwehr zu.

»Wer hat den Brand denn gemeldet?«, fragte er den Mann.

»Der Brand wurde um vier Uhr null fünf in die Leitstelle gemeldet. Und zwar von einem Herr Ünal. Der Herr Ünal ist aber nicht mehr vor Ort, weil er zur Frühschicht musste.«

»Haben die Kollegen die Adresse?«, fragte Meininger und deutete auf die Streifenpolizisten.

»Die Leitstelle hat die Adresse schon weitergeleitet.«

Meininger bedankte sich bei dem Mann und ging zu den Kollegen von der Streife.

»Kollegen, wurden schon Zeugenbefragungen gemacht?«

»Wozu?«

»Hört mal her: An meinem Klingelschild da drüben hat irgend so ein Arschloch »Nazi« drübergeschrieben. In meinem Briefkasten lag ein Zettel, das steht irgendeine Drohung drauf. Und in ein paar Minuten erscheint die Spurensuche. Also, gibt es eventuelle Zeugen?«

»Bei uns hat sich niemand gemeldet«, sagte der Beamte lustlos.

Inzwischen wurde es hell und die umstehenden Neugierigen waren besser zu erkennen. Nachdem die Feuerwehr den Brandort verlassen hatte, kehrte so etwas wie Ruhe ein.

»Hat jemand von Ihnen irgendetwas gesehen? Kann jemand Angaben zu dem Brand machen?«, fragte Meininger die Leute.

Niemand fühlte sich angesprochen, und so schauten die meisten weg oder auf den Boden. Der Kriminalhauptkommissar kannte das. Ein paar Minuten später trafen die Spurensucher der KTU ein. Meininger ging zu ihnen, um sie zu informieren. Die Männer nickten kurz und begannen mit ihrer Arbeit. Ein Kollege der Tübinger Kripo war ebenfalls eingetroffen.

»Was soll denn das?«, fragte er erstaunt.

»Offenbar sind wir gestern bei der Festnahme der beiden Franzosen jemand auf den Schlips getreten. Mein Klingelschild ist auch verunziert. Und dann hab ich noch einen anonymen Brief im Briefkasten gefunden.«

»Das wird schwer, den Täter zu finden, die arbeiten immer sehr vorsichtig!«

»Ich werde ihn finden, glaub mir!«, raunte der Kriminalhauptkommissar. Inzwischen war es nach sieben Uhr geworden. Von Weitem sah er, wie Amelie Förster ihre Wohnung verließ. Sie blieb kurz stehen und betrachtete das ausgebrannte Wrack. Dann ging sie einfach weiter und stieg in ihren Mini, um ins Büro zu fahren.

»Ich glaube, dass wir den Täter im Umfeld von dieser Friedensgruppe suchen müssen. Wir sollten denen mal einen Besuch abstatten«, sagte Meininger zu seinem Kollegen.

»Die treffen sich jeden Mittwoch.«

»Und wo?«

»Da vorne in dem Bistro. Abends um sieben!«

»Dann werde ich mich mal mit den Herrschaften unterhalten. Ist heute nicht zufällig Mittwoch?«

»Ja, zufällig.«

Die Männer der KTU beendeten ihre Arbeit und packten ihre Instrumente zusammen. Inzwischen traf auch ein Abschleppfahrzeug ein, um das Wrack mitzunehmen. Gerhard Meininger übergab den Spurensuchern auch den gefundenen Zettel auf dem »Wir kriegen dich! Rache für P+J« stand. P und J waren die Anfangsbuchstaben der beiden Franzosen, die am Vortag festgenommen worden waren. Er kehrte wieder zurück in seine Wohnung und machte sich zuerst einmal eine Tasse Kaffee. Zu vieles brach gerade über ihn herein. Als seine Frau noch lebte, massierte sie immer seinen Nacken, wenn er in so einer Verfassung war. Dann bereitete sie ihm ein schönes Frühstück zu, um ihm den Start in den Tag zu erleichtern. Nun war er allein, ganz allein. Den Hund Bärbel hatte er an eine Familie mit zwei kleinen Kindern im Haus abgegeben, die schon zuvor für ihn die Pflege übernommen hatten. Er hatte einfach keine Zeit mehr, sich vernünftig um das Tier zu kümmern. Der gestrige Abend ging ihm nicht aus dem Kopf. Wie hätte er sich verhalten sollen? Diesen windigen Ganoven für ihre asozialen Geschäfte auch noch Beifall zollen? Waren die nicht mit schuld an den sozialen Problemen unserer Zeit? Wie sollte sich ein Familienvater denn wehren, wenn er aus seinem bezahlbaren Wohnraum hinausgeworfen wurde? Solche Menschen waren doch willige Opfer für allerlei radikale Randerscheinungen in der Gesellschaft. Gab es so etwas nicht schon einmal in der deutschen Geschichte? Warum war Amelie plötzlich so unglaublich böse? So hatte er sie noch nie erlebt. Zwei Seelen schlugen in seiner Brust, einmal die Loyalität zu seiner

Lebenspartnerin und zum anderen der Sozialbetrug dieser Investoren.

Er wollte zunächst einmal die Sache mit seinem Auto klären, dann wollte er zu Amelie gehen, um sich mit ihr auszusprechen. Er schaute auf die Uhr. Es war kurz nach acht Uhr. Er rief bei seinem Kollegen Christian Fromm an, um ihm seine Situation zu schildern. Der versprach bei seinem Kollegen vorbeizukommen, und ihn mit ins Büro zu nehmen. Wenige Minuten später stand Meininger auf der Straße und wartete auf seinen Kollegen. Er lehnte an seiner Haustür und beobachte den Verkehr auf der Straße. Da sah er einen Mann mit einer Kapuzenjacke und einer Sonnenbrille, der langsam die Straße entlang geradelt kam. In der Kriminalistik lernt man, dass ein Täter oftmals zum Tatort zurückkehrt, um zu sehen, was er angerichtet hatte. Meininger bückte sich hinter eines der geparkten Autos und beobachtete den Mann, wie er langsam an dem Platz vorüberfuhr, an dem das Auto gebrannt hatte. Dann schnellte der Kriminalhauptkommissar hervor und packte den Kerl am Oberarm. Der Mann erschrak zunächst, konnte sich aber durch einen Tritt gegen Meiningers Brust befreien. Jetzt hatte er es aber sehr eilig. Meininger verfolgte den Flüchtenden zu Fuß, konnte aber nicht mit der Geschwindigkeit mithalten. Dann hörte er, wie ein Auto von hinten mit großer Geschwindigkeit an ihm vorbei fuhr. Es war sein Kollege Fromm, der das Ganze beobachtet hatte und dem Radfahrer folgte. Meininger sah, wie Fromm den Radler abdrängte und zum Anhalten zwang. Der Radler ließ sein Fahrrad liegen und flüchtete in den nahen Wald. Meininger und Fromm verfolgten ihn. Nach etwa fünfzig Metern war der Mann wie vom Erdboden verschwunden. Wenigstens hatten sie schon mal das Fahrrad. Vielleicht führte es zum Täter des Brandanschlages vom frühen Morgen. Meininger rief bei der Wache in Tübingen an und schilderte den Sachverhalt. Die beiden Beamten bewachten das Beweisstück, bis es die Kollegen aus Tübingen in Verwahrung nehmen sollten. Bei dem Versuch, den Flüchtenden zu fassen, hatte Meininger dem Mann mit aller Kraft an den Oberarm gegriffen. Der musste im Augenblick bestimmt höllische Schmerzen haben. Daraus sollte sich in den nächsten Stunden ein markanter Bluterguss bilden.

In der Dienststelle der Kripo in Reutlingen warteten die Kollegen schon auf Meiningers Bericht. Der erzählte nicht nur die Geschichte mit seinem Auto, sondern auch die von den Investoren. Seine Kollegen rieten ihm, sich vertraulich an den Tübinger Bürgermeister zu wenden, um ihm über das Vorgehen der Investoren zu informieren.

Inzwischen hatte sich auch der Staatsanwalt gemeldet und die Beamten informiert, dass sich ein Beamter vom Staatsschutz mit ihnen in Verbindung setzen möchte. Zunächst aber interessierten sich Meininger und seine Kollegen nur für den Brandanschlag auf Meiningers Auto. Die Tübinger Kollegen konnten das Fahrrad tatsächlich zuordnen. Es gehörte einem jungen Mann, der schon mehrfach straffällig geworden war und zum weiteren Kreis der Mitglieder des Pax Mediterrane zählte. Wenig später kam auch das Ergebnis des Laborberichtes von der KTU. Die Blutspuren an den Glassplittern konnten keinem bekannten Straftäter zugeordnet werden. Der Knopf gehörte an eine Jeansjacke, wie sie zu Millionen auf der Welt verkauft wurden. Allerdings wurden an einem Stoffrest, der mit dem Knopf ausgerissen worden war, winzige Spuren von Kokain gefunden. Außerdem eine bestimmte Art von Staub, wie sie in Getreidemühlen oder Bäckereien vorkam. Nun galt es die Spuren so zu ordnen, dass sie ein stimmiges Gesamtbild ergaben.

»Was geschieht jetzt mit deinem Auto? Wer bezahlt den Schaden?«, fragte Kriminalmeister Carsten Dombrowski seinen Chef besorgt.

»Das muss ich erst mit meiner Versicherung klären. Wenn ich Pech habe, bleibe ich auf dem Schaden sitzen. Selbst wenn der Täter ermittelt wird, bei denen ist doch in der Regel nichts zu holen!«, antwortete Meininger verbittert.

»Du hast doch sicher eine Kaskoversicherung oder?«, fragte Christian Fromm.

»Ich glaube nicht, das Auto war schon acht Jahre alt. Da lohnt sich eine Kaskoversicherung nicht mehr. Aber das klären wir später. Jetzt würde ich mich gerne mal mit jemandem von den Pax-Fritzen unterhalten. Weiß zufällig jemand deren Adresse?«

»Ich glaube, die Kollegen aus Tübingen haben uns die Adresse übermittelt. Ich schau mal nach!«, sagte Willi Früh und blätterte zwischen verschiedenen Zetteln hin und her.

»Hier ist sie: in Tübingen in der Haaggasse. Genau hinter dem Rathaus. Ich hab auch die Telefonnummer, hier!«

Meininger nahm den Zettel entgegen und nahm den Telefonhörer ab. Dann wählte er die angegebene Nummer und schaute dabei auf die Uhr.

»Von denen wird um diese Zeit noch niemand wach sein«, brummte er.

Tatsächlich wurde auf der Gegenseite nicht abgenommen. Die Tür des Büros wurde geöffnet und der Staatsanwalt trat mit einer theatralischen Geste in Begleitung eines Mannes ein.

»Meine Herren, das ist Herbert Krause vom Staatsschutz! Er hat sich extra die Zeit genommen, um sich und im Nachhinein auch den Herrn Innenminister persönlich vom Sachverhalt und den Umständen des Verschwindens der Zita-Fee Maier zu informieren. Ich bitte Sie, ihm alle Informationen zur Verfügung zu stellen. Und Herr Meininger, die Sache mit Ihrem Auto tut mir natürlich leid! Sie sind sicher, dass es kein technischer Defekt war? Wissen Sie, die Sache könnte politischen Wirbel auslösen!«, meinte er und verschwand auch sofort wieder.

Etwas unbeholfen stand der Beamte vom Staatsschutz mitten im Büro.

»Also, mein Name ist Herbert Krause. Wie der Herr Staatsanwalt schon erwähnte, bin ich vom Staatsschutz. Da wir nun zusammenarbeiten müssen, schlage ich vor, dass ihr mich einfach Herbert nennt, ich hoffe, das ist okay«, sagte er.

Nacheinander erhoben sich die Anwesenden von ihren Stühlen und gaben Herbert Krause die Hand.

»Was ist mit deinem Auto passiert?«, fragte er im Anschluss den Kriminalhauptkommissar.

»Es wurde heute Nacht Opfer eines Brandanschlages«, antwortete Meininger kurz.

»Links- oder rechtsmotiviert?«

»Linksmotiviert. Vermutlich.«

»Ich werde sofort eine Schadensregulierung einleiten. Da gibt es einen Fond im Landeshaushalt, der Staatsangestellte bei solchen Schäden unterstützt«, sagte Krause und telefonierte sogleich.

Im Hintergrund grinste Christian Fromm und zeigte mit dem Daumen nach oben. Der Geschädigte aber blieb eher skeptisch, denn so manche vollmundige Versprechung vonseiten der Staatsorgane war schon im Sande verlaufen.

Meininger machte Willi Früh ein Zeichen, dass er sich um den Gast kümmern sollte. Er selbst rief seinen Versicherungsvertreter an, um ihn von seinem Schaden zu unterrichten. Der riet ihm, eine Schadensmeldung auszufüllen und sie an die Versicherung zu schicken. Dann machte Meininger noch einmal einen Versuch, bei Pax Mediterrane anzurufen. Und tatsächlich es war jemand erreichbar.

»Hier ist das Büro der Initiative Pax Mediterrane. Was können wir für Sie tun?«, meldete sich eine Frauenstimme.

Bevor Meininger sich selber melden konnte, wurde die Ansage in Englisch und Arabisch wiederholt.

»Silke Held«, meldete sich danach eine weitere Stimme.

»Mein Name ist Meininger, Kriminalhauptkommissar Gerhard Meininger. Wie war Ihr Name noch?«

»Held.«

»Ja, Frau Held, wir haben da ein paar Fragen im Zusammenhang mit dem Verschwinden von Zita-Fee Maier und der Festnahme der beiden gesuchten französischen Personen von gestern Mittag. Hätten Sie mal Zeit, bei uns vorbei zu kommen?«

»Nein, grundsätzlich nicht. Unser Anwalt hat uns geraten, keine Auskunft an Sie zu erteilen.«

»Aha. Und wie heißt dieser Anwalt?«

»Das ist der Herr Pit Börner. Sie finden ihn im Anwaltsregister.«

»Haben Sie etwas zu verbergen, weil Sie die Zusammenarbeit mit uns verweigern?«

»Dazu möchte ich mich nicht äußern, vor allem nicht am Telefon!«, sagte die Frau und legte sofort auf.

Meininger rieb sich das Kinn und sagte: »Also der Verein in Tübingen ist nicht besonders kooperativ. Wir müssen über einen Anwalt mit denen reden. Ich sende dem sofort eine Vorladung!«

»Geht es da um Pax Mediterrane?«, fragte Herbert Krause vom Staatsschutz.

»Ja. Ich habe den Verdacht, dass mit denen etwas nicht stimmt. Weshalb schalten die einen Anwalt ein, wenn sie nichts zu befürchten haben?«

»Getroffene Hunde bellen, sagt man im Volksmund. Uns liegen zu diesem Verein noch keine Informationen vor. Das kann sich aber schnell ändern!«

Das Telefon des Kriminalhauptkommissars klingelte. Er nahm ab und stutzte, dann sagte er nur: »Einen Moment bitte! Wiederholen Sie das gleich noch mal!«

Er gab Krause ein Zeichen, dass dies ein interessanter Anruf war, und stellte den Lautsprecher auf Mithören. Alle Kollegen erhoben sich von ihren Plätzen und gesellten sich dazu.

»Hier spricht Pit Börner. Ich vertrete die Initiative Pax Mediterrane und muss Ihnen sagen, dass ich die Ermittlungen gegen diesen Verein als skandalös verurteile. Man weiß ja seit Frankfurt, dass es innerhalb der Polizei gewisse Strömungen gibt, die friedliebende Bürger in die linke Ecke drängen und radikalisieren wollen! Das verurteile ich aufs Schärfste! Ich habe die Mitglieder der Initiative angewiesen, Ihnen keinerlei Auskünfte zu erteilen. Ich rate Ihnen deshalb dringend, mit Ihren Ermittlungen anderswo anzusetzen!«

Herbert Krause streckte die Hand aus, um den Telefonhörer zu ergreifen. Grinsend kam Meininger dem nach. Krause legte eine Kunstpause ein, bevor er sprach, um den Anwalt zu verwirren.

»Hier spricht Kriminaloberrat Krause vom Staatsschutz beim Landeskriminalamt. Herr, äh, Rechtsanwalt, ich darf Sie bitten, schleunigst einer Vorladung bei der Dienststelle der Kriminalpolizei in Reutlingen in Begleitung einer Vertretungsperson dieses Vereins nachzukommen! Eine richterliche Verfügung wird nachgereicht! Ich erwarte Sie in der nächsten Stunde. Guten Tag!«, sagte er mit eiserner Stimme und beendete das Gespräch.

Und wieder klingelte das Telefon. Gerhard Meininger nahm in Erwartung eines erneuten Anrufs des Rechtsvertreters von Pax Mediterrane mit entsprechender Mimik den Hörer ab. Dann aber veränderte sich sein Gesicht und er kommentierte den Anruf mit einem lauten: »Aha!«

Sein Gesprächspartner auf der anderen Seite war wiederum der Rechtsanwalt, aber dieses Mal war der Klient ein ganz anderer.

»Börner, ich bin's noch einmal! Ich möchte Sie in Kenntnis setzen, dass wir gegen Sie beim Amtsgericht eine Klage wegen Körperverletzung eingeleitet haben.«

»Gegen mich? Aus welchem Grund denn?«, fragte Meininger, der dabei grinste.

»Sie haben heute Morgen meinen Klienten am Oberarm so schwer verletzt, dass er sich in einer Klinik behandeln lassen musste!«

»Wie heißt denn Ihr Klient oder darf ich das nicht wissen? Und woher weiß der denn, dass ich das war?«

»Selbstverständlich sollten Sie das wissen. Es handelt sich dabei um Herrn Falk Drömer. Wir haben ein ärztliches Gutachten angefordert, das uns als Grundlage für eine Schadensersatzforderung gegen Sie dient.«

»Ach, deswegen ist Ihr Klient abgehauen! Er musste mal schnell in die Klinik. Ich kann mich nicht erinnern, den jungen Mann überhaupt berührt zu haben. Außerdem habe ich einen Zeugen, der beobachtet hat, wie der junge Mann bei seiner Flucht vom Fahrrad gestürzt ist. Aber das können wir ja dann regeln, wenn wir den jungen Mann bei uns auf der Dienststelle haben. Wir würden Ihnen dann einen

Haftbefehl wegen des Verdachts der schweren Brandstiftung und der versuchten Körperverletzung zukommen lassen. Ich bitte Sie, dass Sie sich zu unserer Verfügung halten! Wo können wir den jungen Mann abholen?«

»Wenn Sie keine zwingenden Beweise vorlegen können, gebe ich Ihnen dazu keine Auskunft.«

»Ich glaube, das hat der Ermittlungsrichter zu entscheiden. Guten Tag!«

Meininger beendete das Gespräch und lächelte.

»Manchmal stimmt der Spruch tatsächlich: Getroffene Hunde bellen!«

Heinz Kromer und Hans Auwärter vom Wasserschutzpolizeiposten Langenargen befuhren seit einigen Tagen regelmäßig das Bodenseeufer von Friedrichhafen bis zum Naturstrandbad Kressbronn. Dabei setzten sie ein neuartiges Echolotgerät ein, das ihnen vom Institut für Seenforschung in Langenargen zur Verfügung gestellt worden war. Mit solch einem Gerät wurde im Jahre 2005 der gesamte Bodensee neu vermessen. Dabei konnten exakte Profile der Uferbeschaffenheit erstellt werden und es war nun möglich, Veränderungen an der Ufersteilwand zu erkennen. Kromer und Auwärter fuhren das Ufer immer wieder in verschiedenen Abständen ab und speicherten die Daten, um sie mit dem vorhandenen Profil abzugleichen. Sie mussten diese Daten aber erst an das Institut weitergeben, da dort die entsprechende Software installiert war. Diese machte es dann möglich, Veränderungen im Gelände farblich sichtbar zu machen. Am Vorabend rief der Ansprechpartner des Instituts bei der Wasserschutzpolizei an, um mitzuteilen, dass es im Mündungsbereich der Argen in fünfundsiebzig Metern Tiefe eine größere Auffälligkeit gäbe. In dieser Tiefe ragte aus dem Steilhang eine Art Tisch hervor, der die Größe von etwa zweihundert mal zwanzig Meter hatte. Auf dieser Fläche war eine Erhebung von etwa einem halben mal zwei Meter zu erkennen. Dies konnte durchaus den Maßen eines Menschen entsprechen. Die genauen Umrisse konnten nicht erkannt werden, da sich wohl auch Schlamm auf dem Gegenstand abgesetzt hatte. Mit dem speziellen Tauchroboter sollte nun versucht werden, zu der Stelle vorzudringen, um sich Klarheit zu verschaffen. Da die beiden Wasserschutzpolizisten mit solch einem Gerät noch nie gearbeitet hatten, bekamen sie Unterstützung von den Kollegen aus Konstanz. Heute nun war es so weit und man fuhr gemeinsam zu der Stelle, an der mit dem Echolot geortet werden konnte. Da sich der vermutete Fundort genau gegenüber der Argenmündung in etwa dreihundert Metern Entfernung befand, hatte das Boot wegen der Strömung Mühe, seinen Standort zu halten. Ebenfalls nicht gerade vorteilhaft war ein starker, ablandiger Wind. Es war ein sehr warmer Tag, sodass alle Beamten an Bord mit der minimal erlaubten Uniform bekleidet waren. Da der Tauchroboter sehr teuer war, brauchten die Polizisten einige Versuche, um ihn sicher zu Wasser zu lassen, ohne dass dieser an die Bordwand anschlug. Dann endlich machte sich das Gerät auf den Weg in die Tiefe. Zwar war der Fundort vom Echolot sehr genau bestimmt worden, es konnte dennoch sein, dass der Roboter durch die Tiefenströmung im See abgetrieben wurde. Es dauerte eine Weile, bis die Einsatztiefe erreicht wurde. Gebannt schauten alle Anwesenden auf den Monitor. Zunächst war nichts als eine dunkle Wand zu erkennen. Die starken Scheinwerfer streuten ihren Lichtkegel etwa zwei Meter in die Dunkelheit. Dann plötzlich meldete das Gerät, dass es noch etwa einen Meter bis zur Grundberührung hatte. Die Kamera an Bord des Roboters wurde nun nach unten geschwenkt. Zu sehen war eine blassgelbe Fläche, deren Oberflächenstruktur nicht zu erkennen war. Es konnte sich also nur um eine Sand- oder Schlammablagerung handeln. Der Beamte, der den Roboter steuerte, fuhr nun langsam in eine Richtung. Bei jeder Bewegung des Roboters wirbelten die Ablagerungen auf, sodass keine Sicht mehr vorhanden war. Dann fuhr er wieder zurück.

»Also laut den Koordinaten muss die Fundstelle hier in dem Umkreis sein. Ich gehe mal vorsichtig tiefer«, sagte der Beamte.

Wieder steuerte er das Gerät zurück. Immer mehr Schlamm wurde aufgewirbelt. Das war eine nervenaufreibende Angelegenheit. Unter Umständen hatte sich auch das Echolot getäuscht und einen herabgerutschten Stein detektiert.

»Da, eine Hand!«, rief einer der Beobachter.

»Wo, ich seh nix!«, sagte ein anderer.

»Fahr noch mal ganz langsam zurück!«

Der Pilot befolgte den Befehl und fuhr langsam zurück. Wieder wurde alles aufgewirbelt.

»Ich glaube, dass ich da etwas gesehen habe. Warte mal, bis sich der Schlamm wieder gesetzt hat!«

Es dauerte eine Weile, bis wieder etwas sichtbar wurde und tatsächlich sah man eine Hand aus dem Schlamm herausragen. Es wurde doch tatsächlich ein menschlicher Leichnam entdeckt. Der Pilot fuhr direkt über den Fundort und betätigte die vier Propeller des Roboters, sodass der Körper vom Schlamm freigespült wurde. Wieder dauerte es eine Weile, bis sich der Schlamm gelegt hatte. Keiner sprach ein Wort, alle reckten die Köpfe, um irgendetwas erkennen zu können. Dann langsam aber sicher zeichnete sich die

Kontur eines Körpers ab. Zuerst kam wieder die Hand zum Vorschein, die seltsam verdreht war. Dann das Hinterteil und dann der Oberkörper. Der Kopf war noch mit Schlamm bedeckt. Am Oberkörper sah man, dass es sich um einen weiblichen Körper handelte, denn man sah deutlich den Träger eines BHs. Wieder setzte der Pilot den Roboter über den Leichnam und wirbelte den letzten Schlamm weg. Danach sah man, dass an den Füßen nur noch ein Schuh war. Die Leiche war mit einer Hose bekleidet, die ein auffälliges Blumenmuster zeigte, der Oberkörper bis auf den BH entkleidet. Nun war auch ein Teil des Kopfes sichtbar. Man erkannte ein Ohr, an dem ein auffälliger Ohrring angebracht war. Dieser sah aus, als wenn man eine Spax-Schraube durch das Ohrläppchen gedreht hätte. Am Hals der Frau war ein deutlicher Schnitt zu sehen. Sie war also durch einen Halsschnitt getötet worden. Da der Roboter nicht zur Bergung von Leichen geeignet war, machten die Beamten Bilder von der Leiche. Außerdem wurden über einen Greifer eine Gewebeprobe und ein paar Haare abgenommen. Bei den Haaren war das nicht so einfach, denn diese waren recht kurz geschnitten. Dann wurde der Roboter wieder an die Wasseroberfläche zurückgeholt. Nachdem dieser wieder sicher an Bord des Polizeibootes war, steuerte der Bootsführer den Hafen von Langenargen an. Heinz Kromer ging in die Dienststelle, um die Kollegen in Konstanz von der Entdeckung zu unterrichten. Diese wiederum gaben die Informationen sofort nach Reutlingen weiter.

Im Fahndungsregister war der Verdächtige Falk Drömer mehrfach aufgeführt. Einträge wegen Rauschgiftbesitzes und verschiedener Gewaltdelikte waren verzeichnet. Immer gemeinschaftlich, das heißt in der Gruppe. Kriminalhauptkommissar Gerhard Meininger wollte gerade den Staatsanwalt anrufen, da kam ihm jemand zuvor, denn sein Telefon klingelte, bevor er den Hörer in die Hand nahm. Es war der Kollege Heinz Bäuerle aus Konstanz, der ihn davon unterrichtete, dass man eine weibliche Leiche unmittelbar vor der Mündung der Argen in fünfundsiebzig Metern Tiefe gefunden habe. Alle Anzeichen deuteten darauf hin, dass es sich dabei um Zita-Fee Maier handelte. Er wollte sofort eine Mail mit Fotos zuschicken, die der Tauchroboter gemacht hatte. Meininger bedankte sich bei Bäuerle für die Information und versprach, Gernot Maier zu unterrichten. Die Mutter Margit Maier-Hof war ja nicht zu erreichen. Nachdem er aufgelegt hatte, wählte er die Nummer des Vorsitzenden Richters Gernot Maier am Landgericht Tübingen. Zunächst wurde nicht abgehoben, doch dann hörte er, wie der Anruf weitergeleitet wurde. Eine Frauenstimme meldete sich.

»Kallenbacher, Büro von Herrn Richter Maier!«

»Kriminalhauptkommissar Meininger, Reutlingen, guten Tag, ist der Herr Richter zu sprechen?«

»Der Herr Richter befindet sich in einer Verhandlung. Es könnte länger dauern. Kann ich etwas ausrichten?«

»Sagen Sie dem Herrn Richter, dass wir einen Haftbefehl für einen gewissen Falk Drömer, wohnhaft Tübingen, Stauffenbergstraße, wegen Brandstiftung benötigen. Es geht um mein Fahrzeug. Außerdem wurde im Bodensee unweit von Langenargen eine weibliche Leiche gefunden. Er soll sich doch umgehend mit uns in Verbindung setzen!«

»Ich werde dem Herrn Richter ein Memo schreiben. Wie war Ihr Name noch mal?«

»Meininger, Kripo Reutlingen!«

Er legte auf.

»Sag mal, woher wusste der Bursche eigentlich, dass du bei der Festnahme dieser beiden Franzosen dabei warst?«, fragte Christian Fromm.

»Das ist mir ein Rätsel. Aber der Name Drömer sagt mir etwas.«

Er tippte den Namen in Google ein und setzte sich mit einem Ruck auf, als er das Ergebnis sah. Als erstes Suchergebnis sah er »Drömer, Benno, Immobilieninvestment International«. Dann ein Foto, das den Kerl zeigte, der am Vorabend einen Vortrag zum lukrativen Investment in Tübingen gehalten hatte. Der war es auch, der Amelie zur Seite nahm und ihr ins Gewissen redete. Mit gesenktem Kopf dachte er nach. Er hatte am Morgen beobachtet, wie Amelie an ihm vorüberfuhr. Sie musste gesehen haben, dass sein Auto gebrannt hatte. Steckte sie etwa hinter dieser Aktion? Undenkbar. Mittlerweile kannte er sie recht gut, glaubte er zumindest. Aber nur sie konnte etwas über die Verhaftung verbreitet haben, aber warum? Tausende Gedanken schossen ihm durch den Kopf. Er musste seinen klaren Verstand wieder zurückgewinnen, nicht noch mehr zerstören, was schon beschädigt war. Seine Kollegen bemerkten, dass etwas mit ihm nicht stimmte. Zum Glück war der Kollege Krause vom Staatsschutz mit Willi Früh unterwegs.

»Was ist los? Stimmt was nicht?«, fragte Christian Fromm.

»Es gibt eigentlich nur eine Person, außer euch, die wusste, dass ich an dem Fall arbeite«, sagte Meininger mit heiserer Stimme.

»Du meinst …«

»Ja, Amelie. Wir haben uns gestern Abend heftig gestritten. Ich habe auf so einer Maklerveranstaltung einem gewissen Herrn Drömer zuhören müssen. Dieser Herr unterbreitete den anwesenden Finanzjongleuren, wie man in Tübingen Sozialwohnungen entmieten kann, um höhere Renditen zu erwirtschaften. Ich hab nach dem Vortrag deutlich mein Missfallen kundgetan, sehr zum Ärger von Amelie. Dieser Miethai ist zufällig der Vater von dem Brandstifter.«

»Das wäre aber dann ein Hammer!«

»Ja, das wäre es!«, sagte Meininger und ging aus dem Büro.

Er wollte alleine mit Amelie reden, deshalb rief er sie auf dem Handy an. Das Freizeichen ertönte genau dreimal, dann wurde die Verbindung abgebrochen. Wieder dachte er nach. Eigentlich hatte er vorgehabt, am heutigen Abend mit Blumen bei Amelie vorbeizugehen, um Versöhnung zu feiern. Aber so wie es aussah, konnte er sich das sparen. Er ging wieder zurück ins Büro und sah seinen Kollegen an, dass ein wichtiges Telefonat eingegangen war.

»Der Richter Maier hat gerade angerufen! Er ist auf dem Weg hierher«, sagte Christian Fromm.

Gerhard Meininger setzte sich an seinen Schreibtisch und schaute am Computer, ob eine Mail aus Konstanz eingetroffen war. Tatsächlich hatte sein Kollege Bäuerle einige Bilder übermittelt. Meininger betrachtete sie eingehend. Zwar war das Wasser in dieser Tiefe nur etwa vier Grad warm, sodass der Verwesungszustand der Leiche sehr gehemmt war, aber ein schöner Anblick war das nicht gerade. Trotzdem konnte man eindeutig erkennen, dass es sich um Zita-Fee Maier handelte. Zumindest war eine starke Übereinstimmung mit den Bildern in der Schule festzustellen. Außerdem stimmte der fehlende Schuh mit dem überein, der an Bord der Jacht gefunden worden war. Wenig später wurde die Tür des Büros aufgerissen und ein sichtlich aufgewühlter Gernot Maier kam herein.

»Ist es meine Tochter?«, rief er, ohne zu grüßen.

»Es tut mir leid, aber es spricht alles dafür, ja!«, antwortete Meininger.

Maier setzte sich neben den Kriminalhauptkommissar und schaute auf den Bildschirm. Nach dem Betrachten des Fotos, welches den Ohrstecker zeigte, drehte der Richter den Kopf ab und verbarg ihn in den Händen. Betretene Stille herrschte nun im Raum. Dieser Mann, der als Richter »Gnadenlos« bezeichnet wurde, saß nun zusammengesackt auf dem Stuhl und war nur noch ein Häufchen Elend. Dann fing er sich wieder und zog ein Formular aus der Tasche.

»Der Haftbefehl«, sagte er nur und stand auf. Dann ging er wieder, wie er gekommen war: Grußlos verließ er das Büro.

»Und wer bringt es der Mutter bei?«, fragte Dombrowski besorgt.

»Ich denke, er wird sie unterrichten. Das ist auch seine Aufgabe als Vater«, antwortete Meininger.

Er betrachtete den vor sich liegenden Haftbefehl. Die Kollegen von der Spurensicherung hatten ihm die Fundsachen vom Morgen zurückgeschickt. In einer Tüte lagen der Filzschreiber, der Knopf und ein paar Glasscherben. Er verstaute die Tüte in seiner Schreibtischschublade. Wieder versuchte er, Amelie zu erreichen, aber dieses Mal meldete sich sofort die Mailbox. Er hätte sie ohne Weiteres in ihrem Büro besuchen können, aber die ganze Sache war ihm im Augenblick nicht mehr so wichtig. Noch einmal erzählte er seinen Kollegen vom Vortrag des Immobilieninvestors. Alle waren sichtlich empört und rieten ihm, die Stadtverwaltung oder gar den Oberbürgermeister selbst anzurufen, um ihn vorzuwarnen. Meininger traute sich nicht, weil er sonst noch mehr Ärger mit Amelie Förster befürchtete. Also übernahm sein Kollege Christian Fromm den Part.

Der musste eine Weile warten, bis er zum Büro des Bürgermeisters durchgestellt wurde. Dann dauerte es aber nicht lange, bis er sein Anliegen mitteilen konnte. Das Oberhaupt der Stadt bedankte sich für die Information und teilte mit, dass er davon gewusst habe, und dass dies in Parteikreisen im Stuttgarter Landtag schon die Runde machte, Gegenmaßnahmen seien schon eingeleitet worden. Im Übrigen könne man den Herrn Drömer nicht ganz ernst nehmen, denn der habe in früherer Zeit ziemlich erfolglos Lebensversicherungen verkauft. Gut gelaunt legte Fromm auf und gab die Information an Meininger weiter. Der war zunächst zufrieden, denn seine Menschenkenntnis hatte ihn wieder einmal nicht im Stich gelassen. Willi Früh kehrte mit Herbert Krause zurück und man beschloss, in die Stadt zu gehen, um die Mittagspause mit einem gemeinsamen Essen zu verbringen. Als sie gerade den Raum verlassen wollten, meldete sich Pit Börner, der Anwalt des Brandstifters Drömer über den Empfang an.

»Soll warten!«, war die kurze Antwort Meiningers.

Seine Mittagspause war ihm im Augenblick wichtiger.

Nach etwa einer Stunde kehrten die Beamten wohlgesättigt zurück. Als Meininger im Büro ankam, lag ein Zettel auf seinem Schreibtisch: Der Anwalt Börner war wieder gegangen und wollte nach Meiningers Rückkehr sofort benachrichtigt werden. Dieser telefonierte aber zuerst mit den Kollegen von der Streife, die er vor der Mittagspause angewiesen hatte, den Begleiter des Anwalts festzunehmen und ihn in ein Vernehmungszimmer bringen zu lassen. Die Kollegen hatten dies erledigt. Also stand er auf und ging hinüber zu den Vernehmungsräumen. Tatsächlich saß da, oder lümmelte, ein eher hagerer, junger Bursche auf dem Stuhl. Ob er schlief oder wach war, konnte man durch die verspiegelte Scheibe nicht erkennen. Die Kollegen hatten an alles gedacht, denn vor dem Mann stand ein Glas Wasser. In dem Raum war es sicherlich ziemlich warm, denn Meininger hatte vor seiner Mittagspause die Klimaanlage ausschalten lassen. Also hatte der Mann bestimmt vom Wasser getrunken. Meininger holte eine große Plastikflasche und ein weiteres Glas und ging in den Raum. Wortlos goss er Wasser in das mitgebrachte Glas und tauschte es mit dem anderen aus. Dann verließ er den Raum und brachte das Glas sofort ins Labor. Die Flasche ließ er stehen. Durch die Scheibe sah er, wie der junge Mann das Glas gierig austrank und sofort nachschenkte. Meininger rief den Anwalt an, der am Telefon Gift und Galle spie und in fünf Minuten vor Ort sein wollte. Tatsächlich tauchte wenig später Pit Börner mit hochrotem Kopf auf.

»Ich finde es unerhört, dass Sie mich warten lassen, um eine Pause zu machen!«, keifte er.

»Seit wann bestimmt ein Rechtsanwalt über die Arbeitszeiten der Polizei? Und hätten Sie uns heute Morgen angerufen, nachdem Sie Ihren Schützling angetroffen haben, hätten wir vielleicht Zeit für Sie gehabt. Meine Frage ist sowieso, in welcher Sache Sie hier sind? In der von diesem Brandstifter da oder wegen der Friedensgruppe?«

»Zunächst einmal wegen meines Klienten Drömer. Also ich sage Ihnen …«

»Ist das zufällig der Sohn von diesem Immobilienfritzen aus Tübingen?«, fragte Meininger gelassen.

»Dieser Immobilienfritze, wie Sie ihn nennen, ist zufällig einer der erfolgreichsten Start-up-Unternehmer im süddeutschen Raum. Nur mal so! Und ja, es ist sein Sohn! Und nennen Sie ihn nicht Brandstifter, ehe Sie keine verwertbaren Beweise vorlegen können!«

»Ich denke, wir sollten das in Anwesenheit des Beschuldigten klären«, sagte Meininger und begab sich zum Vernehmungszimmer.

Dort saß der Verdächtige ziemlich genervt auf seinem Stuhl. Als er seinen Anwalt eintreten sah, machte er ein hoffnungsvolles Gesicht. Meininger setzte sich den beiden gegenüber und schaltete über einen Knopf das Aufnahmegerät ein.

»Es sind anwesend Falk Drömer, verteidigt durch Herrn Rechtsanwalt Pit Börner. Ich heiße Gerhard Meininger, Kriminalhauptkommissar. Ich weise Sie nun auf Ihre Rechte hin.«

Meininger zelebrierte den Gesetzestext, welcher als Vorschrift bei der Vernehmung von Verdächtigen dient.

»Herr Drömer, wo waren Sie heute Nacht zwischen ein und drei Uhr?«

»Im Bett«, war die kurze Antwort.

»Das glaube ich Ihnen nicht. Soll ich Ihnen sagen, wo Sie heute Nacht waren? Sie haben mein Auto angezündet, und zwar mit einer brennbaren Flüssigkeit.«

»Lächerlich, haben Sie Beweise?«, fuhr der Anwalt dazwischen.

»Wir haben einen Zeugen. Der hat sofort das Fahrrad und den Verdächtigen an seinen Schuhen erkannt!«

Der Zeuge, der den Brand meldete, hatte seine Aussage inzwischen bei den Kollegen in Tübingen gemacht.

Seelenruhig holte Meininger dann den Beutel mit den Fundstücken aus der Tasche. Noch immer hatte Drömer die Jacke vom Morgen an und am Ärmel fehlte deutlich sichtbar ein Knopf.

»Der da fehlt an Ihrer Jacke!«, zeigte Meininger das Fundstück.

Erst jetzt bemerkte Drömer den Verlust. Verdutzt schaute er zuerst seinen Ärmel und dann seinen Anwalt an.

»Das beweist gar nichts. Solche Jacken gibt es zu Tausenden!«, entgegnete Börner.

»Kann sein. Aber das da haben Sie vor meiner Haustür verloren, als Sie auf mein Türschild Nazi geschrieben haben.«

Wieder sah Drömer Hilfe suchend zu seinem Anwalt.

»Woher wollen Sie wissen, dass ausgerechnet dieser Filzschreiber meinem Mandanten gehörte?«

»Sehen Sie den Deckel? Was macht man, wenn man die Abschlusskappe von einem Filzschreiber nicht abbekommt? Genau, man nimmt die Zähne! Und dabei hinterlässt man Speichelspuren.«

»Das ist doch Blödsinn! Woher bringen Sie eine Speichelprobe, ohne mein Einverständnis?«

»Herr Drömer war so nett und hat vorher aus einem Glas Wasser getrunken. Wir haben ihn nicht dazu verpflichtet. Er hat es also freiwillig getan.«

Pit Börner warf seinem Mandanten einen bösen Blick zu.

»Und die Verletzung an ihrem Unterarm, die musste ja sicherlich genäht werden. Wir haben an einigen Scherben der Seitenscheibe Blutspuren gefunden. Ich glaube, dass wir eine Übereinstimmung mit der DNA, die wir aus der Speichelprobe gewinnen werden, finden können. Sie sehen also, dass das Beweismaterial ausreicht. Was mich allerdings noch brennend interessieren würde, wäre, woher Sie die Information haben, dass ich an dem Fall der ermordeten Zita-Fee Maier und der damit verbundenen Festnahmen arbeite?«

»Das geht dich einen Scheißdreck an, du Nazibulle!«, schrie Drömer und wollte sich auf Meininger stürzen.

Der lehnte sich nur zurück und überließ es Pit Börner, seinen Mandanten zu beruhigen.

»Beamtenbeleidigung kommt auch noch dazu. Noch eine Frage: Wir haben im Gewebe, das noch an dem Knopf anhaftet, Kokainspuren gefunden. Konsumieren Sie oder dealen Sie?«

Der Beschuldigte schwieg und starrte Meininger mit einer angewiderten Miene an.

»Auf jeden Fall sind Sie festgenommen und werden dem Haftrichter vorgeführt«, sagte Meininger und stand auf.

»Wegen der anderen Sache …«, fing Pit Börner an zu reden.

»Sie meinen Pax Mediterrane?«

»Ja, ohne Leiche ist es kein Mord.«

»Stimmt, aber wir haben die Leiche gefunden. Sie werden noch rechtzeitig mit den Einzelheiten vertraut gemacht.«

»Ich möchte auf der Stelle wissen, wie die aktuelle Sachlage im Fall Maier ist, auf der Stelle!«, brüllte Börner.

»Warum? Vertreten Sie den Mörder? Nein? Na also!«, sagte Meininger und ließ den Mann einfach stehen.

Im Vernehmungsraum kam es zu einer handgreiflichen Auseinandersetzung, weil sich Falk Drömer weigerte, dem Vollzugsbeamten in eine Zelle zu folgen. Mit vereinten Kräften gelang dies dann doch noch.

Pit Börner ließ nicht locker. Er rief Meiningers Chef in Esslingen an, um sich über den Umgang seitens der Kripo in Reutlingen zu beschweren. Aber auch Kriminalrat Heinrich verwies den Anwalt auf die Pressemitteilung, die am Abend veröffentlich werden sollte. Am Nachmittag wurde eine Sitzung einberufen, um sich über die Fakten im aktuellen Fall, der nun ermordeten Zita-Fee Maier klar zu werden. Durch die Ereignisse der vergangenen Tage war der Überblick verloren gegangen. Meininger hatte wieder seine Zettelchen geschrieben. Er nahm die farbigen Wölkchen und Vierecke aus dem Medienschrank nicht in Anspruch. Er fand diese Dinger einfach lächerlich. Neun Zettel, mit verschiedenen Namen brachte er an einer großen Pinnwand an. Darunter befestigte er leere Blätter. Auf den Zetteln standen die Namen: Vater, Mutter, Blocha, Pax, Nevel, Testard, Drömer, Grüner und IT-Gruppe.

»Meine Herren, versuchen wir doch einen Zusammenhang zwischen diesen Personen und dem Opfer zu finden. Dabei werden wir alle Personen durchleuchten, egal, in welchem Verhältnis sie zu der Ermordeten stehen. Da wäre zunächst einmal der Vater«, begann Meininger.

Er wurde durch einen Telefonanruf unterbrochen. Als der Kriminalhauptkommissar das Gespräch annahm, verzog er das Gesicht.

»Ja, Frau Maier-Hof. Leider muss ich das bestätigen. Ja. Ihr Mann hat sie identifiziert! Ja natürlich, Ex-Mann. Die Bergung Ihrer Tochter wird aber noch dauern. Wo können wir Sie erreichen? Sie sind im Kloster, aha. Noch zwei Tage. Okay«, sagte er und beendete das Gespräch.

»Die glaubt ihrem Ex-Mann wohl gar nichts!«, kommentierte Christian Fromm das Gespräch.

»Nicht unser Problem. Fahren wir fort. Der Vater hat eine innige Beziehung zu seiner Tochter bis zu dem Zeitpunkt, wo sie sich dieser Friedensgruppe anschließt. Der Vater hat mit der Tat nichts zu tun. Er hat für das Wochenende zwar kein Alibi, aber er mochte seine Tochter trotz ihrer Abkehr von ihm. Nun zur Mutter: Bei der bin ich nicht so sicher. Sie hat eine radikale Vergangenheit. Sie hat regelmäßig Auseinandersetzungen mit ihrer Tochter. Sie hat das Zimmer ihrer Tochter gereinigt, um Spuren zu verwischen. Also hat sie etwas geahnt oder sogar gewusst. Nur von der Waffe konnte sie nichts wissen, sonst hätte sie auch diese verschwinden lassen. Kann es zu einer so intensiven Auseinandersetzung zwischen Mutter und Tochter gekommen sein, dass die Mutter ihrer Tochter hinterher fährt und ihr den Hals durchschneidet?«

»Nein, also so etwas kann ich mir beileibe nicht vorstellen! Was ich die Maier aber gerne fragen würde, wäre, woher die beiden Einbrecher von dem Versteck wussten. Die mussten doch schon ein paar Mal zu Besuch gewesen sein?«, sinnierte Christian Fromm.

»Wir werden sie befragen. Kämen wir zum Lehrer Blocha. Mit diesem Mann stimmt etwas nicht. Offenbar hat er sich mit seiner Schülerin mehr befasst, als es für einen Pädagogen üblich ist. Das Foto, das uns zugesandt wurde, ist zu über fünfzig Prozent kein Fake. Wenn wir an die Originalaufnahme herankommen könnten, wären es neunzig Prozent. Hat es vonseiten Blochas Gefälligkeiten gegeben? Hinter vorgehaltener Hand wurde dies behauptet, denn Zita-Fee Maier war eine schlechte Schülerin. Weshalb aber sollte der Lehrer seine Schülerin beiseiteschaffen? Ist sie zu weit gegangen? Hat sie ihn etwa erpresst? Die Klärung dieser Fragen steht noch auf unserer Agenda. Wir müssen den Mann vorladen. Er hat für den Zeitpunkt des Todes kein stichhaltiges Alibi. Aber ist er auch zu einer solchen Tat fähig?«

»Also bei unserem Besuch machte er einen sehr aggressiven Eindruck!«, sagte Christian Fromm

»Kämen wir zu den beiden Franzosen. Zunächst wäre da Paul Nevel. Die französischen Kollegen haben uns noch keine detaillierten Unterlagen zukommen lassen. Offenbar sind die beiden in terroristische Umtriebe verwickelt gewesen. Deshalb halten sich die Franzosen noch zurück. Wir werden natürlich auf eine Vernehmung der beiden bestehen. Nach meiner Ansicht hat einer der beiden die Waffe nach Deutschland eingeschmuggelt. Im Übrigen haben wir von den Amerikanern die Auskunft bekommen, dass der Revolver aus den USA stammt, da die Seriennummer dort registriert war. Er hat also die USA auf illegalem Wege verlassen. Jean Testard, der zweite Verhaftete, gilt eher als Mitläufer, denn er hat noch keine strafrechtlichen Einträge. In dieser Sache müssen wir einfach abwarten, bis sich die Franzosen melden. Dann hätten wir diesen Drömer. Das ist ein ganz radikales Bürschchen. Inwieweit der allerdings mit dem Opfer bekannt war, wissen wir nicht, weil er sehr unkooperativ ist. Dies wird aber über die Friedensgruppe zu klären sein. Nun wäre Tim Grüner an der Reihe. Er ist ein typischer Nerd und hat durch seine Zockerei die Bindung zu seinem sozialen Umfeld total verloren. Laut seinem Lehrer hat er schon mal bei der Ermordeten versucht anzubändeln. Die hat ihn aber abblitzen lassen. Ja, sie hat ihn sogar wegen des Berufs seines Vaters beleidigt. Bei ihm könnte ein Racheakt in Betracht kommen. Allerdings habe ich das Gefühl, dass das Gewaltpotenzial bei diesem jungen Mann nicht besonders hoch ausgeprägt ist. Das anonyme Schreiben kam nicht von ihm, weil er keinen Drucker besitzt. Trotzdem sollten wir ihn im Auge behalten. Als Letztes wären da noch die Schüler, die sich für die Digitalisierung der Schule zusammengefunden haben. Sie hatten allesamt Zugriff auf die Schulrechner und die dazugehörigen Drucker. Das ist also die augenblickliche Lage. Ich schlage vor, dass ein Team noch einmal an die Schule geht, um sich mit der IT-Gruppe und deren Lehrer zu befassen. Dann müssen wir ein Gespräch mit der Pax-Tante in Tübingen erzwingen, notfalls halt mit ihrem Anwalt. Und dann muss jemand zu der Maier-Hof, wenn es auch unangenehm wird.«

»Wir gehen an die Schule«, meldeten sich Willi Früh und Carsten Dombrowski.

»Das habe ich mir schon gedacht. Ihr beiden Feiglinge habt doch bloß Angst vor der Maier-Hof!«, schimpfte Meininger.

Wenig später fuhren Früh und Dombrowski auf den Schulhof des Gymnasiums. Sie hatten sich zuvor telefonisch bei der Schulleitung angemeldet und die Erlaubnis bekommen, die Schulrechner zu durchsuchen. Der Schulleiter erwartete sie bereits am Eingang und geleitete die beiden Beamten in einen Nebenraum im Obergeschoss. Dort wartete nicht nur der zuständige Lehrer, sondern es saßen auch vier Schüler an den Rechnern. Carsten Dombrowski stellte sich den Anwesenden vor und begann auch sofort mit seinen Fragen.

»Wir haben den Verdacht, dass auf einem dieser Computer dieses Foto bearbeitet und ausgedruckt worden ist. Können Sie sich vorstellen, wer das gemacht haben könnte?«

Die Anwesenden sahen sich an und machten allesamt eine Unschuldsmiene.

»Wir haben auf diesem Stick ein Programm, das alle gelöschten Dateien wieder sichtbar machen kann«, sagte Dombrowski.

Während sein Kollege seine Ausführungen machte, beobachtete Willi Früh die Anwesenden. Dabei fiel ihm auf, dass einer der Schüler vor sich hin lächelte. So als wolle er sagen, dass bei der Inbetriebnahme der Software sowieso nichts herauskäme. Dombrowski und Früh waren über ein paar Monate verteilt bei einer Schulung über die Cyberkriminalität beim BKA in Wiesbaden gewesen. Dabei bekamen sie auch diesen Stick, auf dem ein Programm installiert war, das Dateien, die selbst mehrmals überschrieben worden waren, wiederherstellen konnte. Zuerst musste aber festgestellt werden, ob der sogenannte Bundestrojaner im System der Schule installiert war. Dies erleichterte die Arbeit dann enorm. Der Bundestrojaner war von der Bundesregierung in Auftrag gegeben worden, um als Werkzeug gegen den internationalen Terror und das organisierte Verbrechen eingesetzt zu werden. Nebenbei wurde er auch bei Kleinkriminellen, die im Internet ihr Unwesen trieben, angewendet. Unmittelbar, nachdem das Computersystem den Stick erkannt hatte, verfärbte sich der Monitor blau. Am linken unteren Bildrand erschien eine Uhr, die sich schnell im Kreis drehte. Wenige Sekunden später war wieder der normale Desktopinhalt sichtbar. Ein Menü öffnete sich und Dombrowski tippte einen Text ein. Die Darstellung des Monitors war nun auf allen Rechnern im Raum sichtbar. Interessiert verfolgten die Jugendlichen die Arbeit Dombrowskis. Einer von ihnen rutschte nervös auf seinem Stuhl hin und her. Er war es, der vor wenigen Augenblicken noch gelächelt hatte. Eine Minute später war es geschafft. Auf dem Bildschirm waren verschiedene Fotos zu sehen, die den Lehrer Blocha in Begleitung der ermordeten Zita-Fee Maier zeigten. Der Schulleiter und der Aufsichtslehrer konnten ihre Bestürzung nicht verbergen.

»Wir hätten niemals gedacht, dass einer unserer Schüler zu so etwas fähig ist! Herr Blasius, wie konnte das unter Ihrer Aufsicht geschehen?«, fragte der Schulleiter seinen Kollegen.

»Ich kann mir das nicht erklären. Wer von Euch hat diese Aufnahmen gemacht?«, fragte dieser in die Runde.

Keiner antwortete, alle sahen sich nur schweigend an.

»Das Projekt der Schuldigitalisierung wird bis auf Weiteres gestoppt!«, verkündete der Schulleiter. »Wenn Sie dann noch Fragen an mich haben, ich bin in meinem Büro.«

Der Schulleiter verließ sichtlich erbost den Raum. Zunächst herrschte lähmende Ruhe.

»Super, das war's dann wohl!«, sagte einer der Jugendlichen und stand auf.

»Moment, hiergeblieben! Bevor wir nicht wissen, wer das Foto gemacht und an uns geschickt hat, kommt hier niemand raus!«, sagte Carsten Dombrowski.

Wieder herrschte Schweigen.

»Die Datei ist vorgestern um kurz nach zehn Uhr bearbeitet worden, das zeigt das Speicherdatum. Also wer war vorgestern um diese Zeit hier im Raum?«, fragte Willi Früh.

»Niemand von uns, da hatten wir Matheklausur«, sagte das Mädchen.

»Wer hat dann noch außer Euch Zutritt zu diesem Raum?«

»Eigentlich jeder, der es will, denn der Schlüssel hängt unten im Eingang zum Büro vom Schulleiter«, meldete sich nun der Lehrer.

»Warum ist das so?«

»Wir wollten die Schüler animieren, ihre Ideen in das Projekt spontan einzubringen.«

»Na super! Dann können wir ja gleich alle Schüler zum Verhör bitten!«, brummte Carsten Dombrowski resigniert.

»Okay, dann könnt ihr jetzt gehen«, sagte Willi Früh.

Die Schüler standen sofort auf und verließen den Raum.

»Wer von denen ist in der Lage, ein Fakebild herzustellen?«

»Einer vielleicht, aber es gibt auch noch andere kreative Köpfe an der Schule. Wir haben auch eine Foto-AG. Da lernt man so was.«

»Und die benutzen auch diese Computer?«

»Ja klar. Die melden sich dann halt unter einem anderen Profil an. Aber das Bild ist kein Fake. Das ist echt!«

»Und woher wissen Sie das?«

»Weil ich es gemacht habe, ganz einfach!«

Dombrowski und Früh sahen sich an. So einfach hatten sie sich die Lösung nicht vorgestellt.

»Dann sind Sie uns aber eine Erklärung schuldig.«

»Während die Schüler hier am Computer gearbeitet haben, erzählten sie sich so manche Dinge. Da hab ich natürlich immer mitgehört. Einmal erzählten sie sich, dass die Maier ihre Zeugnisnoten bei Blocha verbessert. Sie hatten beobachtet, wie sich der Kollege mit der Schülerin traf. Dabei sei Blocha sehr zutraulich geworden. Die Schüler waren der Meinung, dass dieser Vorfall eigentlich der Schulleitung gemeldet werden müsste. Keiner von ihnen erklärte sich aber bereit, dies zu tun, weil der Kollege Blocha sonst schlechte Zensuren vergeben würde. Ich habe daraufhin den Kollegen ein wenig beobachtet und herausgefunden, dass das stimmte, was die Schüler behauptet hatten. Ich bin dann nach einer Kollegiumsversammlung auf Blocha zugegangen und habe ihm dringend geraten, mit dieser Sache Schluss zu machen. Er hat mich nicht einmal angeschaut, als ich ihn mit den Tatsachen konfrontierte. Das hat mich unheimlich geärgert. In den folgenden Tagen ist er mir dann aus dem Weg gegangen. Dann wollte ich mit der Schülerin reden, aber sie war ja mal wieder krank gemeldet. Tja, den Rest der Geschichte kennen Sie besser als ich!«

»Ist der Lehrer Blocha heute an der Schule?«

»Keine Ahnung. Ich habe seither keinen Kontakt mehr zu ihm.«

»Wo waren Sie denn, als die Schülerin Maier am Bodensee war?«

»Sie meinen, als sie getötet wurde?«

»Ja genau. Am Wochenende, als die Schülerin sich am Bodensee aufhielt!«

»Da war ich zu Hause. Meine Frau und ich saßen an

dem Abend auf der Terrasse und haben eine Flasche Wein getrunken.«

»Sie werden verstehen, dass wir das nachprüfen«, sagte Willi Früh.

»Klar, machen Sie das!«

»In welchem Verhältnis haben Sie zu der Schülerin Maier gestanden?«

»In gar keinem. Sie wollte zwar unbedingt in die IT-Gruppe, aber die anderen Schüler wollten das nicht, sie konnten die Maier nicht leiden, wie so viele an der Schule.«

»Warum war das so?«

»Weil sie einfach ein extremer Mensch war. Das Normale, Alltägliche lag ihr nicht. Sie musste immer ins Extreme gehen. Vor allem, seit sie in dieser Friedenstruppe mitarbeitete. Danach nervte sie alle mit ihrer Weltuntergangsstimmung.«

»Okay, dann wollen wir mal den Herrn Blocha besuchen!«, sagte Früh und stand auf.

Die beiden Kriminalbeamten gingen hinunter zum Büro des Schulleiters. Im Vorzimmer mussten sie einige Minuten warten, weil eine Sitzung des Lehrerkollegiums stattfand.

»Ich hab den Inhalt der gesamten Festplatten auf den Stick gezogen. Da sind ein paar interessante Dateien drauf«, flüsterte Früh seinem Kollegen zu.

Wenig später öffnete sich die Tür und die Lehrerschaft kam wild diskutierend aus dem Büro. Soweit zu erkennen war, befand sich Blocha nicht darunter. Das konnte nur bedeuten, dass er sich noch im Büro des Schulleiters befand.

Früh und Dombrowski traten, ohne anzuklopfen, ein. Zu ihrer Überraschung war aber nur noch der Schulleiter anwesend.

»Was gibt es denn noch meine Herren?«, fragte der genervt.

»Wir hätten uns gerne mit dem Herrn Blocha unterhalten.«

»Der hat sich bis auf Weiteres krankgemeldet. Ich konnte ihn auch nicht telefonisch erreichen.«

»In Ordnung, dann werden wir ihn mal zu Hause besuchen!«, sagte Dombrowski und tippte sich zum Abschied an die Stirn.

Wenig später fuhren sie an Blochas Wohnhaus vor. Trotz mehrmaligem Klingelns öffnete niemand die Haustür. Die beiden Kriminalbeamten gingen in den Garten, um zu versuchen, über ein Fenster ins Innere des Hauses zu blicken. Dies gelang aber nicht, da alle Fenster vom Boden aus ohne eine Leiter nicht erreichbar waren. Also fuhren sie zurück zur Dienstelle.

Da Margit Maier-Hof noch immer im Kloster weilte und somit nicht erreichbar war, machten sich Gerhard Meininger und Christian Fromm auf den Weg nach Tübingen, um die Vertreter der Initiative Pax Mediterrane zu befragen. Man hatte sich darauf geeinigt, dass man sich im Büro des Anwalts Pit Börner treffen wollte. Also saßen die beiden Kripobeamten im Vorzimmer des Anwaltes und warteten auf dessen gnädige Anweisung zum Einlass. Sie wussten, dass der Kerl sie mit Absicht warten ließ. Dann aber ging die Tür zum Büro auf und Pit Börner persönlich forderte zum Eintritt auf. Drinnen saßen drei Frauen mit Gewändern, die an die frühen Achtzigerjahre erinnerten: Überlange, mit Batikmuster bedruckte Umhänge und Pluderhosen. Mit giftigen Blicken verfolgten sie jede Bewegung der Beamten.

»Sie müssen die Wartezeit entschuldigen, wir mussten uns vorher abstimmen, das hat halt gedauert«, faselte der Anwalt.

»Wir haben damit gerechnet. Man kennt sich ja«, konterte Gerhard Meininger.

»Also, worum geht es in der Sache?«, fragte Börner.

»Wie Sie ja erfahren haben, wurde die Vermisste Zita-Fee Maier inzwischen tot aufgefunden. Aufgrund erster Erkenntnisse muss davon ausgegangen werden, dass sie ermordet worden ist. Um auf die Spur ihres Mörders zu kommen, müssen wir die letzten Tage ihres Lebens so genau wie möglich rekonstruieren. Ebenfalls ist für uns wichtig, mit wem die junge Frau Kontakt hatte, wer ihre Freunde waren. Und als allererste Adresse wurde uns die Initiative Pax Mediterrane genannt. Seit wann war Zita-Fee Maier bei Ihnen Mitglied?«

Die Frauen sahen Pit Börner an und schwiegen.

»Seit einem Jahr«, antwortete der kurz.

»Haben die Damen keine eigene Stimme, oder wurde ihnen das Reden mit uns untersagt?«, fragte Meininger verärgert.

»Mit imperialistischen Helfershelfern reden wir nicht!«, sagte eine von ihnen herausfordernd.

»Aber einen Namen haben Sie oder?«, fragte Fromm.

»Frauke«, war die kurze und trotzige Antwort.

»Welche Aufgabe oder sagen wir, welches Engagement hatte Zita in Ihrer Initiative?«

»Sie half bei der Unterbringung und Behördengängen von Flüchtlingen. Dann war sie auf Demonstrationen für den Frieden aktiv.«

»Aha, so auch in Hamburg im Sommer 2017!«

»Wie meinen Sie das?«

»Wie haben den Verdacht, dass die Frau Maier beim

G20-Gipfel in Hamburg an Plünderungen beteiligt war. Und das nennen Sie für den Frieden aktiv sein?«

»Das hat mit uns nichts zu tun. Das war die Privatangelegenheit von Zi!«, zischte eine der Frauen.

»Wie kamen die beiden Franzosen zu Ihrer Initiative?«

»Die Zi hat die beiden im Schlepptau dahergebracht. Ich hab denen gleich nicht getraut!«, meldete sich die Dritte im Bunde.

Der Kriminalhauptkommissar hatte alle drei Frauen während des Gesprächs beobachtet. Diejenige, welche sich als Letzte zu Wort meldete, schien noch einigermaßen kooperativ zu sein.

»Frau äh …«, fragte Christian Fromm.

»Drömer, Angelika.«

»Frau Drömer? Sie sind aber nicht zufällig …«, fragte Meininger verdutzt.

»Doch, Falk ist mein Sohn!«

»Na toll! Frau Drömer, warum waren Ihnen die beiden Franzosen suspekt?«

»Moment, ich antworte!«, mischte sich der Anwalt ein, »weil die beiden eigentlich nur hinter der Zi her waren. Die Kerle interessierte die Arbeit der Initiative nicht besonders.«

»Ist das auch Ihre Meinung, Frau Drömer?«, fragte Meininger die Frau provokativ.

»Das auch …«, antwortete sie kurz.

Sie sprach aber nicht weiter, weil der Anwalt ihr einen bösen Blick zuwarf.

»Wissen Sie zufällig, warum das Opfer am Bodensee war? Oder war jemand von Ihnen zum Todeszeitpunkt dort anwesend?«

Alle Frauen schüttelten den Kopf.

»Wir haben im Zimmer des Opfers eine Schusswaffe

gefunden. Sie stammt vermutlich aus den USA und wurde nach Deutschland eingeschmuggelt. Konnten Sie sich Zita-Fee Maier im Besitz einer Schusswaffe vorstellen?«

Wieder schüttelten die Frauen schweigend den Kopf.

»War Falk Drömer ebenfalls Mitglied bei Ihnen?«

»Der Falk kam nur gelegentlich. Eigentlich selten«, antwortete der Anwalt und sah dabei die Mutter streng an.

Meininger glaubte dem Anwalt kein Wort.

»Wissen Sie, ob die beiden Franzosen zum Tatzeitpunkt am Bodensee waren?«

»Das müssen Sie die beiden schon selber fragen!«, antwortete Börner spitz.

Meininger und Fromm hatten genug von dem Katz-und-Maus-Spiel. Sie beendeten das Gespräch und standen auf. Als Meininger die Türklinke in der Hand hatte, sagte der Anwalt: »Wir wären Ihnen gegenüber viel kooperativer gewesen, wenn Sie mich über den Tod von Zita informiert hätten.«

»Und das glauben Sie wirklich? Ich nicht!«, sagte Meininger erbost und schloss die Tür hinter sich.

Er konnte sich lebhaft vorstellen, was sich in dem Büro jetzt tat. Falk Drömers Mutter wurde mit Sicherheit darauf hingewiesen, sich an die Abmachung zu halten und nichts über die Initiative nach außen dringen zu lassen. Trotzdem hatte Meininger vor, mit der Frau Kontakt aufzunehmen. Er wusste nur noch nicht, wie. Also kehrten die Kommissare erst einmal zur Dienststelle zurück. Dort wurden die Ergebnisse der Vernehmungen mit den Kollegen besprochen. Der Staatsanwalt hatte währenddessen Kontakt mit den französischen Behörden aufgenommen, um ein Verhör mit den festgenommenen jungen Männern zu ermöglichen. Während die Kriminalbeamten die Fakten im Fall Maier diskutierten, rief der Beamte vom Empfang an und kündigte das Kommen einer Frau Drömer an. Wenig später saß Angelika

Drömer auf einem Besucherstuhl vor Gerhard Meiningers Schreibtisch.

»Frau Drömer, zunächst einmal eine Frage: Ihr Mann ist Immobilieninvestor und Sie engagieren sich in einer Initiative, die Flüchtlinge unterstützt und ihnen Wohnungen besorgt. Wie passt das alles zusammen?«, begann Meininger.

»Na ganz einfach. Ich lebe von meinem Mann getrennt«, antwortete sie.

»Und bei wem lebt Ihr Sohn?«

»Bei meinem Mann. Beide wollten das unbedingt. Und nun sehen Sie ja, was dabei herausgekommen ist«, sagte sie und deutete auf ein Foto, auf dem das ausgebrannte Auto Meiningers abgebildet war.

»Inwieweit war Ihr Sohn mit Zita-Fee Maier bekannt?«

»Ich glaube, gar nicht. Mein Sohn kam immer nur dann zu mir, wenn er mal wieder klamm war. Sie wissen schon, was ich meine?«

»Das heißt, er hatte mit der Initiative wirklich nichts zu tun?«

»Nein. Weshalb er aber Ihr Auto in Brand gesetzt hat, ist mir schleierhaft.«

»Woher wusste Ihr Sohn, dass ich die Ermittlungen im Fall Maier leite?«

»Ich denke von seinem Vater, der hat überall hin Beziehungen.«

Meininger dachte wieder nach. Wenn dieser Immobilienhai Kenntnis von seiner beruflichen Tätigkeit hatte, dann konnte das nur von einer Person stammen. Und die hieß Amelie Förster. Er überlegte, ob er sie im Anschluss an das Gespräch wieder anrufen sollte. Dann kam ihm eine Idee:

»Kennen Sie eine gewisse Frau Förster?«

»Klar, die versucht doch schon seit einiger Zeit, bei meinem Mann zu landen. Ich merk das doch.«

Meininger wurde es warm und kalt zugleich. Er konnte es nicht fassen. War er so töricht und blind, dass er nichts bemerkt hatte? Er versuchte, sich an die letzte Zeit zu erinnern, aber ihm fiel nichts auf. Auf jeden Fall spielte Amelie Förster ihr Spiel sehr gut. Er musste sie zur Rede stellen, das konnte er nicht auf sich sitzen lassen. Angelika Drömer war es nicht entgangen, dass Meininger nachdachte.

»Stimmt etwas nicht?«, fragte sie.

»Nein, nein! Ich musste kurz über einen anderen Fall nachdenken. Noch eine Frage: Warum machten Sie nur eine Aussage im Beisein von diesem Börner?«

»Er ist doch ebenfalls Mitglied in der Initiative.«

»Ach, so ist das. Das heißt, er vertritt auch Asylbewerber beim Anerkennungsverfahren. Stimmt das?«

»Ja, so viel ich weiß. Wir haben damit wenig zu tun. Wir unterstützen halt die Menschen bei Behördengängen.«

»Gut, das wäre es für den Augenblick. Wo können wir Sie ohne diesen Anwalt erreichen?«

»Ich arbeite beim Landratsamt in Tübingen. Da ist meine Telefonnummer«, sagte sie und übergab Meininger eine Visitenkarte.

Nachdem Angelika Drömer das Büro verlassen hatte, rief Meininger sofort im Büro von Amelie Förster an. Aber zu seiner Enttäuschung meldete sich nur der Anrufbeantworter.

»Kommt mal her, ich hab was Interessantes gefunden, das müsst ihr gesehen haben!«, rief Willi Früh.

Er hatte die Dateien, die er vom Schulserver heruntergeladen hatte, ausgewertet. Alle Anwesenden gruppierten sich hinter ihm und schauten auf den Monitor. Auf einigen Bildern war ein Schüler abgebildet, der mit einem Oberlippenbart, wie ihn einst Hitler trug, verunziert worden war. Darunter war zu lesen: »Unser neuer Führer wächst heran!«

Außerdem wurden einige Lehrer auf ähnliche Weise verunglimpft.

»Warum machen die das? Für so etwas muss es doch einen Grund geben!«, sagte Meininger.

»Offenbar gibt es an der Schule ein paar Anhänger der Rechtsextremen. Gibt es sonst noch was zu sehen?«, fragte Herbert Krause vom Staatsschutz.

»Ich bin noch nicht ganz durch, es sind doch einige Dateien.«

»Wer ist der Schüler, der da abgebildet ist?«, fragte Christian Fromm.

»Ich meine das war der, der so nervös geworden ist, als wir denen gesagt haben, dass wir gelöschte Dateien wieder sichtbar machen können.«

»Dann findet mal den Namen heraus. Es könnte doch sein, dass es zwischen den Schülern einen Konflikt wegen der politischen Weltanschauung gegeben hat!«, fügte Fromm hinzu.

»Und dann sticht der gleich die Mitschülerin ab? Das glaubst du ja selber nicht!«, meinte Carsten Dombrowski.

»Wir sollten uns keiner Möglichkeit verschließen. Es wäre nicht das erste Mal, dass so etwas passiert«, ergänzte Krause.

Carsten Dombrowski rief in der Schule an, um den Lehrer zu sprechen, der für den IT-Raum verantwortlich war. Wenig später stand der Name des Schülers fest. Es handelte sich um einen gewissen Kevin Mischke, dessen Name schon einmal gefallen war. Der junge Mann war vor einem Jahr mit seiner Familie aus Mecklenburg nach Reutlingen übergesiedelt, weil sein Vater einen Job in einem Industriebetrieb in Reutlingen erhalten hatte. Sofort wurde der Name in der Verbrechensdatei eingegeben. Und siehe da, dieser Kevin Mischke war kein unbeschriebenes Blatt. Er stand tatsächlich Rechtsradikalen nahe und besuchte regelmäßig deren Rockkonzerte. Politisch motivierte Gewalttaten konnten ihm aber bisher nicht nachgewiesen werden.

»Trotzdem werden wir uns mit dem jungen Mann unterhalten müssen«, sagte Gerhard Meininger.

»Wir machen das. Der ist in Gönningen wohnhaft, da fahren wir kurz raus«, sagte Willi Früh und machte sich abfahrbereit.

»Ich werde heute früher Feierabend machen, ich hab noch was Dringendes zu erledigen«, sagte Meininger.

Er packte seine Utensilien zusammen und machte sich auf den Heimweg. Allerdings fuhr er nicht zu seiner Wohnung, sondern direkt in das Büro von Amelie Förster. Da er kein eigenes Auto mehr hatte, nahm er den Dienstwagen. Den kannte die Immobilienagentin nicht. Deshalb fuhr er auf den Kundenparkplatz und ging eilig zum Eingang des Hauses. Er klopfte an die Bürotür und öffnete sofort, ohne abzuwarten. Amelie Förster saß hinter ihrem Computer und sah den Eindringling mit großen Augen an.

»Was willst du?«, fragte sie.

»Reden, einfach nur reden!«

»Was gibt's denn zwischen uns noch zu reden?«

»Warum hast du diesem Wohnungshai erzählt, dass ich an dem Fall Maier arbeite?«

»Ich hab das dem nicht direkt gesagt. Vielleicht mal beiläufig erwähnt.«

»Schön. Deine beiläufige Erwähnung hat mich mein Auto gekostet, weil der bekloppte Sohn von deinem Lover gemeint hat, er müsse es anzünden!«

»Mein Lover? Wie kommst du denn da drauf!«

»Es wurde mir erzählt, dass du dem schon seit geraumer Zeit hinterherläufst.«

»Ich? Dem? Jetzt will ich dir mal was sagen! Der Mann

verschafft mir die Exklusivrechte an der Vermarktung aller Wohneinheiten im Neubaugebiet am Bahnhof. Weißt du, was das für mich bedeutet? Ich kann zum ersten Mal richtiges Geld verdienen! Zum ersten Mal in meinem Leben! Ich kann endlich unabhängig sein und nicht immer auf Almosen hoffen, wenn ich eine heruntergekommene Mietwohnung vermittle. Oder ein schnödes Einfamilienhaus, wie deines! Ich bin jetzt über fünfzig Jahre alt und muss schauen, was mir die Zukunft bringt. Ich möchte nie wieder das mitmachen, was ich in meiner Ehe erlebt habe. Nie mehr von der Gunst eines Mannes leben müssen. Was weißt du schon? Du bist Beamter im Staatsdienst, für dich ist gesorgt, und zwar bis zu deinem Lebensende und das nicht schlecht. Ich aber muss schauen, dass ich für meinen Lebensabend einigermaßen Kapital anspare, sonst lande ich bei der Fürsorge. Und was den Lover anbetrifft: Nie im Leben würde ich mich mit solch einem Kerl einlassen. Und aus dem Alter, dass man wegen ein paar Tausendern mit einem Kerl ins Bett hüpft, bin ich raus. Und jetzt geh, ich habe noch zu arbeiten!«

Meininger ging, ohne einen Ton zu sagen, zur Tür und verließ das Gebäude, ohne sich umzusehen. Noch nie in seinem Leben hatte er so eine Abreibung bekommen.

Zu Hause setzte er sich auf sein Sofa und überlegte. Seine Einstellung und seinen Beruf hatte ihn die Partnerschaft mit dieser Frau gekostet. War es das wert? Oder wäre es nicht früher oder später sowieso zu einer Trennung aufgrund der unterschiedlichen Lebensauffassungen gekommen? Er hatte Amelie zuliebe immer nachgegeben. Auf Dauer würde so etwas nie gut gehen. Er erhob sich und ging in die Küche, um zu sehen, was im Kühlschrank an Essbarem vorhanden war. Als er die Tür öffnete, empfing ihn gähnende Leere. Er hatte nichts eingekauft, also konnte auch nichts drin sein! Als seine Frau noch lebte, war der Kühlschrank immer mit dem Notwendigsten gefüllt und auch mal mit einer Leckerei zwischendurch. Auch an diesen Umstand hatte er sich immer noch nicht gewöhnt. Also ging er zum Wohnzimmerschrank. Dort befand sich in der, wie er es nannte, »Schleckabteilung« eine alte Tüte mit Chips, die schon weich geworden waren. Sein Hunger und seine Faulheit trieben ihn dazu, die Tüte zu leeren. Dann gelüstete ihn nach Wein. In der Küche stand in einer Ecke eine Flasche Rotwein, die er von einem Nachbarn geschenkt bekommen hatte. Es war eine Spätburgunder Spätlese vom Bodensee. Nach dem ersten Gläschen stellte sich die Wirkung des Alkohols ein. Jetzt sah er seine Probleme schon gelassener. Das mit Amelie war vielleicht gut so. Die Anfangseuphorie war verblasst und es zeigte sich immer mehr, dass sie nicht mit seiner verstorbenen Frau zu vergleichen war. In Zukunft würde er sich von den Frauen fernhalten, das schwor er sich. Wenig später war er eingeschlafen.

Es war viel los an diesem Morgen im Hafen von Langenargen. Das Wetter zeigte sich schon seit Tagen von seiner schönsten Seite. Der See war glatt, als wäre er zugefroren. Dies änderte sich aber, als mehrere Boote der Wasserschutzpolizei in den Hafen einfuhren. Heute war die Bergung der Leiche am Mündungsplateau der Argen aus fünfundsiebzig Metern Tiefe geplant. Dazu wurde ein Bergungsroboter herbeordert, der schon bei einem Flugzeugabsturz in der Nähe der Insel Mainau gute Dienste geleistet hatte. Am aktuellen Einsatzort vor Langenargen behinderte eine starke Grundströmung die Arbeiten erheblich. Um zehn Uhr war mit dem Beginn der Bergung begonnen worden. Heiner Kromer und Hans Auwärter von der Wasserschutzpolizei befanden sich auf dem Bergungsschiff, das den Roboter an Bord hatte. Nachdem dieser ins Wasser gelassen worden war, verfolgten alle Beteiligten die Tauchfahrt gespannt auf den Monitoren. Es dauerte eine Weile, bis das Gerät die Tauchtiefe erreicht hatte. Nur sehr schwer konnte man sich trotz der starken Scheinwerfer in der Tiefe orientieren und es brauchte Zeit, bis man das Plateau, auf dem die Leiche gefunden worden war, erreicht hatte. Der Bediener des Roboters fuhr sehr vorsichtig an der Kante des Plateaus entlang. Er wollte so wenig Schlamm wie möglich aufwirbeln.

Die Kollegen in Reutlingen waren von der Aktion ebenfalls unterrichtet worden. Der Vater des Opfers, Gernot Maier, hatte sein Kommen angekündigt, war aber bis zum Auslaufzeitpunkt des Bergungsschiffes nicht erschienen. Einige Zeit verging, ohne dass eine Spur der Leiche gefunden wurde. Wieder und wieder fuhr der Roboter die Flachstelle ab, ohne Erfolg. Wurde die Leiche in eine größere Tiefe gespült? Bei der Strömung im See wäre dies theoretisch möglich gewesen, aber dann hätte dies schon viel früher passieren können. Langsam machte sich Ratlosigkeit bei der Bergungsmannschaft breit. Die Fundstelle war von den Kollegen bis auf wenige Zentimeter genau bestimmt worden und sollte eigentlich problemlos wiedergefunden werden. Aber es war schlichtweg nichts zu sehen, außer gelbem Schlamm.

Beim nächsten Anfahrversuch änderte der Bediener die Taktik. Er fuhr das Plateau in etwa einem Meter Höhe ab, dabei wirbelte er den Schlamm auf, sodass fast keine Sicht mehr möglich war. Diesen Vorgang wiederholte er mehrmals. Dann wartete er eine Weile, bis sich das Ganze wieder gesetzt hatte. Erneut fuhr er nun am Rand entlang und suchte das Plateau ab. Und dann plötzlich sah man etwas Dunkles unweit der erwarteten Fundstelle liegen. Vorsichtig steuerte der Bediener den Roboter zu der Stelle. Tatsächlich lag da ein menschlicher Körper. Die Leiche war einige Meter vom vermuteten Fundort abgetrieben worden und drohte in die Tiefe abzustürzen. Sofort wurden die Bergungsmaßnahmen eingeleitet. Dabei galt es den Leichnam so zu bergen, dass am Körper möglichst wenige Spuren hinterlassen wurden. Zu diesem Zweck war am Roboter eine Art Schaufel angebracht worden, mit der man unter den Körper eintauchen konnte. Zunächst aber musste der Schlamm in der Umgebung weggesprüht werden. Auch diese Aktion erforderte viel Fingerspitzengefühl. Nach etwa einer halben Stunde war es dann soweit. Der Bediener fuhr mit dem Roboter so nahe an die Leiche, dass die Schaufel untergeschoben werden konnte. Mit einem sanften Ruck wurde sie vom Grund angehoben und mit den Greifarmen fixiert. Nun begann das Auftauchen, was ebenfalls mit großer Vorsicht geschehen musste.

Inzwischen hatte sich am Ufer eine große Menschenmenge angesammelt, die die Bergungsarbeiten mit Interesse verfolgte. Fast alle hielten ihr Handy in die Höhe und filmten die Szenerie. Das Auftauchen des Roboters nahm weitere zwanzig Minuten in Anspruch. Als das Gerät an der Oberfläche des Wassers erschien, wendeten die meisten Anwesenden ihren Blick ab, um sich nicht beim Anblick der Leiche übergeben zu müssen. Heiner Kromer und Hans Auwärter hatten in ihrem langen Berufsleben schon einiges gesehen, deshalb machten sie, was die anderen nicht tun wollten. Sie betteten die Tote in einen weißen Sack und schlossen den Reißverschluss. Danach steuerte das Bergungsschiff den Hafen in Langenargen an, um die Leiche in die Gerichtsmedizin nach Tübingen zu überstellen. Am Ufer wartete schon das entsprechende Transportfahrzeug. Der Bereich war weiträumig abgesperrt worden. Trotzdem gelang es Gernot Maier, der inzwischen eingetroffen war, zum Kai vorzudringen. Er bestand darauf, noch an Ort und Stelle eine weitere Identifikation durchzuführen. Hans Auwärter kam seinem Wunsch nach und öffnete kurz den Sack, sodass das Gesicht der Toten sichtbar war. Beim Anblick seiner Tochter brach Gernot Maier zusammen und musste ärztlich behandelt werden. Nachdem die Bergung beendet worden war, gaben die Beamten der Wasserschutzpolizei den Kollegen in Konstanz und Reutlingen über die erfolgreiche Bergung der Leiche Bescheid.

Auf dem Schreibtisch von Gerhard Meininger lag ein geöffneter Brief und ein handgeschriebener Zettel. Daneben ein Verrechnungsscheck, auf dem die Zahl »Fünftausend« stand. Kopfschüttelnd hatte er die Zeilen immer wieder durchgelesen. Auf dem Zettel stand: »Da ich wohl am Schaden Ihres Privatwagens offenbar eine wesentliche Mitschuld trage, möchte ich den Verlust hiermit begleichen! Unsere zwischenzeitliche Partnerschaft war leider ein großes Missverständnis. Das tut mir leid. Deshalb wäre es mir recht, wenn wir bei eventuellen zukünftigen Begegnungen wieder per Sie wären.

Mit freundlichen Grüßen Amelie Förster.«

Der Kriminalhauptkommissar empfand das Schreiben als derart lächerlich, dass er es seinen Kollegen unbedingt zeigen musste. Da die Ehe von Carsten Dombrowski ebenfalls in die Brüche gegangen war, konnte dieser mit Gerhard Meininger sehr gut mitfühlen, was dies bedeutete. Die Gefühlslage schwankte zwischen Zorn, Enttäuschung und ein bisschen Liebeskummer, denn er hatte Amelie Förster sehr gemocht und sie war ja auch eine sehr attraktive Frau. Die Situation wurde durch ein Telefonat des Staatsanwaltes unterbrochen. Er vermeldete, dass die Leiche von Zita-Fee Maier geborgen und vom Vater Gernot Maier an Ort und Stelle identifiziert worden war, und außerdem berichtete er, dass die beiden Franzosen, die bei Maiers Ex-Frau eingebrochen hatten, in Begleitung eines Kriminalbeamten aus Straßburg auf dem Weg nach Reutlingen seien.

Im selben Augenblick meldete sich doch tatsächlich auch Margit Maier-Hof. Sie sei nun wieder zurück und wolle geklärt wissen, warum der Einbruch in ihr Haus nicht verhindert worden war. Sie bleibe nun auf den erheblichen Kosten des Schadens sitzen, da sie keine Versicherung habe. Sie zog es deshalb in Erwägung, den deutschen Staat auf Entschädigung zu verklagen. Meininger ging nicht auf das Gerede ein und forderte sie auf, sich im Laufe des Tages in der Dienststelle einzufinden, um eine Aussage zu machen. Er teilte ihr mit Absicht nicht mit, dass die Leiche ihrer Tochter auf dem Weg nach Tübingen sei. Das wollte er dann bei ihrem Erscheinen nachholen.

Carsten Dombrowski versuchte schon den ganzen Morgen, den Lehrer Rolf Blocha zu erreichen. Dieser war wieder nicht zum Dienst erschienen, und zu Hause erreichte er ihn ebenfalls nicht. Der Mann war wie vom Erdboden verschwunden. Dieser Umstand machte ihn zum Hauptverdächtigen im Mordfall Zita-Fee Maier.

Willi Früh wertete noch immer die Daten vom Schulserver aus und wieder wurde er fündig.

»Schaut mal, was ich gefunden habe!«, sagte er und

scharrte seine Kollegen wieder um sich. »An der Schule gibt es einen ›Wotan Block‹. Die Mitglieder dieses Blocks scheinen ziemlich rechtsradikal zu stehen. Einer ihrer Hauptfeinde war Zita-Fee Maier! Auf einem Bild wurde sie an einen Galgen aufgehängt. Der sogenannte Block besteht aus fünf Mitgliedern. Die sind aber alle unter Synonymen angemeldet. Das wird eine ganz schöne Sisyphusarbeit, die zu enttarnen.«

»Brauchst du dabei Unterstützung?«, fragte Meininger.

»Im Augenblick nicht, denn ich hab ja alle Informationen. Ich muss sie nur noch zuordnen.«

Der Kreis der Verdächtigen, die den Tod der Schülerin Zita-Fee Maier zu verantworten hatten, weitete sich immer mehr. Herbert Krause vom Staatsschutz bekam nun ebenfalls immer mehr Arbeit und wertete neben Willi Früh am Computer ebenfalls die Dateien des Schulservers aus. Dabei galt es, die Zugriffzeiten, in denen die Dateien erstellt und gespeichert wurden, zu ermitteln. So konnte der Personenkreis eingeengt werden, der nicht am Unterricht teilnahm oder frei hatte und sich im Computerraum aufhielt. Dies musste aber mit der Schulleitung abgestimmt werden. Am Nachmittag wollten Früh, Dombrowski und Krause an die Schule gehen, um die Ergebnisse ihrer Recherchen mitzuteilen und eventuell erste Namen zu ermitteln.

»Trotz aller Vorkommnisse und den Personen, stellt sich mir die Frage, was wollte die ermordete junge Frau in der Schweiz? Und was transportierte sie an das Ufer in der Nähe von Friedrichshafen? Rauschgift? Waffen? Geld? Wozu? Die unmittelbaren Nachbarn am Landesteg haben nach Auskunft der Kollegen aus Konstanz nichts Ungewöhnliches mitbekommen. Die Kollegen in der Schweiz ebenfalls nicht. Zugegeben, an dem Samstagabend war überall etwas los. Vereinsfeste, Partys und so weiter. Was mich auch noch interessieren würde, ob es das erste Mal war, dass das Opfer eine solche Fahrt gemacht hatte«, sinnierte Gerhard Meininger.

»Ich glaube, dass die beiden Franzosen dabei eine wichtige Rolle spielen!«, ergänzte Christian Fromm.

»Mag sein. Nur, wie bringen wir die zum Reden?«

»Ich weiß nicht, wie das ist, wenn statt einem Landfriedensbruch oder einem Einbruchsdiebstahl, plötzlich eine Mordanklage ins Haus steht. Da hat es sich schon immer mancher Ganove anders überlegt!«

»Das werden wir dann sehen!«

Am Nachmittag gegen drei Uhr trafen die Franzosen in der Dienststelle der Kriminalpolizei in Reutlingen ein. Die beiden Festgenommenen wurden von einem Beamten der Kripo in Straßburg begleitet, sein Name war Jean Claude Schlotter. Der große Vorteil war, dass Schlotter ein Elsässer war und sehr gut Deutsch sprach. Sofort wurden die beiden Delinquenten in getrennte Räume geführt. Seit dem Meininger die beiden das letzte Mal gesehen hatte, waren sie stark abgemagert, ihre Gesichtszüge entsprachen denen langjähriger Kriegsgefangener. Ausdruckslos, ja apathisch, saß Jean Testard auf dem Vernehmungsstuhl. Da die beiden nach einem Rechtsbeistand verlangt hatten, musste noch auf diesen gewartet werden, bevor das Verhör beginnen konnte. Der Rechtsbeistand war kein geringer als Pit Börner. Und der ließ sich mal wieder alle Zeit dieser Welt, bis er sich nach Reutlingen bequemte und selbst die potenziellen Täter wurden wegen der Warterei langsam ungeduldig. Jean Claude Schlotter, der französische Kollege erklärte den beiden, weshalb sie so lange warten mussten. Das machte den Anwalt nicht gerade sympathisch für die beiden. Das konnte Meininger eventuell in die Karten spielen. Deshalb ging er zuerst zu Testard, denn er machte auf ihn den Eindruck, dass er einem Verhör nicht lange standhalten konnte. Meininger setzte sich zunächst dem jungen Mann gegenüber und schaute ihm in die Augen. Der wich seinem Blick aus und senkte den Kopf.

»Sie wissen, warum Sie in Deutschland zum Verhör sind?«, fragte er.

Vom Gegenüber kam keine Antwort.

»Es geht jetzt nicht mehr um Einbruch und illegalen Waffenbesitz. Nein, es geht um Mord! Den Mord an Zita-Fee Maier. Und ich glaube, Sie sind darin verwickelt!«

Der junge Mann riss die Augen weit auf und schrie: »Non! Non!«

Gerhard Meininger wartete in Ruhe ab, bis sich sein Gegenüber wieder beruhigt hatte.

»Sie waren am Samstag, den vierundzwanzigsten Juli, mit Zita-Fee Maier am Bodensee, stimmt das?«, fragte er dann.

»Non!«, kam die prompte Antwort.

»Sie lügen, ich weiß das genau!«, Meininger beugte sich vor, sodass er fast das Gesicht des Mannes berührte.

Der zuckte zurück und schüttelte den Kopf.

Die Vernehmung wurde durch einen Telefonanruf unterbrochen. Der Anwalt der beiden Franzosen war auf dem Weg. Meininger und sein Kollege traten aus dem Vernehmungsraum und warteten auf dem Gang auf das Eintreffen von Pit Börner. Wenig später kam Börner mit ein paar Aktenordnern unter dem Arm herangestürmt.

»Ich hoffe, Sie haben nicht ohne mich angefangen?«, fragte er aufgebracht.

»Natürlich nicht!«, log Meininger.

»Bei wem wollen wir beginnen?«, fragte der Anwalt.

»Wenn es recht ist, bei Herrn Nevel.«

Der saß ziemlich genervt auf seinem Stuhl und sah Meininger mit giftigen Blicken an. Meininger begann den Mann über seine Rechte aufzuklären. Er wusste, dass er von ihm nichts erfahren würde, denn der war einfach zu abgebrüht.

»Herr Nevel, wo waren Sie am Abend des vierundzwanzigsten Juli?«

»Weiß nicht!«, antwortete er zu Meiningers Überraschung auf Deutsch.

»Woher haben Sie Zita-Fee Maier gekannt?«

»Weiß nicht!«

»Herr Nevel, Zita-Fee Maier wurde ermordet, und ihr Leichnam wurde inzwischen geborgen. Wir wissen, dass Sie mit ihr am Bodensee waren!«

»Woher wissen Sie das? Haben Sie Zeugen?«, fragte der Anwalt dazwischen.

Eigentlich hatte Meininger die Frage nur gestellt, um die Reaktion des Franzosen zu testen. Der aber zuckte nicht einmal mit der Wimper. Offenbar hatte er schon öfter Erfahrung mit Vernehmungen gemacht. Meininger hatte zuvor denselben Trick mit dem Wasser angewendet, um eine DNA-Probe zu erhalten. Das Glas war inzwischen ausgetauscht worden und auf dem Weg ins Labor. Er hoffte, dass die Analyse den erhofften Erfolg bringen würde. Die Spurensucher von der KTU hatten mehrere DNA-Spuren auf Gernot Maiers Boot gesichert, ohne sie zuordnen zu können.

»Wie sind Sie zu der Friedensinitiative Pax Mediterrane in Tübingen gekommen, Sie wohnen doch in Straßburg?«

Keine Antwort. Nevel sah Meininger nur teilnahmslos an, er wollte die Prozedur wohl schnellstens beendet wissen.

»Sie sehen, Herr Kommissar, dass Sie bei meinem Mandanten keine Möglichkeit haben, etwas zu erfahren. Ich werde also die sofortige Freilassung beantragen!«

Pit Börner stand auf und wollte gerade gehen, da klingelte das Telefon von Gerhard Meininger.

»Moment! Wir sind noch nicht ganz fertig!«, bremste Meininger den Anwalt »und sie ist sich ganz sicher?«

Meininger verließ kurz den Raum und kam dann mit einem Grinsen im Gesicht wieder. Pit Börner rutschte nervös auf seinem Sitz hin und her, denn er wusste, dass der Kriminalhauptkommissar wieder einen Trumpf im Ärmel hatte. Carsten Dombrowski und Willi Früh waren mit Margit Maier-Hof auf der Dienststelle erschienen und hatten sie nach dem Umgang ihrer Tochter in der Tübinger linken Szene befragt. Dabei sah sie auf dem Schreibtisch ein Foto von Paul Nevel liegen. Sie erkannte ihn sofort und identifizierte ihn als den Austauschschüler, der vor etwa vier Jahren bei ihr zu Gast gewesen war. Nun war also der Zusammenhang zwischen der getöteten Zita Maier und Nevel hergestellt.

»Herr Nevel, ist es richtig, dass Sie vor vier Jahren als Austauschschüler bei der Familie Maier zu Gast waren?«

Dieses Mal zeigte sich eine vage Regung im Gesicht des Franzosen. Eine Antwort kam aber nicht.

»Frau Maier-Hof, die Mutter von Zita, ist zufällig auf dem Revier und hat Sie soeben identifiziert. Sollen wir sie hereinbitten, dass sie sich bei Ihnen für den Einbruch und den damit verbundenen Schaden bedanken kann?«

Plötzlich erwachte der junge Franzose und zeigte eine nicht vorherzusehende Reaktion, als er schrie: »Non! Verdammt! Lassen Sie mich endlich in Ruhe! Und diese Frau möchte ich nicht wiedersehen!«

»Sie haben Zita Maier öfter besucht. Hatten Sie ein intimes Verhältnis zu ihr?«

»Das geht Sie gar nichts an! Das kann nicht Gegenstand Ihrer Ermittlungen sein!«, funkte der Anwalt dazwischen.

»Warum nicht? Die beiden jungen Männer mit einem Mädchen in einer lauen Sommernacht am Bodensee. Es kommt zu einer Eifersuchtsszene auf dem Boot. Es wäre nicht das erste Mal, dass so etwas passiert!«

»Hirngespinste, nichts anderes! Beweise, ich will Beweise sehen!«, warf der Anwalt ein.

Wieder klingelte Meiningers Telefon. Es war das Labor. Tatsächlich konnten die gefundenen Spuren den beiden Franzosen Nevel und Testard zugeordnet werden. Sie waren also auf dem Boot gewesen.

Der Kriminalhauptkommissar ließ sich ein wenig Zeit, bevor er mit der Befragung weitermachte. Er wollte den Franzosen damit weichkochen.

»Was würden Sie sagen, wenn wir auf dem Boot, das Zita Maier steuerte, Ihre DNA-Spuren gefunden hätten?«

Hilfe suchend sah Nevel seinen Anwalt an.

»Erstens möchte ich das Ergebnis schriftlich haben und zweitens beweist das überhaupt nichts.«

»Warum sind Sie und Ihr Freund mit Zita Maier mit dem Boot in die Schweiz gefahren und was haben Sie anschließend am Ufer in der Nähe von Friedrichshafen abgeliefert? Waren es Waffen oder Drogen?«

»Ich weiß nicht!«, war die kurze Antwort.

»Wir werden es herausfinden, verlassen Sie sich darauf! Woher haben Sie die Waffe, die wir in Zita-Fees Zimmer gefunden haben?«

»Die gehört mir nicht, ich habe keine Waffen!«

»Ach ja! Warum haben Sie dann versucht, diese aus dem Versteck zu holen? Woher wussten Sie denn, dass die Waffe dort lag?«

»Zita hat sie mir gezeigt, als ich mal bei ihr war. Sie sagte, die gehöre ihrem Vater.«

»Moment! Sie behaupten also, Zita-Fee Maier habe gesagt, der Revolver gehöre Gernot Maier?«

»Ja. So war es!«

»Ihre Aussage werden wir überprüfen! Warum wollten Sie dann die Waffe an sich nehmen?«

»Weil ich sie schon früher mitnehmen wollte, aber die Mutter hat immer wie ein Wachhund aufgepasst, was wir machen.«

»Das glaube ich Ihnen zum ersten Mal. Und der Sprengstoff?«

»Hat Zita in Hamburg bekommen, von so einem Irren. Sie hat ihn einfach mitgenommen. Sie wollte damit etwas in die Luft sprengen. Sie hat mir aber nicht genau gesagt, was. Es sollte vielleicht die Schule sein.«

»Donnerwetter! Noch einmal, was haben Sie am Bodensee gemacht?«

»Eine kleine Feier?«, antwortete der Franzose frech.

»Ach ja? Und dann mit tödlichem Ausgang!«

»Als ich Zita das letzte Mal gesehen habe, lebte sie noch!«

»Beweisen Sie mir das!«

»Beweisen Sie mir das Gegenteil!«

Der Kriminalhauptkommissar hätte dem Bürschchen am liebsten eine gescheuert, so ärgerte er sich über ihn.

»Ich bin mit ihm fürs Erste fertig, den anderen befrage ich später! Die beiden bleiben auf Anweisung des Richters in Untersuchungshaft!«, sagte Meininger und stand auf.

»Dagegen möchte ich aufs Schärfste protestieren!«, maulte der Anwalt.

»Sagen Sie das dem Richter, nicht mir. Den Herrn Testard nehmen wir uns später vor!«, sagte Meininger und drehte Pit Börner den Rücken zu.

Wenig später saß er Margit Maier-Hof gegenüber. Ein nicht wenig schwerer Fall.

»Frau Maier-Hof, wir haben noch ein paar Fragen an Sie«, begann der Kriminalhauptkommissar.

»Kann ich vorher meine Tochter sehen?«

»Nein, weil sie noch nach Tübingen unterwegs ist und vorher obduziert wird! Erst wenn das Obduktionsergebnis vorliegt, wird sie freigegeben. Außerdem war Ihr Mann schon am Bodensee vor Ort und hat das erledigt.«

»Dann kann ich ja wieder gehen!«

»Noch nicht. Die Franzosen, die wir beim Einbruch in Ihr Haus erwischt haben, sind Ihnen bekannt?«

»Der eine ja. Der war mal bei uns als Austauschschüler. Nevel heißt der, glaub ich.«

»Wie konnte der bei Ihnen eine Waffe verstecken?«

»Das weiß ich doch nicht! Während seiner Anwesenheit bei uns, das war in den Ferien, habe ich schon aufgepasst, dass da nichts passiert. Ich hatte von vornherein den Eindruck, dass er hinter der Zita her war. Aber ich hatte ein Auge drauf, dass da nichts anbrannte.«

Meininger konnte sich lebhaft vorstellen, wie die Pädagogin an der Zimmertür ihrer Tochter auf verdächtige Geräusche lauschte. Wenn es dann hinter der Tür ruhig wurde, klopfte sie an und fragte sicherlich, ob sie ihre selbst gebackenen Dinkel-Hirse-Plätzchen vorbei bringen sollte. Er musste wohl ein Lächeln im Gesicht gehabt haben.

»Was ist daran so witzig?«, zischte Maier-Hof.

»Wie? Ach so, ich war gerade mit meinen Gedanken woanders«, entschuldigte sich Meininger und fuhr fort. »Welchen Eindruck machte der junge Mann auf Sie?«

»Er war wie alle Männer, die wollen doch immer nur das Eine!«

»Aha. Ja und was noch?«

»Zunächst war er ja ganz normal. Wie halt so ein Sechzehnjähriger ist. Aber dann kam er uns einmal wieder besuchen, das war vielleicht vor einem Jahr. Da sah er plötzlich ganz anders aus. Er sprach mit mir kein Wort mehr, nur mit Zita. Die beiden hatten wohl über das Internet Kontakt miteinander. Dann waren sie zwei Tage weg. Als sie wiederkamen, waren Zita und er verletzt. Ich hab natürlich gefragt, wo sie waren. Sie erklärten mir, dass sie auf einem Punkkonzert waren, wo es ziemlich rau herging.«

»Und das haben Sie natürlich geglaubt!«

»Warum sollte mich meine Tochter anlügen?«

»Ich kann Ihnen sagen, wo die beiden waren. In Hamburg bei den Randalen zum G20-Gipfel. Ihrer Tochter wurde auf Fotos einer Überwachungskamera in einem Supermarkt einwandfrei identifiziert. Sie hat sich an den Plünderungen dort beteiligt. Paul Nevel konnte noch nicht eindeutig identifiziert werden, aber der Staatsschutz arbeitet mit Nachdruck dran.«

»Meine Tochter soll geplündert haben? Solch einen Quatsch habe ich noch nie gehört!«

»So? Dann schauen Sie sich doch bitte mal dieses Foto an«, sagte Christian Fromm und zeigte auf seinen Bildschirm.

Es zeigte die Aufnahme einer Überwachungskamera bei der Plünderung eines Supermarktes in Hamburg, während der Krawalle beim G20-Gipfel.

»Ihre Tochter trägt dieselbe Perücke, die sie bei einem Theaterstück in der Schule getragen hat. Die haben wir am Bodensee gefunden. Zweitens sieht man auf einem der Bilder ein Muttermal am rechten Ohr. Schauen Sie hier!«, zeigte Fromm die Details der Aufnahme.

»Mit Computerprogrammen kann man heute jedes Foto fälschen!«, war der Kommentar von Maier-Hof.

»Offenbar wollen Sie nicht wahrhaben, dass Ihre Tochter in kriminellen Kreisen verkehrte. Der Realität kann man eine Weile aus dem Wege gehen, Frau Maier-Hof, aber irgendwann holt sie einen dann erbarmungslos ein. Einen schönen Tag noch!«, sagte Meininger und stand auf.

Er hatte genug vor der verblendeten Pädagogin. Er wollte gerade wieder hinüber zu den Vernehmungsräumen, als ihn ein Telefonanruf erreichte. Ein Beamter der Streife gab ihm Bescheid, dass es in der Schule brannte, in der Zita-Fee Maier Schülerin war. Das Ausmaß des Brandes war noch nicht abzuschätzen. Das gesamte Gebäude war inzwischen geräumt worden. Gerhard Meininger und Christian Fromm fuhren sofort zum Brandort. Die Einsatzfahrzeuge von Feuerwehr und Rotem Kreuz blockierten schon weit vor der Brandstelle die Zufahrten. Den beiden Kripobeamten kamen Scharen von Schülern entgegen, die wohl an diesem Tag keinen Unterricht mehr hatten. Einige von ihnen nahmen die Sache gelassen und sangen ein altes Lied der *Neuen Deutschen Welle* in den achtziger Jahren: Hurra, hurra die Schule brennt. Vor Ort waren unzählige Helfer bemüht, Ordnung in das herrschende Chaos zu bringen. Meininger ging zur Einsatzleitstelle, die in einem Bus der Feuerwehr untergebracht worden war. Zunächst kamen sie aber nicht so weit, weil die Brandstelle weiträumig abgesperrt war. Nur in Begleitung eines uniformierten Beamten konnten die beiden zum Bus gelangen. Dort saßen der Stadtbrandmeister und der herbeigeeilte Landrat und sondierten die Lage. Ein Staatsanwalt und der Leiter des Polizeipräsidiums Reutlingen waren noch auf dem Weg. Der Schulleiter kam nun kreidebleich dazu.

»Kann man schon etwas zur Brandursache sagen?«, fragte Meininger.

»Noch nicht sicher. Aber der Brandherd ist wohl im Computerraum zu suchen!«, antwortete der Feuerwehrmann.

»Vorsätzlich?«, fragte Meininger kurz.

»Vermutlich, ja!«

»Könnte da etwa ein Zusammenhang mit unseren Ermittlungen bestehen?«, fragte Meininger den Schulleiter.

»Ich weiß es nicht! Der Raum ist ja seit Ihrem letzten Besuch bei uns gesperrt worden.«

»War der Raum abgeschlossen?«

»Ja, natürlich!«

»Wer hatte dann trotzdem Zugang?«

»Eigentlich nur der Kollege Blasius. Den kennen Sie ja!«

»Die Eingangstür stand bei unserem Eintreffen offen. Von dort war auch eine starke Rauchentwicklung und ein ausgelöster Rauchmelder gemeldet worden. Die Kameraden sind unter Atemschutz zum Brandherd vorgedrungen und konnten das Feuer sehr schnell löschen. Im Augenblick wird der obere Teil des Gebäudes entlüftet, sodass die Kriminaltechniker mit der Arbeit zur Klärung der Brandursache in Kürze beginnen können!«, berichtete der Stadtbrandmeister.

»Es könnte also sein, dass sich jemand mit Gewalt Zugang zu dem Raum verschafft hat!«

»Davon ist nach Lage der Dinge auszugehen, ja!«

»Gut, Dankeschön für die Auskunft.«

Meininger und Fromm verließen den Container wieder, nachdem immer mehr wichtige Persönlichkeiten erschienen waren.

»Was glaubst du, wollte da jemand Beweise vernichten?«

»Ja natürlich. Hat der Willi den Schülern oder dem Lehrer gegenüber erwähnt, dass er die Daten vom Schulserver auf seinem USB-Stick gespeichert hat?«

»Keine Ahnung. Fragen wir ihn halt mal.«

Wenig später saßen die beiden wieder im Büro und berichteten den Kollegen vom Brand in der Schule.

»Da wollte wohl jemand Spuren vernichten! Da hat er aber Pech gehabt, denn ich hab ja die gesamten Dateien des Servers von den Schülern unbemerkt heruntergeladen«, sagte Willi Früh.

»Das wollte ich gerade fragen. Sehr gut!«

»Wenn wir einen Abgleich der Unterrichtsstunden und der Benutzung des Computerraumes haben, wissen wir auch, wer der Ersteller der Hetznachrichten ist«, ergänzte Carsten Dombrowski.

Das Telefon klingelte. Gerhard Meininger antwortete dem Anrufer in seiner knappen Art mit zweimal »Ja« und »ist ja interessant«. Dann legte er auf und unterrichtete seine Kollegen von dem Inhalt des Telefonats.

»Soeben hat der für den Computerraum zuständige Lehrer angerufen. Man hat dort eine Minikamera gefunden, die den Raum heimlich überwachte. Er bringt sie auf Anraten der dortigen Kollegen bei uns vorbei. Er müsste also in den nächsten Minuten hier auftauchen. Habt ihr die Kamera installiert?«

»Nein, warum auch?«, antwortete Früh erstaunt.

Tatsächlich tauchte etwa eine halbe Stunde später Arnold Balsius, der Computerlehrer, auf. Er hielt eine kleine Kamera in der Hand, wie sie in den Autos als sogenannte Dashcam eingesetzt werden konnte.

»Das da hab ich gefunden. Die Kamera war ziemlich unauffällig in einem Ordner installiert worden. Wäre der Ordner beim Aufräumen nicht vom Regal gefallen, wäre sie immer noch dort. Ich hab leider keinen Adapter, um die Kamera anzuschließen. Vielleicht ist der Brandstifter darauf festgehalten!«, jammerte der Lehrer.

Willi Früh nahm ihm das Gerät ab und untersuchte es.

»Da steckt eine Micro-SD-Karte drin, und die sieht unversehrt aus. Das ist ja prima«, jubilierte er.

Dann entfernte er vorsichtig die Speicherkarte aus der Kamera. Aus der Schublade seines Schreibtisches holte er einen Adapter, damit die Karte in ein Lesegerät eingeschoben werden konnte. Wenig später erschien auf dem Bildschirm des Monitors eine Videosequenz. Man sah, wie das Bild wackelte, als die Kamera in den Ordner eingeschoben wurde. Dann sah man eine vermummte Person den Raum verlassen. Offenbar besaß die Person einen Schlüssel, denn sie schloss die Tür ab.

»Von wem hatte die Person einen Schlüssel?«, fragte Meininger den Lehrer.

»Von mir jedenfalls nicht!«, antwortete der Lehrer.

»Ihr Chef sagte mir, dass nur Sie einen Schlüssel zu dem Raum besitzen!«

»Mein Chef sagt viel, wenn der Tag lang ist!«, seufzte der Lehrer.

Auf der Speicherkarte waren Videosequenzen gespeichert, die jeweils zwei Minuten lang waren. Die letzten Aufzeichnungen zeigten die Entstehung des Brandes. Es musste also eine um die andere Sequenz angeschaut werden, bis kein Rauch mehr zu sehen war, dann plötzlich konnte man eine Person erkennen, die aus dem Raum rannte. In der nächsten Aufzeichnung sah man, wie jemand die Tür zu dem Raum öffnete. Die Person war vermummt und suchte zielgerichtet den ersten Computer aus, der als Datenserver diente. Dann wurde dieser Computer mit einer Flüssigkeit übergossen, die wie Honig aussah. Die Person stellte einen Kerzenstummel inmitten der Flüssigkeit auf und zündete ihn an. Dann verließ sie wieder den Raum. Wenig später entzündeten sich die Dämpfe der Flüssigkeit und ein Feuer entstand. Der Computer stand in wenigen Augenblicken in Brand. Dann war der Raum derart verraucht, sodass nichts mehr erkannt werden konnte. Willi Früh sah sich die Videosequenz, in der die flüchtende Person zu sehen war, näher an. Dazu tippte er von Bild zu Bild.

»Das ist eine sehr hochwertige Kamera. Die Auflösung ist echt klasse. Schauen Sie mal die Schuhe von der Person genau an. Kommen Ihnen die nicht vielleicht bekannt vor?«, fragte Willi Früh den Lehrer.

»Mischke, Kevin Mischke!«, antwortete er leise.

»Bei dem waren wir doch schon. Da war aber niemand zu erreichen«, sagte Carsten Dombrowski.

»Wir holen uns vom Richter einen Durchsuchungsbefehl. Dann schauen wir uns bei dem jungen Mann mal ein bisschen um!«, sagte Gerhard Meininger und rief bei Richter Maier an.

Der Lehrer wurde angewiesen, absolutes Stillschweigen zu bewahren, was er umgehend versprach.

Wenig später waren vier Beamte auf dem Weg nach Gönningen, dem Wohnort der Mischkes. Der Verdächtige wohnte in einem Reihenhaus im Silberdistelweg. Meininger fuhr von der Öschinger Straße und Dombrowski von der Seitenstraße heran. Mischke wohnte in einem unscheinbaren Reihenmittelhaus, das von der Straße her gut einzusehen war. Da im ersten Stock ein Fenster geöffnet war, konnte man annehmen, dass jemand zu Hause war. Dombrowski und Früh gingen um das Haus herum, um in den Garten zu gelangen. Sie wollten so verhindern, dass der Verdächtige über die Terrasse flüchten konnte. Aus einem der Zimmer im oberen Geschoss drang laute Musik. Gerhard Meininger drückte den Klingelknopf und fummelte seinen Dienstausweis aus der Geldbörse. Zunächst geschah nichts. Dann läutete er nochmals. Ein Fenster im ersten Stock wurde geöffnet und eine Frau mit einem Handtuch auf dem Kopf sah heraus.

»Was is'n los? Sind Sie von der Stadt? Oder was wollen Sie?«, sagte sie mit krächzender Stimme.

»Es wäre gut, wenn Sie herunterkommen würden! Wir sind von der Polizei!«

»Was? Polente? Was ist denn jetzt los?«

Das Fenster wurde geschlossen und die Musik verstummte schlagartig. Stimmengewirr war zu hören und dann das Schlagen einer Tür. Dann wurde die Haustür geöffnet. Die Frau hatte ihre Haare notdürftig getrocknet und zurechtgemacht.

»Was ist denn passiert?«, fragte die Frau erstaunt.

»Das würden wir Ihnen gerne drinnen sagen«, antwortete Gerhard Meininger und stellte sich der Frau vor.

»Was wollen Sie den von uns? Ick habe nüscht angestellt!«, protestierte sie.

»Wir möchten uns ganz gerne mal mit Ihrem Sohn unterhalten und uns ein wenig bei Ihnen umsehen!«, sagte Meininger und zeigte der Frau den Durchsuchungsbefehl.

»Kevin! Komm mal runter, aber zack, zack!«, rief die Frau nach oben. »Sie müssen entschuldigen, aber ich komme gerade von der Schicht.«

Zögernd kam ein junger Mann, die Treppe herunter. Er hatte dieselben Schuhe an, wie der Brandstifter in der Schule.

»Junger Mann, wo waren Sie heute Morgen gegen neun Uhr?«

»Hier! Die Schule ist ausgefallen!«

»Das kann nicht sein, denn Sie wurden erkannt, als Sie im Computerraum der Schule einen Brand gelegt hatten. Ich könnte wetten, dass wir bei Ihnen im Zimmer die brennbare Substanz finden, die Sie dabei verwendet haben!«

Ruckartig versuchte der Mann die Treppe hinaufzurennen, was aber der inzwischen hinter ihm postierte Dombrowski verhinderte.

»Sie bleiben jetzt mal hier unten und meine Kollegen schauen sich ein bisschen in Ihrem Zimmer um!«

»Was hast du gemacht, Kevin? Etwa die Schule angezündet? Ja, bist du denn von allen guten Geistern verlassen?«, schrie seine Mutter.

Apathisch saß der junge Mann auf einem Stuhl und schaute auf den Boden.

»Dein Vater bricht dir alle Knochen, wenn er das erfährt!«, brüllte die Mutter weiter.

»Na! Na! Na! Jetzt mal ganz locker bleiben. Wir nehmen den jungen Mann erst einmal mit und dann wollen wir weitersehen!«, sagte Meininger und beruhigte die Szenerie.

Ein paar Minuten später kamen Dombrowski und Früh mit einem Laptop und einem Behälter aus dem oberen Stockwerk des Hauses.

»Das dürfte wohl das Zeugs sein, das zur Brandlegung verwendet wurde!«, sagte Willi Früh.

»Okay, dann gehen wir wieder. So, junger Mann, kommen Sie mit!«, sagte Meininger und stellte sich neben den Schüler und fasste ihn am Oberarm, sodass eine Flucht nicht möglich war. Widerwillig folgte der Verdächtige dem Kriminalhauptkommissar. Bei der Rückfahrt zur Dienststelle redete Meininger kein Wort, denn er wollte die Reaktion des Schülers ausloten. Der war aber merkwürdigerweise gefasst, was nach Meiningers Erfahrung eher untypisch war. Zumeist fingen die Jugendlichen schon während der Fahrt zu reden an, um so zu versuchen, ihren Kopf zu retten. Im Verhörraum wurde der Verdächtige erst einmal eine Weile sitzen gelassen. Durch die Scheibe beobachteten die Beamten die Reaktion des jungen Mannes. Der gab sich weiterhin gelassen, ja grinste sogar in Richtung der verspiegelten Scheibe, als wüsste er, dass er beobachtet wurde. Also gingen Gerhard Meininger und Christian Fromm hinein, um das Spiel zu beenden. Nachdem die Personalien festgestellt und die Rechte verlesen wurden, begann das Verhör.

»Wo waren Sie heute den ganzen Tag?«, begann Fromm.

»Zu Hause!«, war die kurze Antwort.

»Dann schauen Sie sich das mal an«, sagte Meininger und zeigte dem jungen Mann den kurzen Videoclip.

Emotionslos betrachtete der Schüler das Video.

»Das sind doch Sie, junger Mann! Schauen Sie mal auf die Schuhe! Sie haben dieselben an. Und wenn wir eine Analyse Ihrer Sohlen machen, dann finden wir bestimmt Reste des Brandbeschleunigers. Also, warum haben Sie versucht, den Computer in der Schule zu vernichten?«

Kevin Mischke senkte den Kopf und antwortete nicht.

»Dann wollen wir es Ihnen sagen. Durch den Besuch der Kollegen in der Schule haben Sie Angst bekommen, man könnte auf der Festplatte etwas finden, das Sie belastet, stimmt's?«

Wieder kam keine Antwort.

»Ihr Versuch, den Computer zu vernichten, ist allerdings fehlgeschlagen. Der Feueralarm und das schnelle Eintreffen der Feuerwehr verhinderten das. Auf der Festplatte des Computers fanden wir unter anderem einen Aufruf, die Mitschülerin Zita-Fee Maier aufzuhängen. Er wurde von Ihnen erstellt, denn Sie sind der Kopf des sogenannten Wotanblocks. Und jetzt, mein Lieber, sind Sie nicht nur wegen vorsätzlicher Brandstiftung, sondern wegen des Aufrufs zum Mord oder gar wegen des Verdachts der Ermordung von Zita-Fee Maier angeklagt.«

Es dauerte eine Weile, bis die ganzen Vorwürfe ins Gehirn des jungen Mannes vorgedrungen waren.

»Damit habe ich nichts zu tun. Ich war an dem Samstag, wo die umgebracht wurde, mit Freunden am Baggersee in Kirchentellinsfurt. Und zwar bis am anderen Morgen. Ich hab dafür mindestens zehn Zeugen. Um die Schnalle ist es nicht zu schade. Die hat mit dem Blocha geschlafen, damit er ihr die Themen der Klausuren im Voraus verrät. Die wäre schon längst von der Schule geflogen, wenn der ihr nicht geholfen hätte. Da können Sie alle fragen, keiner in der Klasse konnte die leiden!«

»Ihr Alibi werden wir nachprüfen, dazu brauchen wir aber die Namen der Leute, die mit Ihnen am Baggersee waren. Woher wissen Sie, dass die Schülerin Maier ein Verhältnis mit dem Lehrer Blocha hatte?«

»Wir haben sie beobachtet.«

»Wer wir?«

»Naja, ein paar Jungs aus der Klasse sind ihr mal heimlich gefolgt. Da haben wir sie gesehen, wie die Maier auf einer Bank mit Blocha saß und ihn abknutschte.«

Also war Blochas Kollege Blasius nicht der Einzige, der Blocha mit Zita-Fee Maier in einer verfänglichen Situation beobachtet hatte.

»Und deshalb musste Zita-Fee Maier sterben?«

»Nein, das glaube ich nicht. Die hat doch aus der Schweiz Terroristen rüber geschmuggelt. Vielleicht hat die einer von denen gekillt!«

»Was erzählen Sie da?«

»Immer, wenn die in der Schule fehlte, war die im Mittelmeer und hat auf den Schiffen Flüchtlinge gerettet. So hat sie es wenigstens mal erzählt. Und dann haben wir herausgefunden, dass ihr Vater ein Boot am Bodensee hat. Die ist dann immer am Wochenende mit dem Zug runtergefahren und hat am Schweizer Ufer Terroristen eingeladen und nach Deutschland geschmuggelt.«

Den beiden Kriminalbeamten verschlug es fast die Sprache. Sollte das zutreffen, dann änderte sich der Verlauf der Ermittlungen im Mordfall Maier erheblich.

»Woher wissen Sie das alles?«

»Einer von uns hat das Passwort ihres Handys geknackt.

Die hat ihr Handy doch überall rumliegen lassen. Da haben wir es uns einfach mal geschnappt und ein paar Mails und WhatsApp-Nachrichten gelesen.«

»Wir werden das natürlich alles nachprüfen! Sollten Sie uns angelogen haben, werden wir Sie sofort in Untersuchungshaft nehmen!«

Meininger stand auf, denn er war so aufgewühlt von dem, was er da gerade erfahren hatte. Die Aussage des jungen Mannes, sollte sie der Wahrheit entsprechen, fügte einen wichtigen Stein in das Puzzle des Falles Maier ein. Sollte eine siebzehnjährige Schülerin in die Machenschaften von Menschenschiebern verwickelt sein? Wie kam sie dann dazu? Etwa über die Friedensinitiative Pax Mediterrane? Nachdem der junge Mann mit Auflagen wieder nach Hause geschickt wurde, telefonierte Meininger mit dem Staatsanwalt. Der war vom Bericht des Kriminalhauptkommissars nicht gerade begeistert. Er sah so lange keinen Handlungsbedarf gegenüber dem Verein, bis die Aussage von Kevin Mischke hieb- und stichfest nachgewiesen wurde. Das aber war sehr schwierig, denn man musste die Schleuser schon auf frischer Tat ertappen. Hilfreich wäre es gewesen, wenn man das Handy der getöteten Zita-Fee Maier gefunden hätte.

Anschließend versuchte Meininger den Vater, Richter Gernot Maier zu erreichen. Der hatte sich aber bis auf Weiteres krankgemeldet und war auch unter seiner Privatnummer nicht zu erreichen. Da es nun nichts mehr zu tun gab, machte Meininger Feierabend. Heute hatte er auch einen besonderen Grund, denn er hatte sich für den Abend bei einem Kochkurs an der VHS angemeldet. Seit dem Tod seine Frau lebte er von Konserven und Tiefkühllebensmitteln. Seine verflossene Partnerin Amelie Förster konnte überhaupt nicht kochen. Sie aß in der Hauptsache Chinesisch und Fingerfood, was einem Schwaben alter Prägung, wie Meininger es war, überhaupt nicht passte. In letzter Zeit spürte er aufgrund seiner Ernährung, dass er erheblich zugenommen und öfter mal Sodbrennen hatte. Sein Hausarzt hatte ihn eindringlich darauf hingewiesen, dass er mit ernsthaften Folgen rechnen müsse, wenn er nicht seine Ernährung umstellen sollte. Also las er in der Zeitung diesen Artikel, in dem auf den Kurs »Kochen für Anfänger« hingewiesen wurde. Zuerst zögerte er noch, doch dann fasste er sich ein Herz und meldete sich an. Nun war also der Tag gekommen. Am Abend hatte er sich also um sieben Uhr in der Schulküche in Pliezhausen einzufinden. Mitzubringen waren Gefäße und Behälter, um das Gekochte mit nach Hause zu nehmen. So etwas hatte er aber nicht. Also machte er sich ohne alles schon um halb sieben auf den Weg. Als er auf dem Parkplatz der Schule eintraf, sah er niemanden, der so aussah, als wollte er den Kurs besuchen. Dann kamen ein paar Frauen mit Körben und Taschen, in denen sich Dosen mit Deckeln und Handtücher befanden. Er stieg aus und folgte den Frauen in gebührendem Abstand. Diese sammelten sich tatsächlich mit anderen vor dem Gebäude, in dem sich die Schulküche befand. Langsam näherte er sich den Versammelten.

»Bin ich da richtig, machen Sie auch den Kochkurs?«, fragte er vorsichtig.

Die Frauen sahen sich erstaunt an.

»Ja, warum?«, fragte eine zurück.

»Ich hab mich auch angemeldet.«

»Dann sind Sie wohl der einzige Mann heute!«, sagte eine andere.

»Juhu, dann haben wir jemanden, der den Abwasch erledigt!«, frotzelte eine andere.

Das konnte ja heiter werden! Schon bereute Meininger

sein Vorhaben. Die anderen Frauen tuschelten miteinander und beobachteten ihn von der Seite. Dann kam ein Mann vorgefahren, der wohl der Kursleiter war. Alle halfen mit, die für den Kurs notwendigen Lebensmittel auszuladen und in die Küche zu bringen. Der Raum war sehr großzügig gestaltet und hatte vier Kochstellen. Nachdem alle Lebensmittel verteilt worden waren, begann die Einteilung der Gruppen. Sofort hatten sich Teams gebildet, die wohl schon öfter miteinander gekocht hatten. Übrig blieb Gerhard Meininger, der dastand, als hätte er beim Fangenspielen auf dem Schulhof verloren. Deshalb wurde er vom Kursleiter einer Gruppe zugeordnet. Es handelte sich dabei um drei Frauen, die alle die fünfzig weit überschritten hatten. Meininger fragte sich, was eine Frau in dem Alter beim Kochen noch lernen sollte. Nachdem die Zettel mit den Aufgaben verteilt worden waren, ging es um die Arbeitsaufteilung innerhalb der Teams. Hin und wieder hatte der Kriminalhauptkommissar seiner Frau in der Küche geholfen. Dies tat er aber nur, wenn ihm zu Hause langweilig war. Und da war er seiner Frau doch meistens im Wege, sodass sie ihn öfter aus der Küche verwies. Trotzdem hatte er bei ihr gelernt, wie man fachgerecht Zwiebeln schneidet. So kam es, dass er an diesem Abend der Zwiebelschneider wurde. Man wollte eine Suppe kochen, genauer gesagt eine Gemüsebrühe mit Nudeln. Also schälte er brav vier Zwiebeln und schnitt sie in kleine Würfel. Dann musste er eine Zwiebel halbieren, die an der Schneidfläche angebraten werden sollte. Die war aber nicht für die Suppe, sondern für die Soße des Bratens für später vorgesehen. Nachdem er mit der tränenreichen Arbeit fertig war, stellte er sich neben eine der Frauen am Herd und sah ihr über die Schultern zu, wie sie die Zutaten für die Suppe in einen Topf gab.

»Des Gmias muass en da kalda Hafa, sonschd wird dui

Briah nochher driab, verschdandet Se?«, erklärte sie ihm in breitem Schwäbisch.

»Aha«, sagte Meininger nur.

Auf dem Tisch lagen die Zettel mit den Rezepten für die einzelnen Gerichte. Auf einem war sein Name geschrieben. Er las das Rezept für die Suppe durch und sah, dass der Kursleiter ebenfalls den Tipp notiert hatte. Nachdem die Zutaten für die Suppe vor sich hin köchelten, sah er bei der Zubereitung des Hauptgerichtes, einem Rinderbraten, zu. Bei der Gelegenheit bekam er die Aufgabe, Lauch, Sellerie und Karotten zu waschen und klein zu schneiden. Von dem kalten Wasser fielen ihm beinahe die Finger ab. Auch beim Schneiden des Gemüses ging er sehr vorsichtig vor, denn er hatte Angst sich in die Finger zu schneiden. Verstohlen beobachteten ihn die Frauen und lachten sich gegenseitig an.

»Des hent Sia no ett oft doa, gell?«, fragte eine der Frauen.

»Nein. Das hat meine Frau immer gemacht. Sie ist aber leider verstorben und jetzt muss ich das halt lernen.«

»No send sia Wittwer! Gugg amol, Helene, des wär doch fir di a guade Partie!«, schlug eine andere vor.

Ein allgemeines Gekicher unter den Frauen ertönte.

»Noi, noi, i will koin mai. Do miast i mi wieder an so an Schdenger gweena, mo auf em Sofa romleit ond vor sich no schnarchlad!«, sagte die Betroffene, die weit über sechzig Jahre alt sein musste.

Das Gelächter der Frauen war so laut, dass Leute, die draußen vorbei spazierten, neugierig ins Innere des Gebäudes blickten.

»Om Goddas willa, meine Zwiebel brennat aa!«, rief eine Frau und eilte schnell wieder zu ihrem Herd.

Eine Rauchsäule stieg aus einem der Töpfe auf und vernebelte fast den ganzen Raum. Der Kursleiter musste die

Fenster öffnen, damit die Rauchmelder keinen Alarm auslösten.

»So isch, wenn ma en dr Arbeit traschet«, kommentierte der Mann das Malheur.

Nach einer guten Stunde waren die ersten Teams mit ihrer Arbeit fertig. Nach und nach folgten die anderen. Anschließend saß man zusammen und verspeiste das Gekochte. Gerhard Meininger musste sich zuerst einmal vorstellen und den Damen Rede und Antwort stehen. Dann trat er gegen zehn Uhr den Heimweg mit geliehenen Plastikdosen und dem Essen zum Einfrieren darin an. Man versprach, sich zum nächsten Kurs wieder zu treffen. Als der Kriminalhauptkommissar zu Hause auf dem Sofa saß, dachte er noch einmal nach. Eigentlich sollte er solche Dinge öfter machen, sie lenkten ihn von seinen täglichen Problemen doch wunderbar ab.

Im Büro der Kriminalpolizei in Reutlingen herrschte Hochbetrieb. Zum einen wurde in der Nacht ein sturzbetrunkener Radfahrer in eine Ausnüchterungszelle gebracht und zum anderen hatte der Ermittlungsrichter am Landgericht Tübingen, Gernot Maier, sein Amt niedergelegt und ließ sich auf unbestimmte Zeit beurlauben. Bei dem betrunkenen Radfahrer handelte es sich um keinen Geringeren als Rolf Blocha, der Lehrer von Zita-Fee Maier. Für die Ermittler war das natürlich die Gelegenheit, den Mann in die Zange zu nehmen. Außerdem meldete sich Gerhard Meiningers alter Freund Professor Haimerl aus Tübingen. Er hatte die Obduktion an der toten Zita-Fee Maier vorgenommen und das Ergebnis vorliegen. Meininger wollte sich natürlich persönlich nach Tübingen begeben, um das Ergebnis der Arbeit Haimerls und seiner Kollegin Dr. Schweizer entgegenzunehmen. Also befand sich Meininger und sein Kollege Christian Fromm wenig später auf dem Gang im gerichtsmedizinischen Institut in Tübingen. Was die beiden verwunderte, war die Tatsache, dass, wie sonst üblich, kein Zigarrenrauch zu riechen war. Also wussten sie auch nicht, in welchem Raum der Professor gerade werkelte. Nach wenigen Augenblicken wurde dann aber eine Tür geöffnet und Haimerl kam, mit einer Lesebrille auf der Nase, heraus.

»Hierher, die Herren!«, rief er geschäftig.

Stumm gaben sich Meininger und Haimerl die Hand. Dann folgten die Ermittler dem Professor in den Raum.

Unter einer Decke auf dem Tisch lag zugedeckt, der Leichnam vor Zita-Fee Maier.

»Schlimme Sache! Sie war ja noch so jung, gell?«, begann der Professor.

»Sie rauchen nicht mehr?«, fragte Christian Fromm.

»Wurde mir von oben verboten! Arbeitsschutzgesetz und so! Also, kommen wir zum Ergebnis der Obduktion. Die junge Frau wurde durch einen Stich in den Hals getötet. Durch die zahlreichen Schnittverletzungen an ihren Händen lassen sich Rückschlüsse auf einen Kampf im Vorfeld ziehen. Wahrscheinlich sollte der Todesstoß die Brust treffen und ist wegen der Gegenwehr im Hals gelandet. Die junge Frau ist verblutet und so zu Tode gekommen. Aufgrund der langen Liegezeit im Wasser sind keinerlei Spuren an den Fingernägeln festzustellen. Zugute kommt uns, dass sie aufgrund der niedrigen Wassertemperatur quasi in einer Kühlkammer gelegen hat, sodass der Verwesungszustand sehr gering ist. Die Hämatome am Körper kommen vom Fall in die Tiefe.«

Professor Haimerl hatte inzwischen die Decke zurückgeschlagen und zeigte auf den geschundenen Körper. Christian Fromm ertrug den Anblick der Toten nicht und drehte sich um.

»Noch etwas Interessantes ist anzumerken: Die junge Frau war etwa im dritten Monat schwanger.«

»Ach nee! Das ist aber interessant! Na da bin ich mal gespannt, wer der Vater ist!«, äußerte sich Meininger verwundert.

»Was da wohl ihre liebe Mutti dazu sagt?«, ergänzte Fromm.

»Gut, dann wissen wir jetzt einiges mehr. Vielen Dank!«, sagte Meininger und verabschiedete sich vom Professor.

Auf dem Rückweg nach Reutlingen bekam Meininger von den Kollegen der Streife Bescheid, dass Rolf Blocha aus seinem Rausch erwacht war.

»Weißt du, was der Hammer wäre?«, fragte Meininger seinen Kollegen.

»Wenn Blocha der Vater des Kindes ist?«

»So ist es. Ich glaube zwar nicht daran, aber man weiß ja nie!«

Eine halbe Stunde später betraten Meininger und Fromm die Ausnüchterungszelle der Polizei in Reutlingen. Der Lehrer sah erbärmlich aus. Er saß auf der Pritsche und hatte den Kopf auf die Hände gestützt. Mit kreidebleichem Gesicht saß er den beiden Kriminalbeamten gegenüber.

»War wohl eine feuchtfröhliche Sause heute Nacht, was Herr Blocha?«, fragte Meininger.

»Was wollen Sie hier? Wer hat Sie gerufen?«, antwortete der Mann.

»Die Kollegen haben uns gerufen. Wir suchen Sie schon seit ein paar Tagen, wo waren Sie?«

»Muss ich Ihnen darauf antworten?«

»Müssen Sie nicht! Aber Herr Blocha, nur eines! Die Faktenlage hat sich geändert. Wir wissen nicht, ob Sie im Bilde sind, aber die Leiche von Zita-Fee Maier wurde inzwischen geborgen. Sie ist ermordet worden. Und wissen Sie was? Es gibt noch was ganz Neues! Sie war schwanger!«

Ungläubig blickte Blocha durch seine Finger die beiden Beamten an.

»Schwanger? Das ist doch unmöglich!«

»Warum ist das unmöglich?«

»Darum!«, antwortete Bloch bockig.

»Herr Blocha, wir haben weitere Zeugen, die bestätigen, dass Sie mit Zita-Fee Maier ein Verhältnis hatten!«

»Solch ein Blödsinn! Wer hat das gesagt?«

»Sie wurden beobachtet, wie Sie das Mädchen geküsst haben!«

»Wo denn? Wann denn? Das ist doch völliger Unsinn!«, brüllte er plötzlich.

Dann hielt er sich wieder den Kopf, er musste ziemliche Schmerzen haben.

»Herr Blocha, wir nehmen Sie fest wegen des Verdachtes der Ermordung der Zita-Fee Maier. Hier ist der Haftbefehl. Sie bleiben vorerst in dieser Zelle, bis Sie sich von Ihrem Rausch erholt haben!«, sagte Meininger.

Der Lehrer zeigte keine Reaktion mehr.

Meininger und Fromm begaben sich zurück zur Dienststelle, wo die nächste Überraschung auf sie wartete.

Auf einem Besucherstuhl saß Margit Maier-Hof mit hochrotem Kopf. Carsten Dombrowski hatte sie angerufen und in die Dienststelle vorgeladen. Als Meininger und Fromm den Raum betraten, schoss Maier-Hof wie eine Rakete hoch und begann sofort zu protestieren.

»Glauben Sie vielleicht, ich hätte nichts anderes zu tun, als hier bei Ihnen rum zu hocken und Ihre Theorien anzuhören!«

»Sitzen Sie wieder hin und warten Sie, bis wir so weit sind!«, brüllte Meininger die Frau an und baute sich drohend vor ihr auf.

Widerwillig gehorchte sie und setzte sich wieder. Nachdem Meininger in aller Ruhe seinen Schreibtisch geordnet hatte, fragte er: »Ihre Tochter war öfters im Mittelmeer unterwegs?«

»Na und? Millionen von Deutschen gehen jedes Jahr ans Mittelmeer?«

»Das schon, aber nicht auf Flüchtlingsschiffen. Ihre Tochter hat dafür den Unterricht geschwänzt. Ich brauche Ihnen ja nicht explizit erklären, dass in Deutschland Schulpflicht gilt und das Verhalten Ihrer Tochter strafbar war!«

»Wenn es um humanitäre Fragen geht, muss man auch mal das Gesetz umgehen!«

»Sind Sie zu Ihren Schülern auch so großzügig?«

»Das steht hier nicht zur Sache!«

»Sie wussten also, dass Ihre Tochter im Mittelmeer war?«

Margit Maier-Hof schwieg.

»Wir haben mehrere Zeugen, die uns betätigt haben, dass Ihre Tochter in einer Beziehung zu einem der Lehrer stand, wussten Sie das auch?«

Augenblicklich fuhr Margit Maier-Hof hoch.

»Was erzählen Sie da für einen Quatsch! Zita und ein Verhältnis zu einem Lehrer. Wer soll es denn sein?«

»Warum ist denn das so abwegig? Schließlich wurde ihr massiv geholfen, das Klassenziel zu erreichen!«

»Meine Tochter brauchte so etwas nicht. Sie hätte es auch alleine geschafft!«

»Da sind ihre Mitschüler und einige Lehrer aber anderer Meinung. Ach ja, wir kommen gerade aus Tübingen. Das Obduktionsergebnis liegt nun vor …«

»Warum durfte ich nicht dabei sein? Ich möchte schließlich mein Kind noch einmal sehen!«, fuhr die Frau dazwischen.

»Sie können Ihre Tochter sehen, sobald sie von der Staatsanwaltschaft freigegeben wird. Die Obduktion hat außerdem ergeben, dass Ihre Tochter im dritten Monat schwanger war.«

»Waas? Was sagen Sie da?«

»Der Befund ist gesichert.«

»Meine Zita und schwanger? Niemals! Die machte sich doch gar nichts aus Männern. Die war Frauen zugeneigt. So ein Quatsch!«

»Wo war Ihre Tochter im April oder Mai dieses Jahres?«

»Das weiß ich doch nicht mehr!«

»Das wäre aber gut für uns, vielleicht ist der Vater auch der Mörder! Kennen Sie den Lehrer Blocha?«

Entgeistert sah Margit Maier-Hof Gerhard Meininger an.

»Ja, ja klar!«

»Wir haben einige Zeugen, die Herrn Blocha mit Ihrer Tochter mehrmals in einer ziemlich verfänglichen Situation beobachtet haben!«

»Der Rolf und Zita? Jetzt wird es immer blöder! Sie reimen sich da was zusammen, das jeder vernünftigen Grundlage entbehrt!«

»Sie kennen Blocha näher?«

»Nur so oberflächlich, also von Kollege zu Kollege!«

Mit versteinerter Miene saß Margit Maier-Hof nun da und überlegte. In ihr brodelte es regelrecht.

»Wir haben den Herrn Blocha wegen des Verdachtes der Ermordung Ihrer Tochter festgenommen. Wir vermuten, dass er zum Zeitpunkt des Todes am Bodensee war. Er hat für diese Zeit kein Alibi«, ergänzte Meininger.

»Ich kann das nicht glauben! Als dieser Franzose wieder auftauchte, hab ich Zita auf dessen Absichten hingewiesen. Sie versicherte mir, dass sie sich nichts aus Männern mache. Und das habe ich ihr geglaubt.«

»Wann war das?«

»Vor etwa einem Jahr. Dass sie mir nichts davon gesagt hat?«

»Vielleicht hatte sie kein Vertrauen mehr in Sie. Umsonst ist sie ja nicht immer wieder davon gelaufen.«

»Was wissen Sie schon!«

»Ich weiß, dass Ihre Tochter ermordet wurde, und dass sie schwanger war. Ich halte mich an Tatsachen und nicht an irgendwelche Idealvorstellungen.«

»Was hat Ihre Tochter am Bodensee gemacht?«

»Ein schönes Wochenende, was sonst? Sie war jung und junge Leute machen auch manchmal eine Party!«

Margit Maier-Hof wusste offenbar nichts von dem wahren Grund des Aufenthaltes ihrer Tochter am Bodensee oder sie log ganz einfach. Gerhard Meininger gab sein Wissen mit Absicht nicht preis, denn er glaubte an eine ganz andere Hypothese. Die Zeit war aber noch nicht reif dafür.

»Wir wären soweit fertig. Sie bekommen Bescheid von uns, wenn der Leichnam von der Staatsanwaltschaft freigegeben worden ist«, beendete Gerhard Meininger das Gespräch.

Margit Maier-Hof stand auf und verließ, ohne sich umzudrehen oder zu grüßen, das Büro.

»Die hat jetzt aber ganz schön was zu kauen«, bemerkte Christian Fromm.

»Ja, ich hoffe, die tut sich nichts an, so verzweifelt wie die ist!«, antwortete Meininger.

»Die hat was mit dem Lehrer Blocha, glaube es mir!«, mischte sich Dombrowski ein.

»Der ist doch wesentlich jünger als sie!«, warf Meininger ein.

»Na und? Dann hat er halt Mutter und Tochter beglückt!«, grinste Dombrowski.

»Daran glaube ich ehrlich gesagt nicht!«, murmelte Meininger.

Am Nachmittag war eine Unterredung mit dem Staatsanwalt anberaumt worden. Es ging um die Aktionen der Friedensgruppe Pax Mediterrane und das überraschende Ausscheiden von Richter Gernot Maier aus dem Dienst. Ein Kollege übernahm die Aufgaben Maiers, nicht ohne darauf hinzuweisen, dass er im Moment eigentlich überlastet sei. Dementsprechend kurz fielen auch seine Ausführungen zum Todesfall Zita-Fee Maier aus. Im Anschluss wollte Meininger versuchen, Gernot Maier in seinem Büro zu erreichen. Der war auch tatsächlich zugegen. Mit hängenden Schultern saß der einst so stolze Richter »Gnadenlos« in seinem Sessel.

»Herr Richter, ich habe ein paar Neuigkeiten und ein paar Fragen an Sie.«

»Fragen Sie ruhig!«

»Wussten Sie, dass Ihre Tochter im Mittelmeer als Flüchtlingshelferin unterwegs war?«

»Das war mir nicht bekannt, nein! Für diesen komischen Verein da?«

»Es könnte sein, Näheres wissen wir noch nicht, da die Mitglieder von Pax Mediterrane wenig kooperativ sind.«

»Kann man denen nicht mal auf den Zahn fühlen?«

»Die reden mit uns nur über ihren Anwalt!«

»Wer ist das?«

»Sein Name ist Pit Börner.«

»Ach du liebes bisschen! Börner ist nicht ganz unumstritten unter den Juristen.«

»Das ist aber interessant. Noch eine Frage: Warum haben Sie einen elektrischen Antrieb in Ihr Boot einbauen lassen? Es besteht nämlich der Verdacht, dass Ihre Tochter Waffen und Sprengstoff aus der Schweiz eingeschmuggelt hat.«

»Die Erklärung ist ganz einfach. Als ich mit meiner Tochter öfter mal am Wochenende am See war, wollte sie immer angeln. Da habe ich ihr angeboten, doch den Angelschein zu machen. Sie wollte das aber nicht. Wissen Sie, Zita war durch und durch anarchistisch. Sie brauchte den Kick des Illegalen, wie ihre Mutter. Also habe ich den Elektromotor einbauen lassen, was mich übrigens ein Heidengeld gekostet hat. So sind wir dann frühmorgens losgefahren und haben am Schweizer Ufer verbotenerweise geangelt. Sie hatte immer einen Mordsspaß dabei«, erzählte der Richter und hatte Tränen in den Augen.

»Wo war das auf Schweizer Seite?«

»Meistens in der Nähe von Arbon. Da gibt es ein Gelände, das von der Straße her nicht einsehbar war. Wir haben es tagsüber erkundet.«

»Wir haben noch eine Neuigkeit für Sie. Heute wurde die

Obduktion abgeschlossen und der Bericht vorgelegt. Ihre Tochter war im dritten Monat schwanger.«

»Das kann ich fast nicht glauben. Sie hat mir nämlich mal gestanden, dass sie nichts von Männern hält. Im dritten Monat sagten Sie? Das war dann im April oder Mai, als es passierte. Ostern war sehr spät dieses Jahr und Zita war kurz vor den Ferien bei mir gewesen, um Geld zu betteln. Sie wollte mit Freunden nach Italien fahren.«

»Wer waren die Freunde?«

»Keine Ahnung! Sie gab mir darüber keine Auskunft.«

»Es ist für uns sehr schwierig die Umstände des Todes Ihrer Tochter aufzuklären, da ihre Ex-Frau uns gegenüber völlig unkooperativ ist.«

»Das wundert mich nicht. Sie ist immer noch eine verkappte Kommunistin! Die hat im Laufe ihres Lebens nichts dazugelernt!«

»Wir haben Zeugenaussagen, die belegen, dass Ihre Tochter ein Verhältnis zu einem Lehrer hatte.«

Langsam schüttelte der Richter den Kopf.

»Nein, das glaube ich nicht. Meine Ex-Frau unterhält freundschaftliche Beziehungen zu einem Lehrer an Zitas Schule. Inwieweit die Sache gediehen ist, entzieht sich meiner Kenntnis. Das hat mich auch nicht zu interessieren.«

»Wissen Sie, wie der Lehrer heißt?«

»Nein, das ist mir auch egal. Ich hab ihn mal kurz gesehen, als ich Zita zurück nach Hause brachte. Ein blondes fahles Kerlchen mit wenig Charisma. Genau der Richtige für meine Ex-Frau.«

»Ist es der da?«, sagte Christian Fromm und reichte dem Richter ein Foto von Rolf Blocha.

»Ja, kann sein. Der ist auf jeden Fall jünger als sie. Aber Sie glauben doch nicht im Ernst, dass Zita mit dem Kerl ins Bett gehüpft ist? Niemals! Niemals freiwillig, sagen wir es so!«

»Er hat Ihrer Tochter die Klausuren im Voraus besorgt, die für die Zeugnisnoten geschrieben worden sind.«

»Dann hat sie ihm vielleicht schöne Augen gemacht, aber bestimmt nicht mehr. Sie war genauso eiskalt berechnend, wie ihre Mutter!«

»Das passt aber irgendwie nicht zusammen. Eiskalt berechnend wird man auch schon mal nicht schwanger! Das ist ja bestimmt nicht ein Einzelfall.«

»Ja, ja schon, aber bei Zita kann ich mir das nicht vorstellen!«

»Oder wollen Sie es nicht?«

»Sie haben ja recht. Ich weiß im Moment nicht, wo mir der Kopf steht. Niemand kann sich vorstellen, was das für ein Gefühl ist, sein Kind im Dreck liegen zu sehen ...«

Der Richter vergrub sein Gesicht in den Händen und weinte leise.

»Finden Sie mir den Deckskerl, der das getan hat. Ich möchte in sein Gesicht sehen!«, flüsterte er und wandte sich ab.

Meininger und Fromm standen auf und verließen das Büro.

»In dem seiner Haut möchte ich nicht stecken!«, sagte Fromm.

»Ich hab eine Idee! Im Café Latour sitzen manchmal ein paar von den Friedensaktivistinnen.«

»Wo ist das Café?«

»Bei mir vorne am Eck. Ich bin mal vorbei gegangen und hab ein paar von denen drin gesehen. Vielleicht können wir die ohne ihren Anwalt ausfragen!«

»Na, da bin ich mal gespannt!«

Meininger steuerte den Dienstwagen in die Aixer Straße, in der sich das Café befand. Beim Vorüberfahren sah er in das Café hinein, es war tatsächlich gut besucht. Als die beiden am Eingang angekommen waren, sahen sie sofort ein Schild auf dem »today only for woman« stand.

»Sollen wir wirklich da reingehen?«, fragte Christian Fromm.

»Warum nicht? Wir sind doch dienstlich unterwegs«, entgegnete Meininger.

War soeben noch ein wildes Stimmengewirr und Gekicher zu hören, so verstummte mit dem Eintreten der beiden Beamten jedwede Konversation. Todesstille herrschte, bis Meiningers lautes »Guten Tag« erklang. Die Situation glich der an einem Wespennest. Die Zeit, die vergeht, nachdem man mit einem Stock in den Eingang hineingestochert hat und dem darauffolgenden Angriff der Bewohner. So war es auch jetzt. Alle anwesenden Frauen redeten wild durcheinander und empörten sich über die Dreistigkeit der beiden Männer, die es wagten, in ihren Kreis einzudringen. Meininger beeindruckte dies in keinster Weise. Er ging zu einem kleinen Tisch am Ende des Raumes. Dort entdeckte er Angelika Drömer, die Frau des Investors und Meiningers »Nebenbuhler«. Bei ihr saß eine Frau, die er von der Friedensgruppe her kannte. Sie trug eine Frisur und eine Brille, die sie einer Eule ähneln ließen.

»Hallo, Frau Drömer!«, grüßte Meininger freundlich. »Hätten Sie ein paar Minuten Zeit für uns?«

»Haben Sie das Schild am Eingang nicht gelesen? Sie sind hier heute nicht erwünscht!«, fauchte die Eule.

»Ich dachte, wir sind emanzipiert. Da gibt es keine Ausgrenzung der Geschlechter mehr! Sie gehen doch auch zu Männerstammtischen, oder?«

»Sehe ich so aus, dass ich mich zu solchen Machotypen hinsetze?«

»Eigentlich nein, Sie haben recht. Aber ich habe mit Frau Drömer gesprochen, nicht mit Ihnen. Wir sind nämlich dienstlich unterwegs und deswegen interessiert mich dieser Firlefanz nicht im Geringsten!«

»Ich rufe gleich mal den Pit an, der soll das regeln!«, keifte die Eule und holte ein Uralt-Handy aus ihrem selbst gestrickten Handbeutel.

»Lassen Sie es gut sein, vielleicht ein anderes Mal!«, sagte Meininger.

Nachdem sich immer mehr Frauen über den Besuch der Kriminalbeamten empörten, zogen es Meininger und Fromm doch vor, das Lokal zu verlassen.

»Ich fühle mich rassistisch verfolgt! Kannst du mir ein Sportheim oder eine andere Kneipe zeigen, an der steht ›Zutritt nur für Männer‹? Ich glaube, da läuft gerade einiges schief in unserer Gesellschaft!«, schimpfte der Kriminalhauptkommissar.

»Weißt du, was ich glaube? Du hast die Trennung von Amelie noch nicht verdaut. Und jetzt suchst du den Konflikt mit allen Frauen, die sich emanzipiert haben!«

»Blödsinn! Wenn die Drömer alleine gewesen wäre, hätte die uns sicherlich vertrauliche Informationen gegeben. Außerdem sieht die gar nicht schlecht aus!«

»Hört, hört! Herr Meininger auf Freiersfüßen! Willst du Amelie beweisen, dass du auch noch attraktiv bist?«

»Vielleicht? Aber lass uns wieder zu unserem Job zurückkommen. Wir sollten uns mal den Franzosen vornehmen. Nicht den Nevel, sondern den Testard. Ich glaube einfach, dass der nichts mit der Sache direkt zu tun hat. Der ist dem Nevel doch nur nachgelaufen.«

»Was hindert uns daran? Wenn der allerdings nach seinem Anwalt ruft, kannst du das Ganze vergessen!«

»Genau, das gilt es zu verhindern.«

Am Nachmittag wurde Jean Testard ohne das Wissen seines Anwalts vorgeführt, und zwar geschah dies sogar auf ausdrücklichen Wunsch des Verdächtigen. Offenbar misstraute der Franzose seinem Rechtsvertreter.

»Herr Testard, warum sind Sie Paul Nevel nach Deutschland gefolgt?«

»Er hat mich gefragt, ob ich ihm helfe. Er hatte ein paar Dinge zu erledigen. Er hat mir in der Vergangenheit auch schon einmal geholfen. Ich bin mit ihm in die Schule gegangen.«

»Hat er Ihnen gesagt, was er in Deutschland vorhabe?«

»Non, zunächst nicht. Er wollte mich einfach nur dabei haben, damit er nicht alleine ist. Er erzählte von dem Mädchen, das er als Austauschschüler kennengelernt hat. Er wollte sie besuchen.«

»Waren Sie bei dem Mädchen zu Hause?«

»Non, sie war in die Ferien gefahren.«

»Wussten Sie, wo sie war?«

»Ja, am Bodensee. Paul erzählte mir, dass ihr Vater dort ein Boot hat. Also sind wir an den Bodensee gefahren.«

»Mit was?«

»Mit der Bahn. Ohne zu bezahlen.«

»Okay, was war dann?«

»Das Mädchen hat uns am Bahnhof abgeholt und wir sind sofort auf das Boot gegangen. Später bin ich dann alleine spazieren gegangen, weil Paul mit dem Mädchen alleine sein wollte. Auf einem Boot gegenüber versuchte ein anderes Mädchen, ihr Fahrrad auf den Steg zu bringen. Ich habe ihr geholfen, so haben wir uns kennengelernt. Sie hat mich eingeladen, zu ihr zu kommen. Sie musste auf ihren kleinen Bruder aufpassen, weil die Eltern nach Hause gefahren waren, um einige Dinge zu holen.«

»Wann war das?«

»Am Freitag.«

»Was haben Sie dann am Abend gemacht?«

»Paul und das Mädchen wollten auf den See fahren, um jemanden zu besuchen. So sagten sie zu mir. Sie wollten mich nicht dabei haben. Da bin ich zu dem Mädchen gegangen, das ich kennengelernt hatte, und habe mit ihr und ihrem Bruder Karten gespielt. Es war sehr spät, als Paul und das Mädchen wieder zurückkamen. Ich habe dann oben auf dem Boot geschlafen. Paul hat mit dem Mädchen die halbe Nacht gestritten. Es ging um Geld, das er nicht bekommen hatte.«

»Haben die beiden einen Namen genannt?«

»Ich habe keinen verstanden.«

»Wissen Sie, wofür Paul Nevel Geld bekommen sollte?«

»Er sagte so etwas wie: Es waren acht und deshalb will ich dreitausend und nicht weniger!«

»Und was passierte dann am nächsten Tag?«

»Da kam dieser Mann mit dem Fahrrad. Er stand plötzlich neben dem Boot und starrte mich an.«

»Was haben Sie dann gemacht?«

»Ich bin nach unten gegangen und habe Paul geweckt. Als wir wieder nach oben gingen, war der Mann weg.«

»Wie sah der aus?«

»Ich weiß nicht, wie man das beschreiben kann. Kurze Haare, blond. Er hatte bunte Latschen an, wie sie die Ökoleute tragen.«

Meininger sah seinen Kollegen kurz an, dann stand der auf und verließ kurz den Raum. Wenig später war er mit einem Foto wieder zurück.

»War es dieser Mann?«

»Oui!«

»Donnerwetter! Der Blocha also«, sagte Meininger und schlug sich dabei auf den Schenkel.

»Was geschah dann am Samstagabend?«

»Paul und ich haben am Nachmittag schon ziemlich viel Bier getrunken. Ich bin dann eingeschlafen, da war es noch nicht dunkel. Am späten Abend haben sie gesagt, sie müssen wieder hinausfahren. Ich bin dann an das Ufer gegangen und habe auf einer Bank geschlafen. Am anderen Morgen war das Boot immer noch nicht da. Ich habe dann Paul auf dem Handy angerufen und gefragt, warum er noch nicht da ist. Er sagte, er sei in der Schweiz und er komme zurück, sobald er kann. Ich hab ihn nach dem Mädchen gefragt und er hat gesagt, die müsste schon da sein. Ich habe nicht mehr nach ihr geschaut, sondern bin zum Bahnhof gegangen. Dann bin ich nach Friedrichshafen gefahren, wo ich Paul treffen sollte. Er war mit dem Schiff aus der Schweiz zurückgekommen. Wir sind sofort wieder nach Hause gereist. Ein paar Tage später hat er mich wieder angerufen und gesagt, dass dem Mädchen etwas passiert sei, er wisse aber nicht was. Wir müssten nach Reutlingen fahren und etwas abholen, das er dort deponiert hatte. Und dann haben Sie uns festgenommen. Mehr weiß ich nicht!«

»Ihr Freund ist vermutlich Mitglied einer Schleuserbande. Und er hat Zita-Fee Maier zum Transport der Menschen aus der Schweiz überredet. Sie haben keinen Namen oder etwas Wichtiges gehört?«

»Non, Monsieur! Bitte aber nichts sagen zu Paul. Er bringt mich sonst um!«

»Da brauchen Sie sich keine Sorge machen, der sitzt noch eine ganze Weile. Gut, dann wär es das! Sie werden aufgrund ihrer Aussage mit Sicherheit mildernde Umstände bekommen und vielleicht sogar mit Auflagen auf freien Fuß gesetzt. Wir reden mit dem Staatsanwalt und dem Untersuchungsrichter darüber«, sagte Meininger und beendete das Verhör.

Der junge Franzose wurde wieder zurück in die Strafanstalt nach Rottenburg gebracht.

»Sollen wir uns den Blocha heute noch vornehmen?«, fragte Christian Fromm.

»Nein, ich hab heute Kinderdienst, da sollte ich einigermaßen pünktlich zu Hause sein.«

»Kinderdienst? Das sind ja ganz neue Seiten an dir.«

»Naja, die Leute die meinen Hund übernommen haben, sind heute Abend zu einem Geburtstag eingeladen. Sie haben mich gefragt, ob ich nicht nach ihren zwei Jungs schauen könnte. Also mach ich's halt.«

»Wie alt sind denn die beiden?«

»Fünf und sieben Jahre.«

»Oh je, dann viel Vergnügen!«

Gerhard Meininger ging zu seinen Kollegen von der Verkehrswacht und holte sich Unterrichtsmaterial über die Erziehung von Kindern im Straßenverkehr. Damit wollte er die beiden Jungs am Abend beschäftigen. Anschließend fuhr er zu einem Supermarkt und kaufte eine ordentliche Ladung Spaghetti ein. Die waren für einen plötzlichen Hungeranfall der Kinder vorgesehen. Als er zu Hause ankam, warteten die beiden schon auf der Treppe. Ihre Mutter konnte sie kaum bändigen, so gespannt waren sie, beim Opa von der Polizei den Abend verbringen zu dürfen. Meininger beruhigte die beiden und verständigte sich mit der Mutter, dass die Kinder um sieben Uhr zu ihm hochkommen sollten. Zuvor wollte er noch einiges in der Küche richten. Nachdem er seinen Einkauf aufgeräumt hatte, suchte er nach geeigneten Töpfen, die er zum Kochen benötigte. Seitdem er den Kochkurs besucht hatte, hatte er sich neue Töpfe und vor allem gute Küchenmesser angeschafft. Heute nun sollten diese eingeweiht werden. Da Kinder nach seiner Meinung beim Essen nicht besonders kritisch sind, dachte er, ist die Gelegenheit günstig, seine Kochkünste vorzuführen. Immer wieder ertappte er sich dabei, dass er einen Blick hinüber über die Straße in die Wohnung von Amelie Förster warf. Er sah genau in ihre Küche. Als sie noch zusammen waren, machte er es genauso. Immer dann, wenn Licht in ihrer Küche brannte, schaute er hinüber. So machte es sie auch. Dann zeigte er auf ein Weinglas und sie kam dann auf ein Glas herüber. Nun war das Ganze vorbei und in der Küche war es dunkel. Noch immer stach es in seiner Brust, wenn er darüber nachdachte. Dann ging er ins Wohnzimmer, um die Nachrichten anzuschauen. Er hatte sich gerade gesetzt, da klingelte es an der Haustüre. Also stand er wieder auf und ging zur Tür. Es war Punkt sieben Uhr. Vor der Tür standen die Mutter, die zwei Jungs und der Hund, bepackt mit Spielzeug und Decken. Alles äußerst notwendig, erklärte die Frau, ohne das alles konnten die Jungs unmöglich aus dem Haus gehen. Der Hund Bärbel legte sich, wie er es von früher gewohnt war, vor den Fernseher. Im Nu war das gesamte Sofa mit Schnuffeltieren und anderem Spielzeug belegt. Meininger musste versprechen, dass die Kinder nicht mehr als eine Stunde Fernsehen durften. Und spätestens um halb neun sollten sie schlafen. Dann bekam er noch einen Zettel mit einer Telefonnummer, wo er die Eltern im Notfall erreichen konnte. Ergänzt wurde das Ganze durch eine Liste von Lebensmitteln, die die Jungs unbedingt meiden sollten. Als die besorgte Mutter endlich weg war, schnaufte der Ersatzopa Meininger erst einmal durch. Zuerst war eine unheimliche Stille in der Wohnung. Die beiden Jungs saßen auf dem Sofa und schauten Meininger mit großen Augen erwartungsvoll an.

»Jagen wir heute einen Verbrecher?«, fing der eine an.

»Oder einen Möadar?«, fügte der Kleine hinzu.

»Nein, ich hab jetzt Feierabend, wisst ihr, da möchte ich so was nicht machen!«

»Gut, dann kucken wir halt eine Weile Fernsehen. Jetzt kommt die Sendung mit dem Polizeirevier. Die schaut Mutti immer an, wenn sie bügelt!«

»Deine Mutti hat aber gesagt, dass ihr nicht länger als eine Stunde schauen dürft!«

»Wenn wir bei Opa und Oma sind, dürfen wir auch immer länger kucken. Und du bist ja auch ein Opa!«, sagte der Kleine.

Das war ein richtig drolliger Kerl. Er hatte sehr wache Augen und sah sich sehr genau in der Wohnung um.

»Männer, was haltet ihr davon, wenn wir uns eine Portion Spaghetti machen?«

»Mit Tomatenfoffe?«, sagte der Größere.

Erst jetzt sah Meininger, dass ihm die Schneidezähne fehlten.

»Ja, natürlich mit Tomatensoße.«

»Ich hab schon ganz großen Hunger!«, sagte der Kleine und deutete auf seinen Bauch.

»Na dann will ich mal in die Küche gehen.«

Meininger ging in die Küche und richtete alles Notwendige her. Zwischendurch schaute er immer wieder zum anderen Haus hinüber, was ihn im Nachhinein ärgerte. Dann setzte er sich an den Tisch und begann die Zwiebel zu schneiden. Alles wollte er frisch zubereiten, so wie er es gelernt hatte. Die beiden Kinder saßen vor dem Fernseher und waren ruhig. Nachdem das Spaghettiwasser kochte, gab er ein ganzes Päckchen Nudeln hinein. Plötzlich stand der kleine Junge in der Tür.

»Du Opa Gerhard, bei Mutti geht das aber immer schneller. Die nimmt da einen Beutel und dann ist alles ganz schnell fertig!«

»Das mache ich nicht. Weißt du, ich glaube, so schmeckt es einfach besser!«

Inzwischen hatte auch Bärbel mitbekommen, dass es was zu essen gab. Wie früher trabte sie in die Küche und schaute erwartungsvoll in Richtung Herd. Während Meininger die Nudeln umrührte, schaute er wieder in Amelies Wohnung. Nachdem er die Zwiebeln angeschwitzt hatte, löschte er das Ganze mit der Tomatensoße ab. Dann folgten Tomatenwürfel, die er vorher aus frischen Tomaten hergestellt hatte. Nun ließ er das Ganze köcheln. In der Tür stand der Größere der beiden Jungs und beobachtete das Werkeln Meiningers.

»Ich mag aber keinen Knoblauch!«, sagte er.

»Ist auch keiner drin.«

»Mein Papa sagt immer, da stinkt man aus dem Mund, wie ein Zigeuner!«

Der Vater des Jungen war als Fahrer bei einer Baufirma beschäftigt. Offenbar war der Umgangston dort wohl sehr rau. Nach etwa zehn Minuten waren die Spaghetti fertig und Meininger hob sie mit einem Sieb aus dem Topf auf einen großen Teller. Die Tomatensoße brauchte noch ein Weilchen. Am liebsten hätte er jetzt eine Flasche Rotwein geöffnet und ein Gläschen getrunken. Unwillkürlich schaute er wieder zum anderen Haus hin. Nachdem der Duft der Tomatensoße hinüber ins Wohnzimmer gelangt war, standen die beiden hungrigen Kinder wie Presser im Türrahmen der Küche.

»Die Tomaten sind noch nicht ganz weich, es dauert noch ein paar Minuten«, versuchte Meininger, die beiden zu beschwichtigen.

»Ach, wir essen das auch so. Bei Mutti ist auch nicht immer alles weich. Manchmal brennt die Soße an, weil sie immer so viel telefoniert«, sagte der Größere.

»Ja, da quatscht die immer mit der Nachbarin. Da könnte sie auch gleich rüberlaufen!«

»Nein, dann würde sie ja gar nicht mehr zurückkommen und wir müssten verhungern!«

Meininger musste über die beiden lachen. Er probierte noch einmal die Soße. Die Tomaten waren schon noch ein bisschen fest. Aber egal, dachte er, der Hunger treibt es hinunter. Also nahm er die Soße vom Herd und stellte sie auf den Tisch. Den beiden Jungs band er ein Küchentuch um und füllte ihre Teller mit Spaghetti. Dann goss er die Soße darüber und wünschte den beiden einen guten Appetit. Natürlich hatten die beiden so ihre Schwierigkeiten mit den langen Nudeln. Die ein oder andere fiel dabei auf den Boden. Da kam Bärbel als Verwerterin zum Einsatz und machte sich schmatzend über die Pasta her. Zu Meiningers großer Überraschung verputzten sie ein ganzes Pfund Spaghetti. Als die Jungs mit dem Essen fertig waren, schickte er sie ins Bad, um sich zu waschen. Selbst in den Haaren war Tomatensoße zu finden. Als Ersatzopa Gerhard die Spülmaschine einräumte, schaute er wieder hinüber. Nun kam der schwierigste Teil des Abends. Er holte das Unterrichtsmaterial der Verkehrsschule und setzte sich zu den Jungs ins Wohnzimmer. Er breitete ein Blatt Papier aus, auf dem man Verkehrszeichen mit verschiedenen Farben ausmalen konnte.

»Das haben wir im Kindi schon gemacht, das kenn ich!«, sagte der Größere.

»Ja, das ist voll langweilig!«, ergänzte sein Bruder.

»Das ist von der Verkehrsschule, da waren wir schon!«

Meiningers Erziehungsplan löste sich also in Luft auf.

»Wann müsst ihr eigentlich schlafen gehen?«, fragte er die beiden Pimpfe.

»Bei Oma und Opa dürfen wir so lange aufbleiben, bis wir von selber schlafen.«

»Ja, ich fall dann immer um und fertig!«, sagte der Kleine und verschränkte die Arme vor der Brust.

Da kam Meininger eine Idee. Er ging ins Schlafzimmer und holte ein paar Decken, die Amelie immer über ihre Beine legte, wenn sie spät abends auf dem Balkon saß. Dann schob er die beiden Sessel mit den Rücklehnen zusammen. Über die Sessel warf er die Decken, sodass eine Art Zelt entstand.

»So Jungs, jetzt erzähle ich euch eine ganz spannende Geschichte.«

Gerhard Meininger ging zu seinem Schreibtisch und holte die Taschenlampe, die er inzwischen mit einer neuen Batterie versorgt hatte. Dann krochen alle drei unter die Decke. Meininger knipste die Taschenlampe an und hob sie unter sein Kinn, sodass er aussah wie ein Gespenst. Bärbel schaute neugierig unter die Decke und suchte sofort erschrocken das Weite. Die beiden Jungs machten es sich auf einem Kissen bequem. Meininger begann nun eine Fantasiegeschichte mit bösen Buben und wie man sie fängt, zu erzählen. Mit großen Augen sahen ihn die beiden an, aber schon nach wenigen Minuten wurden die Augen kleiner und kleiner. Bis sie dann schließlich selig schliefen. Gerhard Meininger verließ vorsichtig das Versteck und ging in die Küche, um die Spülmaschine auszuräumen. Drüben brannte nun Licht. Er konnte nur den unteren Teil von zwei Personen erkennen. Er löschte das Licht in der Küche und ging vorsichtig in das Schlafzimmer, um sein Fernglas zu holen. Gegenüber in der Küche sah er ein paar Lederschuhe, die einem Mann gehörten und die High Heels von Amelie. Und was nun folgte, kannte er auch: Sie schleuderte die Schuhe weg. Da plötzlich wurde der Rollladen geschlossen. Und wieder dieses Gefühl in der Brust. Er räumte das Fernglas weg und schämte sich, denn er benahm sich wie ein Spanner. Ob Amelie geahnt hatte, dass er zu ihr hinüber schaute? Ganz dumme Gedanken spukten ihm im Kopf herum. Sollte er den Kerl da drüben nicht einfach abknallen? Der war doch sowieso ein Verbrecher! Er setzte sich an den Küchentisch und dachte nach. Darüber musste er wohl eingeschlafen sein und wurde erst durch das Klingeln der Hausglocke geweckt. Als Erstes sah er auf die Uhr: Es war nach halb zwölf. Das konnten nur die Eltern der beiden Jungs sein. So war es dann auch.

»Waren die beiden auch brav?«, fragte die Mutter besorgt.

»Ja, ja. Wir haben zusammen ein wenig gemalt und Spaghetti gekocht. Ganz normal.«

»Oh, das habe ich ganz vergessen zu sagen, wir essen nur Teigwaren ohne Gluten. Ich hoffe, dass die Buben das Essen vertragen!«

»Jetzad mach no koin so an Lebdaag mit deim Essa. Mir hent des frieher au ett khet! God Naachd ond dankschee!«, mischte sich der Ehemann ein.

Nachdem Meininger die Haustür wieder geschlossen hatte, räumte er das Wohnzimmer auf und trank noch ein Glas Wein. Wieder dachte er an Amelie, sie ging ihm einfach nicht aus dem Kopf. Wie schön war es doch, als sie auf dem Sofa lag und mit ihm ein Glas Wein trank. Mit gesenktem Haupt ging Meininger dann schließlich zu Bett.

Am nächsten Morgen wurde Rolf Blocha nach Reutlingen zur Vernehmung verbracht. Er erschien in Begleitung seines Anwalts. Nach der Verlesung von Blochas Rechte begann Gerhard Meininger mit dem Verhör.

»Herr Blocha, Sie wissen, was Ihnen vorgeworfen wird! Bitte sagen Sie uns doch, wo Sie sich am Samstag, den vierundzwanzigsten Juli, aufgehalten haben.«

»Mein Mandant möchte sich zu diesem Tag nicht äußern, da er sich nicht mehr daran erinnern kann!«, mischte sich der Anwalt ein.

»Nein, nein! Ich möchte etwas sagen. Ich will Ihnen alles sagen! Ich habe genug von dem Katz-und-Mausspiel. Ich hab doch sowieso alles verloren. Ich möchte Ihnen jetzt die ganze Wahrheit schildern.«

»Sie wissen schon, dass Sie sich dadurch belasten können?«, warnte Meininger den Mann.

»Ja, ich weiß. Zunächst sollten Sie wissen, was für ein Mensch Zita war. Das ist wichtig für Sie, weil Sie dann ein Persönlichkeitsbild haben, um ein eventuelles Motiv zu Zitas Ermordung zu finden. Zita war ein Mensch, der große Freude daran hatte, anderen Menschen Leid anzutun und ihr Leben zu ruinieren. Ihre eigene Mutter war eines ihrer Opfer. Die Regeln für ein normales Zusammenleben ignorierte sie einfach, der Schulbesuch war für sie ein notwendiges Übel. Ihre Mutter versuchte, alles was Zita vermasselte, mit enormem Einsatz wieder geradezubiegen. Gedankt wurde ihr dafür nicht. Margit und ich sind seit einiger Zeit befreundet. Aber nur das. Nicht mehr.«

»Das ist ja alles interessant. Aber wir wissen immer noch nicht, ob Sie zum betreffenden Zeitpunkt am Bodensee waren«, fragte Meininger dazwischen.

»Ich war am See. Aber dazu möchte ich mich später äußern. Es gibt ein paar Dinge, die sich im Frühjahr abgespielt haben, die in der Sache nicht ohne Bedeutung sind. Ich habe auf dem Campingplatz in Gohren schon seit vielen Jahren einen Wohnwagen stehen. Im Ultramarinhafen habe ich eine kleine Jolle liegen. So kann ich also jederzeit auf das Hafengelände gelangen. Ich weiß, dass ich mich dadurch schwer belaste, aber Sie hätten das früher oder später sowieso herausgefunden. Wie Sie sich vielleicht erinnern, hatten wir dieses Jahr ein sehr schönes Osterwochenende und ich fuhr bereits am Palmsonntag an den See. Dort wollte ich in aller Ruhe Klausuren korrigieren und veralteten Unterrichtsstoff umarbeiten. Margit, also Frau Maier-Hof, wollte am Karfreitag nachkommen, weil wir gemeinsam ein paar schöne Tage verbringen wollten. Es sollte aber nur ein Tag sein, leider. Am Ostersamstagabend, es muss so gegen sieben Uhr gewesen sein, tauchte plötzlich Zita auf. Ihre Mutter fragte sie nur, wie sie hergekommen sei und ob sie auf dem Boot ihres Vaters übernachte. Zita antwortete sinngemäß, dass sie eine Gangbang-Orgie veranstalten wollte und noch ein paar Männer dafür bräuchte. Sie sei eigentlich nur gekommen, um mich abzuholen. Margit wies ihre Tochter darauf hin, nicht mehr solchen Blödsinn zu reden. Dann gab ein Wort das andere. Der Streit artete dermaßen aus, dass ich eingreifen musste und die beiden zur Ruhe ermahnte. Das half aber nichts. Zita sagte ihrer Mutter Dinge, die ich nicht einmal zu denken wagte. Schließlich forderte ich Zita auf, zu gehen. Sie kam meiner Aufforderung zunächst nicht nach. Stand aber dann doch auf und beschimpfte ihre Mutter aufs Widerlichste. Margit war so erregt, dass sie ein auf dem Tisch liegendes Messer nahm und nach ihrer Tochter warf. Zum Glück traf sie aber nicht. Das Messer blieb in der Wand meines Wohnwagens stecken. Zita stand vor dem Wohnwagen und lachte lauthals. Ein widerliches, verachtendes Lachen. Dann öffnete sie wieder die Tür und rief: »Wenn du mehr kochen würdest, dann könntest du auch mit einem Messer umgehen!« Daran erinnere ich mich noch genau. Als Zita weg war, habe ich versucht, Margit zu beruhigen, das war aber vergebens. Sie packte ihre Sachen und fuhr zurück nach Hause.«

»Margit Maier-Hof hat also ein Messer nach ihrer Tochter geworfen. Haben wir das so richtig verstanden?«, fragte Meininger nach.

»Ja. Aber das ist noch nicht alles.«

Blocha machte eine Pause, um sich zu fassen. Offenbar kostete es ihn sehr viel Überwindung, weiter zu reden. Er schluckte mehrmals und begann dann schließlich:

»In der Nacht auf Ostersonntag konnte ich nicht schlafen, so hatte mich das Ganze mitgenommen. Es mochte ein Uhr oder später gewesen sein, da tauchte Zita wieder auf. Sie hatte wohl zu viel getrunken, denn sie lachte unablässig. Dann plötzlich war sie nackt. Splitternackt. Ich habe seit langer Zeit keine Frau mehr nackt vor mir gesehen und dann dieser schöne, junge Körper. Sie tanzte vor mir herum und setzte sich schließlich auf meinen Schoß. Dann passierte, was nie hätte passieren dürfen. Wir redeten danach noch eine Weile. Sie erzählte mir wirres Zeug, das mich eigentlich nicht interessierte.«

Rolf Blocha senkte beschämt den Kopf.

»Wir werden auf Schulungen immer wieder auf solche Situationen vorbereitet. Aber was ist so eine Schulung gegen die Realität. Zita hat die Nacht bei mir verbracht. Am anderen Morgen hab ich sie ins Gebet genommen und sie versprach mir, Stillschweigen zu bewahren. Das tat sie dann auch. Aber es hatte seinen Preis, einen hohen Preis. Wenige Tage danach begann die Hölle über mich hereinzubrechen. Die gleiche Hölle, wie sie Margit miterleben musste. Zita begann mich zu erpressen. Anfangs habe ich sie auf ihr schändliches Tun hingewiesen. Dann war ein paar Tage Ruhe. Aber dann ersann sie wieder etwas Neues. So hat sie mich gezwungen, sich mit ihr nachmittags zu treffen. Wir saßen nebeneinander auf einer Bank. Ich habe versucht, sie zur Vernunft zu überreden. Dann plötzlich küsste sie mich. Was das zu bedeuten hatte, wurde mir später klar. Sie hatte mitbekommen, dass ihre Mitschüler etwas ahnten. Also hat sie das Treffen so arrangiert, dass uns ein paar Jungs beobachten konnten. Ich wurde also immer mehr in den Abgrund gezogen. Der Höhepunkt war, als sie mir mitteilte, dass sie im dritten Monat schwanger war und das Kind austragen wollte. Jeder an der Schule sollte sehen, wer der Vater des Kindes ist.«

»Wann teilte Zita-Fee Maier Ihnen das mit?«

»Am Freitag, den dreiundzwanzigsten Juli.«

»Waren Sie am vierundzwanzigsten Juli am Bodensee?«

»Ja. Ich war am Bodensee. Ich bin am Samstagnachmittag mit dem Fahrrad zum Liegeplatz des Bootes gefahren, um noch einmal mit Zita zu reden. Da sah ich aber einen angetrunkenen jungen Kerl am Oberdeck liegen und bin wieder zurückgefahren. Ich bin dann in der Nacht wieder nach Hause gefahren, weil ich zu diesem Zeitpunkt sowieso nichts erreichen konnte.«

»Haben Sie für die Rückfahrt Zeugen?«

»Nein. Ich war ja alleine.«

»Ich stelle Ihnen nun die entscheidende Frage: Haben Sie Zita-Fee Maier in der Nacht vom vierundzwanzigsten auf den fünfundzwanzigsten Juli mit einem Messer auf dem Boot ihres Vaters erstochen?«

»Nein! Selbst wenn ich es probiert hätte, ich würde so etwas nie können. Wie sollte ich denn auf das Boot kommen, wenn da der junge Kerl war?«

»Es waren zwei Männer an Bord.«

»Das wusste ich nicht, ich habe nur den einen gesehen!«

»Herr Blocha, Sie bleiben weiter in Untersuchungshaft, bis der Fall vollständig geklärt ist!«

»Dagegen möchte ich protestieren, da weder Fluchtgefahr herrscht, noch eindeutig eine Tatbeteiligung nachgewiesen werden kann!«, meldete sich der Anwalt.

»Da müssen Sie sich an den werten Herrn Richter wenden!«, antwortete Gerhard Meininger.

Blocha wurde abgeführt und wieder zurück nach Rottenburg gebracht.

»Glaubst du dem die Geschichte?«, fragte Gerhard Meininger seinen Kollegen Fromm.

»Ich weiß es ehrlich gesagt nicht. Einiges stimmt mit der Aussage des Franzosen überein. Wir sollten den noch einmal befragen. Aber zunächst würde ich gerne noch mal mit der Mutter reden«, antwortete dieser.

»Ob sie wohl heute in der Schule ist?«

»Ach so, ja. Am besten wird sein, wenn wir vorher mal in der Schule anrufen. An welcher Schule unterrichtet die?«

»In Bad Urach an einer Förderschule. Ich glaube, da gibt es nur eine«, sagte Gerhard Meininger und suchte im Internet nach der Schule.

Wenig später telefonierte er mit dem Sekretariat. Dort erfuhr er, dass Margit Maier-Hof bis auf Weiteres krankgemeldet worden war. Also fuhren die beiden Beamten zur Wohnung der Sonderpädagogin in die Nördlinger Straße nach Orschel-Hagen.

»Ich bin mal gespannt, was die Frau Pädagogin zu dem Messerwurf zu sagen hat!«, sagte Meininger beim Aussteigen aus dem Auto.

Sein Kollege Fromm grinste nur. Nach dem Betätigen des Klingelknopfes geschah nichts. Dann versuchte es Meininger noch einmal.

»Nanu, niemand zu Hause?«, fragte er.

Christian Fromm ging hinüber zur Garage und versuchte, das Tor zu öffnen. Es war nicht abgeschlossen und so sah er in die Garage hinein, nachdem er das Tor ein Stück geöffnet hatte.

»Das Auto ist da!«

»Ich gehe mal nach hinten in den Garten«, sagte Meininger und machte sich auf den Weg.

Er hatte sich durch den wilden Bewuchs zu kämpfen, um zur Terrassentür zu kommen. Der Rollladen war heruntergelassen worden, sodass er zunächst nicht in das Innere blicken konnte. Er horchte am Rollladen, ob er Geräusche wahrnehmen konnte. Aber alles im Inneren schien ruhig zu sein. Dann versuchte er, den Rollladen am Fenster hochzuheben. Das klappte zwar, aber eben nur ein paar Zentimeter. Auf dem Platz, der als Terrasse übrig geblieben war, fand er ein Stück Holz, das er unter den Rollladen klemmen konnte. Irgendetwas in seinem Inneren sagte ihm, dass etwas nicht stimmte. Er sah zwar nur einen Teil der Wohnung, aber er sah ganz deutlich, dass Margit Maier-Hof auf dem Sofa lag und zu schlafen schien. Sie war bleich und hatte eine unnatürliche Körperhaltung. Meininger stürmte sofort aus dem Garten nach vorne.

»Einen Krankenwagen sofort!«, rief er seinem Kollegen zu.

Der sah ihn zunächst verwundert an, setzte aber dann sofort den Notruf ab.

»Was ist denn los?«, fragte er seinen Kollegen.

»Die Maier liegt auf ihrem Sofa, sieht ziemlich leblos aus. Verdacht auf Suizid! Wir müssen die Haustür öffnen!«

»Das wird aber nicht so einfach gehen, die sieht solide aus«, entgegnete Fromm.

»Dann holen wir eben die Feuerwehr!«

Wenig später hörte man die Signale der Einsatzfahrzeuge. Als Erstes traf ein Vorausfahrzeug der Feuerwehr ein. Der Feuerwehrmann hatte einen Koffer mit Spezialwerkzeug dabei, um schnell Türen zu öffnen. Es dauerte auch nicht lange, da war die Haustüre geöffnet. In diesem Augenblick traf auch ein Notarzt ein. Meininger und Fromm gingen voraus in das Wohnzimmer. Margit Maier-Hof lag reglos auf dem Sofa. Der Notarzt machte sich sofort an die Arbeit. Inzwischen waren auch Rettungssanitäter eingetroffen und unterstützten den Arzt bei seiner Arbeit. Auf dem Tisch lag eine Packung mit Tabletten, daneben stand ein Glas.

»Paracetamol und Alkohol«, sagte Meininger und zeigte die Packung dem Arzt.

Der nickte nur und schloss die Kabel der Sensoren an den EKG-Monitor an. Dann beobachte er den Puls von Margit Maier-Hof.

»Das wird schwierig. Wir müssen sofort zurück ins Krankenhaus!«, rief der Arzt dem Assistenten zu.

Die bewusstlose Frau wurde auf einen Transportwagen gehoben und hinaus zum Krankentransportwagen gefahren. Wenig später fuhr er in Richtung Krankenhaus davon.

»Sieht wohl schlecht aus, wie?«, erkundigte sich Fromm.

»Ja. Warum hat sie das getan? Hat sie tatsächlich ihre Tochter auf dem Gewissen?«, fragte Meininger.

»Wenn wir Pech haben, werden wir das nie erfahren!«

Die Nachbarn standen auf den Balkonen und beobachteten interessiert die Szene. Nachdem die Haustüre gesichert war, fuhren Meininger und Fromm zurück zur Dienststelle. Kaum waren sie dort angekommen, da wurden sie vom Tod der Margit Maier-Hof benachrichtigt. Sie war auf dem Weg zum Krankenhaus verstorben. Inzwischen hatten sich die Spurensucher von der KTU auf den Weg nach Orschel-Hagen gemacht. Der Leichnam von Margit Maier-Hof wurde zur Ermittlung der genauen Todesursache nach Tübingen ins gerichtsmedizinische Institut zu Professor Haimerl und seiner Kollegin Dr. Schweizer verbracht.

Gerhard Meininger versuchte inzwischen schon einige Zeit, Gernot Maier telefonisch zu erreichen, um ihm die traurige Nachricht vom Tode seiner Ex-Frau zu überbringen.

»Sollen wir dem Blocha ebenfalls Bescheid sagen?«, fragte Fromm.

»Was versprichst du dir davon?«, entgegnete Meininger.

»Vielleicht weiß er noch mehr. Und jetzt, wo eine der Hauptverdächtigen nicht mehr lebt, kann er ja vielleicht auch Dinge sagen, die er bisher als Tabu betrachtet hat.«

»Schaden kann es ja nicht, also gehen wir.«

Eine Stunde später saßen sie mit Rolf Blocha, der wieder aus Rottenburg hergefahren worden war, in einem Vernehmungszimmer.

Der machte nach dem Erhalt der Nachricht einen geknickten Eindruck.

»Sie hat es also geschafft. Unglaublich!«, kommentierte er das Ganze.

»Wie meinen Sie das?«, fragte Meininger.

»Zita sagte mir in der Osternacht, sie hasse ihre Mutter so sehr, dass sie sie am liebsten erschießen würde. Ich habe ihr dann gesagt, dass man dazu erst einmal eine Waffe brauche. Da antwortete sie, dass das kein Problem sei. Sie wisse, wo eine liegt und wie man an die ran kommt.«

»Damit meinte sie sicherlich den Revolver, den der Franzose bei ihr im Zimmer deponiert hatte!«

»Nein. Sie wusste den Zugangscode zum Tresor ihres Vaters. Darin musste sich ein Erinnerungsstück zu irgendeinem Jubiläum befinden. Es handelt sich dabei um eine alte Polizeipistole. Zita hat sie mir genau beschrieben. Die Pistole war wohl überall verziert. Zita sagte mir, wie dumm es wohl ist, ein Instrument, mit dem man Lebewesen töten könne, auch noch zu verzieren.«

»Hatte sie die Waffe am Bodensee bei sich?«

»An Ostern nicht, da war ich sicher. Aber am Tag ihres Todes kann ich nicht garantieren.«

»Trauen Sie Margit Maier-Hof den Mord an ihrer Tochter zu?«

»Im normalen Zustand nein, aber im Affekt, ja!«

»Wissen Sie, ob Frau Maier am vierundzwanzigsten am Bodensee war?«

»Nein, ich habe mit ihr seit Längerem nicht mehr gesprochen.«

»Wir dachten, Sie wären mit ihr im Kloster gewesen?«

»Wer sagt das? Nein, ich war die ganze Zeit alleine in meinem Wohnwagen am See.«

Meininger sah seinen Kollegen Fromm vielsagend an. Der hatte begriffen und stand auf.

»Also gut, Herr Blocha, wir danken Ihnen für Ihre Auskünfte. Alles Weitere werden Sie von uns noch zu gegebener Zeit erfahren«, sagte Meininger.

»Also so richtig traurig war der nicht, oder täuscht mich das?«, sagte der Kriminalhauptkommissar anschließend.

»Ich glaube, der hat das vielleicht noch gar nicht richtig realisiert. Wir sollten sofort zum Richter fahren. Nicht, dass der sich ebenfalls etwas angetan hat.«

Gernot Maier wohnte im elterlichen Haus, kurz vor dem Ende der Aaraustraße in Reutlingen. Die Anfahrt gestaltete sich wegen einiger Baustellen schwierig, sodass die beiden fast eine halbe Stunde für den Weg dorthin benötigten. Das Auto des Richters stand in der Einfahrt vor der Garage geparkt, also sollte er eigentlich anwesend sein. Meininger betätigte den Klingelknopf neben der Haustür. Niemand öffnete. Wieder wurde er unruhig und ging sofort um das Haus herum in den Garten. Eine Nachbarin beobachtete ihn dabei und rief sofort: »Was wellet sia do? I ruaf glei der Bolizei o!«

»Das ist nicht nötig, ich bin von der Polizei! Wann haben Sie Herrn Maier zum letzten Mal gesehen?«

»Ha vorher!«

»Wann vorher?«

»Vor ra halba Schdond! Der isch d' Schdross ded na gloffa. Des macht der jetzad äll Daag.«

Dabei deutete sie die Aaraustraße hinunter in Richtung des angrenzenden Kammweges. Meininger ging zu Fromm zurück, der wieder mit dem Schlimmsten gerechnet hatte. Als sie sich gerade auf die Suche machen wollten, kam ihnen Gernot Maier mit hängenden Schultern entgegen.

Nichts war mehr von dem eisernen Richter alter Tage übrig geblieben, er war ein gebrochener Mann.

»Suchen Sie mich?«, fragte er verwundert.

»Ja, Herr Richter. Wir haben eine Frage und eine traurige Nachricht!«

»Noch eine? Was ist denn nun?«

»Ihre Frau hat vermutlich Suizid begangen. Sie ist, nachdem wir sie in ihrem Haus gefunden haben, auf dem Weg ins Krankenhaus verstorben!«

Gernot Maier presste die Lippen zusammen und fragte dann: »Und was noch?«

»Besitzen Sie eine Waffe?«

Erstaunt blickte der Richter die beiden Kriminalbeamten an. Dann überlegte er eine Weile.

»Äh, ja. So ein altes Ding, das ich mal geschenkt bekommen habe. Das müsste eigentlich in meinem Tresor liegen, ich hab allerdings schon lange nicht mehr in die Schachtel hineingeschaut!«

Gernot Maier öffnete umständlich die Haustüre, offenbar hatte er den Schlüssel verwechselt. Er wirkte sehr aufgeregt. Sofort ging er in einen Raum, der ihm wohl als Büro diente. Hinter einem Bild, das Reutlingen und die Achalm darstellte, kam ein Wandtresor zum Vorschein. Es handelte sich um ein altes Modell mit Zahlenschloss. Maier drehte die Wählscheibe ein paar Male hin und her, bis sich schließlich die Tür öffnete. Sofort griff er nach einer Schachtel, die mit goldenen Buchstaben beschriftet war. Schon beim Herausholen bemerkte er, dass sie leicht, also leer war. Mit Entsetzen öffnete er schließlich den Deckel und schaute die beiden Beamten mit weit aufgerissenen Augen an.

»Leer! Wie konnte das passieren? Woher wusste sie den Code?«, sagte Maier fassungslos.

»Sie hat ihn herausgefunden, weil Sie ihn offenbar irgendwo notiert hatten!«, vermutete Meininger.

In fast allen Fällen von erfolgreichem Diebstahl oder Wohnungseinbrüchen wurde irgendwo der Zahlencode eines vorhandenen Tresors auf einem Zettel notiert und im Schlafzimmerschrank versteckt.

»Das kann ich nicht glauben, ich habe den Zettel doch …«, stammelte der Richter.

»Um was für eine Pistole handelte es sich?«, fragte Fromm.

»Ich weiß gar nicht, ich müsste erst mal schauen. Das Ding lag über Jahre im Tresor.«

»War die Waffe angemeldet?«

»Ich glaube nein, nein!«

»Na toll. Das müssten Sie als Richter eigentlich wissen!«

»Ich hab doch an das Ding gar nicht mehr gedacht.«

»Können wir mal die Schachtel sehen?«

Maier reichte Meininger die Schachtel, in der die Waffe deponiert war. Er zog sich aber vorher noch Handschuhe an, um seine Fingerabdrücke nicht zu hinterlassen.

»Walther PPK, 7,65 mm. Die alte Dienstwaffe der Polizei. Die wurde tatsächlich als Abschiedsgeschenk in den Siebzigern gerne verschenkt.«

»War da Munition dabei?«

»Das weiß ich ehrlich gesagt nicht mehr.«

»Herr Richter Maier, wir vermuten aufgrund von Aussagen, dass Ihre Tochter mit Ihrem Boot in den Diensten einer Schlepperbande tätig war. Sie hat von der Schweiz aus Personen über den Bodensee nach Deutschland gebracht. Wir glauben, dass ein Zusammenhang mit der Festnahme der beiden Franzosen und Ihrer Tochter in dieser Sache besteht!«

»Das ist für mich unfassbar! Zita treibt uns alle in den Abgrund. Wie konnte sie uns das antun!«

Der Richter saß, den Kopf in die Hände gestützt, wie ein Häufchen Elend auf seinem Bürostuhl.

Gerhard Meininger sah die Zeit gekommen, den Mann mit sich alleine zu lassen. Er gab seinem Kollegen ein Zeichen, dass er gehen wollte. Es war schwer zu glauben, dass eine siebzehnjährige Teenagerin das Leben von mehreren Menschen ruiniert hatte.

Am Nachmittag hatte Meininger einen Termin beim Autohändler seines Vertrauens. Er musste sich wohl oder übel ein neues Auto zulegen. Er hatte sich zuvor im Internet informiert und einen Wagen ausgesucht. Ein Anruf bei seinem Autohändler genügte und dieser besorgte das passende Modell. Es war kein Neuwagen, sondern ein Vorführfahrzeug. Trotzdem musste er noch fast 20 000 Euro hinblättern. Ein wenig aufgeregt betrat er den Verkaufsraum, sein letzter Autokauf lag immerhin schon mehrere Jahre zurück. Er kaufte seine Autos immer ohne Probefahren und den ganzen Firlefanz, der darum veranstaltet wurde. Bezahlen, reinsitzen und wegfahren, das war seine Devise. Bei den

Verkaufsgesprächen wurde sowieso immer das Blaue vom Himmel heruntergelogen, so war jedenfalls seine Erfahrung. Er wollte die Übergabezeremonie so kurz wie möglich gestalten, deshalb wanderte er ungeduldig im Verkaufsraum des Autohauses hin und her. Der Verkäufer war noch in ein Kundengespräch verwickelt, das schon längst beendet werden hätte können, wenn die Frau des Autokäufers nicht immer noch mehr Rabatt heraushandeln wollte. Am liebsten wäre Meininger hingegangen und hätte der Frau den Stuhl unter dem Hintern weggezogen, damit sie endlich verschwand. Es sollte noch eine lange halbe Stunde dauern, bis er endlich in seinem Auto saß und den Hof des Autohauses verließ. Alles roch noch so neu nach Kunststoff und Leder. Ja, er hatte sich ein Lederlenkrad geleistet, das sich sehr angenehm anfasste. Er musste sich mit dem neuen Cockpit vertraut machen. Anstatt Schaltern befand sich nun alles auf einem Display, dessen Menü auf verschiedenen Ebenen angeordnet war. Diese Ebenen mussten über einen Schalter im Blinker abgerufen werden. Alles unnötiger Schnickschnack, fand Meininger. Was aber eine große Hilfe für ihn darstellte, war die Rückfahrkamera. Er konnte diese beim Einparken in der Tiefgarage sehr gut gebrauchen, denn er parkte immer so, dass er sofort herausfahren konnte, also mit dem Heck zur Wand. Es war ihm schon ein paar Male passiert, dass er mit seinem alten Auto gegen die Wand gefahren war. Das war ja nicht so schlimm, denn das Auto hatte schon seine besten Zeiten hinter sich. Nun aber parkte er vorsichtig ein, denn der Neue sollte nicht schon am ersten Tag ramponiert werden. Zündschlüssel gab es auch keinen mehr, sondern so ein Ding, das man während der Fahrt in der Tasche behalten konnte. Wieder zu Hause angekommen, ging er durch das Treppenhaus nach oben in seine Wohnung. Während des Treppensteigens wagte er immer wieder einen Blick nach drüben. Nichts war zu sehen. An diesem Abend bereitete er sich zum ersten Mal ein im Kochkurs erlerntes Menü zu: Schweinelendchen in Rahmsoße, selber gemachte Spätzle und danach einen Vanillepudding. Er ließ sich Zeit, denn er hatte noch den ganzen Abend für sich. Er gönnte sich das Ganze, denn er wusste, dass am folgenden Tag viel Arbeit auf ihn wartete. Im Kühlschrank verwahrte er schon seit Tagen einen schönen Riesling aus dem Rheingau. Nachdem er die Lendchenstücke in Mehl gewendet hatte, begann er, sie in der Pfanne anzubraten. Er hatte sie gerade das erste Mal gewendet, da meldete sich sein Diensthandy. Es war Carsten Dombrowski.

»Was gibt es denn so Eiliges?«, fragte Meininger genervt.

»Der andere Franzose, dieser Paul Nevel, möchte endlich zur Sache aussagen, möglichst sofort!«

»Weißt du, was der mich kann?«, brüllte Meininger in das Handy.

»Das kann ich mir gut vorstellen. Sein Anwalt besteht aber auf eine sofortige Vernehmung. Er sagt, dass der Fall aufgeklärt werden könnte und sein Mandant sofort auf freien Fuß gesetzt werden müsse.«

»Ich hab jetzt Feierabend und ich denke nicht daran, diesen zu unterbrechen. Der soll sich mit dem Staatsanwalt oder dem Ermittlungsrichter auseinandersetzen. Das hat meiner Ansicht nach bis morgen Zeit!«

»Gut, ich teile dem Anwalt mit, dass du gerade unabkömmlich bist.«

»Das bin ich in der Tat!«

»Nanu, Damenbesuch?«, fragte Dombrowski erstaunt.

»Nein, man kann auch ohne Frauen eine schöne Zeit haben!«

»Ja schon, aber nicht auf Dauer!«

»Schönen Abend noch!«, sagte Meininger und legte schließlich auf.

»Wegen solch einem Schurken lass ich mir mein Abendessen nicht vermiesen!«, brummte Meininger vor sich hin und wendete die Lendchen abermals, bis sie eine knusprige Kruste hatten.

Dann stellte er den Spätzleteig her. Nur Eier, Mehl und wenig Salz. Der Teig war ziemlich zäh geraten, ließ sich aber sehr gut in das kochende Wasser schaben. Mit der Gleichmäßigkeit aber haperte es mächtig. Waren die Spätzle am Anfang noch einigermaßen ähnlich dick, etwa einen halben Zentimeter, so wuchs der Durchmesser gegen Ende doch beträchtlich. In der Menge hatte er sich ebenfalls gründlich verrechnet. Eine ganze Schüssel voll hatte er produziert, mit der man getrost eine vierköpfige Familie satt machen konnte. Während der Zubereitung der Soße nahm er schon den ersten Schluck Weißwein. Der passte ganz gut, deshalb füllte er sein Glas und trank es auch gleich leer. Wenig später spürte er die Wirkung des Alkohols. Er deckte den Tisch und ging mit seinem vollen Glas ans Fenster und prostete mit einem sarkastischen Lachen hinüber. Niemand war zu sehen, alles war dunkel. Dann setzte er sich an den Tisch und genoss bei guter Musik aus dem Radio sein Essen. Alles schmeckte hervorragend, er war stolz auf sich. Nachdem er den Abwasch mit bester Laune besorgt hatte, setzte er sich auf das Sofa im Wohnzimmer und leerte in aller Ruhe die Flasche Wein.

Als Gerhard Meininger in der Nacht aufwachte, hatte er einen mächtigen Durst. Er ging in die Küche, um sich eine Flasche Wasser zu holen. Er öffnete den Deckel und sah dabei wieder hinüber. In der ganzen Wohnung von Amelie Förster brannte Licht. Sie veranstaltete wohl eine Party, denn in jedem Zimmer standen Leute. Meininger sah auf die Uhr. Es war nach halb sechs Uhr in der Frühe. Dass sich da die Nachbarn nicht beschwerten? Es würde sicherlich nicht lange dauern, dann würden die Kollegen aus Tübingen erscheinen, um dem Spuk ein Ende zu bereiten. Er nahm noch paar große Schlucke aus der Flasche, dann sah er hinab auf die Straße. Da standen schon die Kollegen und trugen Kartons zu den Fahrzeugen. Meininger stutzte. Er ging hinüber ins Wohnzimmer und wollte sein Fernglas holen. Das aber fand er nicht. Wo hatte er denn das verflixte Ding wieder hingelegt? Wann hatte er es das letzte Mal benutzt? Ach ja, es lag ja noch in der Küche auf einem Regal. Jetzt sah die Szenerie ganz anders aus. Das waren keine Partygäste, sondern Polizisten, die die Wohnung von Amelie Förster durchsuchten. Meininger lief es kalt den Rücken hinunter. Er wusste von der Aktion nichts. Gut, es war im Zuständigkeitsbereich der Tübinger Kollegen, aber bei solchen Einsätzen wurden meist auch die Reutlinger Beamten einbezogen. Sah er da richtig? Erkannte er da nicht Willi Früh, der, als er einen Karton in einen Transporter lud, zu ihm nach oben blickte? Sie hatten also den Einsatz hinter seinem Rücken geplant und durchgeführt. Das machte ihn im ersten Augenblick fürchterlich wütend. Er hätte doch nie und nimmer seiner Ex irgendetwas verraten, wenn gegen sie etwas vorlag! Oder vielleicht doch? Am Anfang allerdings, als er frisch mit ihr zusammen war und die Schmetterlinge im Bauch nur so tobten, wäre es gut möglich gewesen, dass er geplaudert hätte. Er musste unbedingt herausfinden, ob

Amelie in eine Betrugsaffäre verwickelt war. Nichts anderes konnte er sich vorstellen. Also zog er sich hastig an und wollte gerade nach unten gehen, als geklingelt wurde. Wollten die jetzt auch noch seine Wohnung auf den Kopf stellen? Vor der Tür stand Willi Früh. Der sah nicht gerade ausgeschlafen aus. Meininger öffnete die Tür.

»Was ist denn heute Morgen schon los?«, fragte er erstaunt.

»Wir haben soeben die Wohnung der Amelie Förster durchsucht. Ihr wird vorgeworfen, Mitglied einer Geldwäscherbande zu sein. Der Kopf der Bande ist vermutlich ein in Berlin ansässiger Libanese. Sein Statthalter in Süddeutschland ist offenbar Benno Drömer. Die Ermittlungen der Kollegen vom Betrugsdezernat haben ergeben, dass die Frau Förster gezielt auf dich angesetzt worden ist, um an Informationen zu kommen. Die Aufgabe der Beschuldigten war es, mit deiner Hilfe Ermittlungsergebnisse in dieser Sache herauszubekommen. Deshalb haben die Kollegen ohne deine Kenntnis im Hintergrund ermittelt. Nachdem wir Hinweise bekommen haben, dass sich Frau Förster nach Südamerika absetzen wollte, haben wir heute Morgen zugeschlagen. Du brauchst nichts zu befürchten, denn du hast wohl rechtzeitig die Reißleine gezogen. Ich geh jetzt zur Dienststelle, also bis nachher!«, sagte Früh und ging sofort wieder die Treppe hinunter.

Meininger ging ins Wohnzimmer und setzte sich erst einmal, um nachzudenken. Tausende Gedanken schwirrten ihm durch den Kopf. Nicht er hatte die Reißleine gezogen, sondern Amelie. Wollte sie ihn schützen? Hätte sie es darauf angelegt, dann wäre er bestimmt auf sie hereingefallen. Wie konnte er dies herausfinden? An dem Verhör konnte er nicht teilnehmen, das war klar. Und Akteneinsicht würde ihm sicherlich auch nicht gewährt werden. Ziemlich hilflos trottete er zurück in sein Bett, aber an Schlaf war nicht mehr zu denken, obwohl ihm der Restalkohol immer noch ziemlich zusetzte. Also stand er wieder auf und bereitete sich einen starken Kaffee zu. Er las in aller Ruhe die Zeitung und hörte nebenher die Nachrichten im Radio. Seine innere Unruhe konnte er nur schwer verbergen. Immer wieder stand er auf, ging in die Küche und blickte hinüber. Er konnte einfach nicht glauben, was soeben da drüben geschehen war. Welche Konsequenzen hatte das Ganze für ihn? Eigentlich keine, denn er sprach über seine Fälle sehr wenig oder gar nicht mit Amelie. Schon gar nicht, wenn es den ein oder anderen Bekannten von ihr betraf. Um sieben Uhr dann machte er sich fertig und fuhr zur Arbeit nach Reutlingen. Zum ersten Mal benutzte er sein neues Auto. Es war schon ein Unterschied im Komfort zu seinem alten Wagen. All die technischen Spielereien verführten dazu, während der Fahrt ausprobiert zu werden. Weil der Portier sein Auto nicht kannte, musste er zuerst aussteigen und dem Mann einen Zettel unterschreiben, damit er freien Zugang auf den Parkplatz der Polizei bekam. Wenig später musste er seinen Kollegen alle technischen Details haargenau erklären. Danach wurde leidenschaftlich diskutiert, welche Extras sinnvoll wären und welche nicht.

Um neun Uhr war die Vernehmung von Paul Nevel vorgesehen. Alle waren gespannt, was der junge Franzose plötzlich zu sagen hatte. Kurz vor dem anberaumten Termin erhielt Meininger einen Anruf vom Büro des Anwaltes von Nevel, Pit Börner. Darin wurde ihm lapidar mitgeteilt, dass der Herr Anwalt am Vormittag einen wichtigen Termin am Landgericht in Stuttgart habe und somit nicht erscheinen könne. Er wollte aber bei der Aussage seines Mandanten zugegen sein, deshalb schlug er vor, den Termin auf den Nachmittag zu verlegen. Alle Anwesenden waren stinksauer, hatten sie doch den Staatsanwalt und den Ermittlungsrichter in Kenntnis gesetzt. Beide hatten ihr Kommen auch zugesagt. Nun mussten sie wieder abbestellt werden. Ob der Termin am Nachmittag wahrgenommen werden konnte, war ebenfalls fraglich. Meininger erledigte die Tagespost und las die eingegangenen E-Mails. Im Hinterkopf hatte er immer noch die Vorkommnisse des frühen Morgens. Was seine Kollegen in Tübingen jetzt wohl machten? Wo waren eigentlich Willi Früh und Carsten Dombrowski? Ob die wohl die Vernehmung von Amelie vornahmen? Wie er so sinnierte, läutete das Telefon.

»Meininger«, meldete er sich.

»Ja, hallo Gerhard, hier ist der Willi. Wie läuft die Vernehmung von dem Franzosen?«

»Gar nicht, dieser Schnösel von Anwalt hat uns mal wieder auflaufen lassen!«

»Das trifft sich gut! Dann kannst du ja rüberkommen. Wir beginnen mit der Vernehmung von der Frau Förster in etwa einer halben Stunde. Wenn du Lust hast, kannst du ja vorbeischauen.«

»Ich komme!«, war die kurze Antwort.

Wenig später saß er im Auto und befand sich auf dem Weg nach Tübingen. Nachdem er seinen Wagen geparkt hatte, begab er sich direkt zu den Kollegen. Die besprachen zunächst die Vorgehensweise der Vernehmung. Außerdem wurde ein Ermittlerteam aus Berlin erwartet, das sich auf die Bandenkriminalität der Familienclans spezialisiert hatte. Die Ankunft wurde für elf Uhr erwartet. Meininger wurde darauf hingewiesen, dass er sich nicht aktiv an der Vernehmung Amelie Försters beteiligen dürfe. Diese Anordnung des Ermittlungsrichters akzeptierte er ohne Umschweife. Allerdings hätte er diesen Drömer schon gerne in die Mangel genommen. Meininger saß mit mehreren

Kollegen aus Tübingen in einem Nebenraum des Vernehmungszimmers. Über eine Kamera sah man ins Innere des Raumes, wo Amelie Förster wartete. Hin und wieder sah sie auf die Uhr. Sie taxierte den Raum genau, als wolle sie herausfinden, wo die Kamera angebracht war. Ob sie ahnte, dass Gerhard Meininger im nächsten Raum saß? Dann traten Willi Früh und Carsten Dombrowski in den Raum. Bevor die beiden Beamten mit dem Verlesen der persönlichen Rechte beginnen konnten, forderte Amelie Förster einen Rechtsbeistand. Dies verzögerte das ganze Verfahren, denn sie musste sich zuerst jemanden aus dem Anwaltsregister heraussuchen. Dombrowski und Früh ließen die Frau wieder alleine, damit sie die Liste lesen konnte. Nach einiger Zeit kamen die beiden Beamten wieder zurück, zu ihrem Erstaunen verzichtete Förster nun auf einen Anwalt. Sie machte einen sehr unsicheren Eindruck, offenbar war sie mit der Situation überfordert. Nachdem sie erneut auf ihre Rechte hingewiesen worden war, begann das Verhör. Es ging in erster Linie um den Zusammenhang zwischen ihrer Tätigkeit als Maklerin und dem Wohnungsbauunternehmen. Amelie Förster schilderte ihre Aufgabe und wies darauf hin, dass sie sich keiner illegalen Tätigkeit bewusst sei. Dann wurde die Tür zum Nebenraum geöffnet und zwei Männer kamen herein. Sie stellten sich als Herbert Möller und Stefan Kunze vom Betrugsdezernat am LKA 3 in Berlin vor. Sofort wurden sie in die Akten eingewiesen. Als Amelie Förster die beiden in den Raum kommen sah, machte sie große Augen.

»Na juten Tach, Frau Hubka, oder wie heißen wir denn jetze?«, begann Möller.

Er nahm den Aktenordner in die Hand und las darin.

»Ah, Frau Förster. Und nächstes Mal dann Frau Oberförster! Hahaha!«

»Ich verbitte mir diese Respektlosigkeit!«, zischte Amelie Hubka, alias Förster.

»Immer wieder dieselbe Masche. Wen haben wir denn jetzte gelinkt?«

Wieder las er in dem Ordner.

»Oh! Dieses Mal ein ausgewachsener Kriminalkommissar! An dem haben Sie sich wohl de Zähne ausjebissen, wa?

»Ich möchte mich nicht dazu äußern!«

»Jut. Die Kollegen sollten wissen, um wen es sich bei der Dame in Wirklichkeit handelt. Frau Hubka ist mehrfach wegen Heiratsschwindel verurteilt worden. Jetzt hat sie wohl ihren Aktionsradius nach Westdeutschland verlegt! Und einen seriösen Beruf versucht sie auch auszuüben: Maklerin. Da findet man seine Opfer viel schneller, gelle?«

»Sie können mir nichts nachweisen! Ich habe mit all dem Schluss gemacht! Der Mann hat sich freiwillig mit mir eingelassen!«, rief sie plötzlich.

»Jut. Aber warum haben Sie denn für den Drömer gearbeitet? Der brauchte doch einen Informanten bei den Behörden. Ganz nach dem Muster in Berlin.«

»Wie sind Sie dann an den Herrn Drömer gekommen?«, fragte Dombrowski dazwischen.

»Wir haben uns bei der Einweihung eines Projektes in Stuttgart kennengelernt. Er hat sich für meine Arbeit interessiert. Wenig später bot er mir an, ihm bei der Vermarktung von Wohnungen behilflich zu sein.«

»War das vor Ihrer Beziehung zu Herrn Meininger?«, fragte Früh.

»Ja. Den hab ich erst beim Verkauf seines Hauses kennengelernt.«

»Und sofort hat es bei Ihnen geschaltet, wat?«, fragte Stefan Kunze.

»Erst später. Drömer sagte, ich solle den Mann um den Finger wickeln. Was mir dann auch gelang.«

Gerhard Meininger saß auf seinem Stuhl und kochte vor Wut. Er ärgerte sich nicht nur über diese eiskalte und schamlose Betrügerin, nein, auch über sich selbst. Wie konnte es passieren, dass er als Kriminalhauptkommissar auf sie hereingefallen war? Hatte er nicht schon in der Vergangenheit mit solchen Fällen zu tun gehabt? Nichts gelernt, das war das Resümee für Meininger in der ganzen Sache.

»Was haben Sie von Herrn Meininger erfahren?«, fragte Carsten Dombrowski.

»Alles, was ich wollte. Er erzählte mir zum Beispiel, welcher von meinen Bekannten schon eine Vorstrafe hatte und wegen was«, erzählte sie und sah dabei mit einem diebischen Grinsen in Richtung der von ihr vermuteten Kamera. Sie wollte also ihrem Ex-Partner maximal schaden.

»Und im konkreten Fall Drömer. Was haben Sie da erfahren?«

»Eigentlich alles. Er hat die Akten mit nach Hause gebracht und sie mir gezeigt. Was ich da sah, habe ich dann an Drömer weitergegeben.«

»Können Sie uns ein konkretes Beispiel nennen?«, fragte Willi Früh.

»Warum wollen Sie das so genau wissen?«

»Weil wir Ihnen kein Wort glauben! Weil Sie lügen und das ist ja nicht das erste Mal!«, mischte sich Herbert Möller ein.

»Dann glauben Sie doch, was Sie wollen, ist mir doch schnuppe!«, keifte die Frau zurück.

»Wir haben Beweismaterial in Ihrer Wohnung gefunden, das reicht, Sie ein paar Jahre hinter Gitter zu bringen. Sie haben dann genug Zeit, sich Ihrer Situation bewusst zu werden. Ihre Absicht, einem unbescholtenen, verdienten

Kriminalbeamten Schaden zuzufügen, ist nicht gelungen. Ihr Verhalten ihm gegenüber ist verabscheuungswürdig!«, sagte Carsten Dombrowski.

Im nächsten Augenblick hatte er den Inhalt des Trinkbechers von Amelie Hubka im Gesicht.

»Hätte ich die gleiche Kinderstube wie Sie genossen, dann würden Sie von mir schon längst eine Backpfeife verpasst bekommen«, kommentierte der Getroffene.

»Na, mach doch. Du traust dich ja doch nicht!«, schrie die Hubka.

Die Situation drohte zu eskalieren, deshalb beendeten die Ermittler das Verhör an dieser Stelle. Auch Gerhard Meininger hatte genug gesehen, und das Verhalten dieser Frau widerte ihn an. Völlig aufgewühlt verließ er den Raum und ging zurück zu seinem Auto. Er hatte dabei sogar vergessen, sich bei seinen Kollegen zu verabschieden. Als er im Auto saß, musste er noch einmal innehalten. Zum Glück glaubten die Kollegen dieser Frau kein Wort, sonst hätte er mit Sicherheit ein Dienstenthebungsverfahren wegen Geheimnisverrats an der Backe gehabt. Er war aber trotzdem sicher, dass die Sache noch nicht ausgestanden war. Er startete den Motor und wollte gerade losfahren, da wurde er von einem piepsenden und dann kratzenden Geräusch aus seinen Gedanken gerissen. Sofort hielt er an und stieg aus. Er ging um das Fahrzeug herum und sah dann die Bescherung. Er hatte einen großen Stein übersehen, der vor einem Baum abgelegt worden war und verhindern sollte, dass über die Grünfläche gefahren wurde. Der vordere Stoßfänger und der Kotflügel waren völlig verkratzt. Gerhard Meininger fluchte, was das Zeug hielt. Warum hatte er das Warnsignal nicht beachtet? Am liebsten hätte er noch gegen die Tür getreten, konnte sich aber im letzten Augenblick noch beherrschen.

»Wem hab ich heute eigentlich was getan?«, rief er laut und stieg wieder ein.

Vorsichtig fuhr er nun an dem Stein vorbei, um nicht das Auto noch mehr zu beschädigen. Der Erste, der den Schaden bemerkte, war der Pförtner.

»So hot ma scho's nuie Auto he gmacht!«, war dessen hämischer Kommentar.

Meininger antwortete lieber nicht, denn sonst hätte er auch noch eine Beleidigungsklage am Hals gehabt. Auf dem Weg zum Büro erkannte er sofort Pit Börner, der aufgeregt den Flur auf und ab ging.

Als er Meininger entdeckte, stürmte er sofort auf diesen zu.

»Da sind Sie ja endlich, glauben Sie eigentlich ich habe meine Zeit gestohlen?«

»Wenn Sie wüssten, was ich gerade denke ...«, antwortete Meininger genervt.

»Das ist ja unglaublich! Das hat Konsequenzen für Sie!«

»Von mir aus!«, sagte Meininger und ging in das Büro.

Christian Fromm und sein Kollege vom Staatsschutz formulierten gerade den Bericht zur Situation an der Schule.

»Der Typ turnt schon eine ganze Weile da draußen rum! Der ist ziemlich genervt«, berichtete Fromm.

»Ich auch. Ich habe gerade mein neues Auto an einen doofen Stein hängen lassen!«

»Das ist nicht wahr!«

»Doch, leider. Ich könnte im Augenblick vor Wut im Boden versinken!«

»Wie lief es in Tübingen?«

»Ich habe heute feststellen müssen, dass ich beinahe auf eine Heiratsschwindlerin reingefallen bin. Und dass die Dame nicht so heißt, wie sie heißt!«

»Was soll das bedeuten?«

»Das ist nicht Amelie Förster, sondern sie heißt Amelie Hubka und stammt aus Berlin. Alles andere erzähl ich dir später. Ich will euch beide nicht bei der Arbeit stören!«

»Wir sind in ein paar Minuten so weit.«

»Ich brauche noch eine kleine Pause. Ich muss zuerst einmal wieder herunterkommen. Ich gehe hinüber ins Vernehmungszimmer und bereite alles vor. Wird der Blocha auch hergebracht?«

»Ja, so wie besprochen, Blocha und die beiden Franzosen. Die sind schon da und warten getrennt voneinander. Der Blocha ist wohl noch unterwegs hierher.«

»Okay, wenn der eintrifft, gebt mir bitte Bescheid!«

»Klar!«

Meininger ging hinüber in den Vernehmungsraum, der im Augenblick nicht belegt war. Dann setzte er sich auf einen Stuhl und versuchte, durch autogenes Training seine innere Unruhe in Griff zu bekommen. Er spürte deutlich den Pulsschlag der Halsschlagader, sein Blutdruck befand sich im Augenblick sicherlich im roten Bereich. Es dauerte geraume Zeit, bis er wieder das Gefühl hatte, ruhiger zu sein. Es herrschte absolute Ruhe in dem Raum, da man von draußen nichts mitbekam. Dass half Gerhard Meininger sehr. Auf einem Blatt Papier machte er sich Notizen, die als Grundlage für das folgende Verhör dienen sollten. Er versuchte, die Ereignisse vom Freitag, den dreiundzwanzigsten und Samstag, den vierundzwanzigsten Juli, zu rekonstruieren. Alle Stichpunkte, die noch ungeklärt waren, kennzeichnete er mit einem Fragzeichen.

Noch immer hatte er die Ereignisse des Morgens nicht verarbeitet. Immer wieder machte er sich Vorwürfe, weil er den Stein übersah, der sein Auto beschädigt hatte. Aber auch das Verhalten seiner Ex-Partnerin ließ ihm keine Ruhe. Er stand auf, nahm das Blatt Papier und ging wieder zurück ins Büro. Unterwegs traf er Börner, der nervös hin und her ging.

»Was ist denn nun?«, fragte Börner.

»Wir warten auf den Herrn Staatsanwalt und den Herrn Richter. Außerdem kommt es beim Transport von Herrn Blocha aus Rottenburg zu Verzögerungen. Wir warten ja auch schon eine Weile!«

Meininger ging zurück ins Büro und setzte sich an seinen Schreibtisch. Wieder las er seine Notizen durch, korrigierte sie und setzte neue Zeilen dazu. Dann wurde endlich die Ankunft von Rolf Blocha angekündigt. Zeitgleich erschien der Staatsanwalt, sodass das Verhör im großen Besprechungssaal stattfinden konnte. In einem Halbkreis standen Stühle, auf die sich die Verdächtigen setzen sollten. Neben ihnen ihre Anwälte. Rolf Blocha saß mit gesenktem Kopf auf seinem Stuhl. Er wirkte völlig unbeteiligt. Pit Börner widersetzte sich der Anordnung und nahm etwas versetzt Platz. Meininger stand an einer Pinnwand und hatte ein paar kleine Zettel in der Hand. Auf dem Blatt an der Pinnwand hatte er groß Freitag, 23. Juli, geschrieben. Als alle Anwesenden an ihren Plätzen saßen, begann der Kriminalhauptkommissar mit seinen Ausführungen.

»Nachdem sich der Beschuldigte Paul Nevel bereit erklärt hat, eine Aussage zum Mordfall an Zita-Fee Maier zu machen, sahen wir es als notwendig an, alle Beteiligten hierher zu verbringen und gemeinsam zum Fall zu befragen. So, nun legen Sie los!«, sagte Meininger und gab Nevel ein Zeichen.

Zunächst fühlte sich Nevel gar nicht angesprochen. Erst auf zustimmendes Nicken von Pit Börner, begann er mit deutlichem Akzent zu erzählen.

»Bon, alors. Zita und ich waren auf Boot alleine. Wir haben Jean ein wenig Alkohol zu trinken gegeben, damit er schläft.«

»Wann war das?«, fragte Meininger dazwischen.

»Samstagabend.«

»Mich würden die Vorkommnisse auch am Freitag interessieren! Also, was geschah am Freitag, nachdem Sie am See angekommen sind?«

»Par bleu, das ist doch nicht wichtig! Am Samstagabend kam die Frau plötzlich her und wollte unbedingt auf das Boot. Sie sagte, sie wolle mit Zita etwas Wichtiges besprechen, aber ohne mich! Zita hat nicht gewollt, dass sie uns stört. Sie war sehr böse, aber ihre Mutter hat nicht gehört und ist einfach zu uns an Bord gekommen. Sie haben sich gestritten, unten in der Kabine. Ihre Mutter wusste, was wir vorhatten und wollte dabei sein.«

»Was wollten Sie machen? Von was erzählen Sie?«, mischte sich der Staatsanwalt ein.

»Diese Leute in der Schweiz holen und nach Deutschland bringen!«

»Also haben Sie als Menschenschlepper fungiert!«

»Oui. Wir sind dann ohne Jean losgefahren, der schlief immer noch, aber auf einer Bank am Ufer. Wir haben die Leute abgeholt. Zita ist über den See gefahren bis zum Treffpunkt!«

»Wo war das?«

»Ich weiß nicht, es war dunkel. Zita wusste das alles. Sie hat das schon mehrmals gemacht. Sie hat mich nur mitgenommen, weil sie Angst vor diesen Leuten hatte.«

»Um wie viel Uhr soll das gewesen sein?«

»Ich weiß nicht, es war schon dunkel.«

»Was passierte dann?«

»Wir haben die Leute abgeliefert und das Geld dafür bekommen. Ich musste es bei einem Mann holen, der am Ufer wartete.«

»Können Sie uns den Mann beschreiben?«

»Nein, es war doch dunkel und er hat nichts gesprochen!«

»Ich bin dann an Bord gegangen. Zita ist zurückgefahren und wir haben uns das Geld geteilt.«

»Wie viel war das?«

»Zweitausend Euro.«

»Was geschah dann?«

»Die Mutter wollte auch etwas von dem Geld haben und wieder begannen die Frauen zu streiten. Zita ging nach oben und änderte den Kurs. Ihre Mutter ist mit ihr nach oben gegangen. Beide hatten wieder Streit und schrien sich an.«

»Wegen was haben sie sich gestritten?«

»Wegen uns, also mir und Jean. Sie wollte nicht, dass wir uns mit Zita treffen.«

»Aha, was geschah dann?«

»Plötzlich schrie Zita merkwürdig, und ich hörte, wie sie ins Wasser gefallen war. Ich ging nach oben und sah ihre Mutter, wie sie etwas ins Wasser geworfen hat. Ihre Bluse war voll mit Blut. Ich bin dann ins Wasser gesprungen und zum Ufer geschwommen. Ich hatte Angst, dass sie mich auch tötet!«

»Wie weit waren Sie von Ufer weg?«

»Nicht besonders. Das Boot hatte schon am Grund gekratzt.«

»Und was haben Sie dann gemacht?«

»Ich bin zum Bahnhof gegangen und habe gewartet, bis am anderen Morgen ein Zug kam. Ich bin dann zurück nach Straßburg gefahren.«

»Ohne Ihrem Freund Bescheid zu geben?«

»Ich konnte ja nicht! Mein Handy war ins Wasser gefallen und zum Hafen kam ich auch nicht mehr, weil ich diese Karte nicht mehr hatte.«

»Die Karte, die den Zutritt zum Bootsgelände gestattet?«

»Ja, die lag im Boot.«

»Herr Nevel, Ihre Aussage werden wir überprüfen! Wir werden Frau Maier natürlich befragen.«

Plötzlich sah der Franzose zuerst Meininger und dann seinen Anwalt erstaunt an. Pit Börner sah wiederum den Anwalt von Rolf Blocha erstaunt an.

»Sie ist nicht tot?«, fragte Nevel erstaunt.

»Woher wissen Sie, dass Frau Maier tot ist?«

»Von mir! Sie wissen schon, dass Sie hier keine Märchen erzählen dürfen, Herr Kommissar?«, empörte sich Pit Börner. »Ich habe mit meinem Kollegen ein paar Worte gewechselt, da kam der Freitod der Frau Maier zur Sprache!«

»Und dann haben Sie dem Herrn Nevel geraten, uns diese schöne Geschichte zu erzählen!«

»Hören Sie mal! Wollen Sie mir unterstellen, ich hätte meinen Mandanten zu einer Falschaussage bewogen?«

»Ich unterstelle gar nichts! Ich glaube die Geschichte einfach nicht! Weil Frau Maier zu diesem Zeitpunkt gar nicht am Bodensee war«, antwortete Meininger.

»Woher wissen Sie das?«, fragte Börner nach.

»Sie hat es uns nachvollziehbar versichert.«

»Kann ich die Aussage der Frau Maier einsehen?«, fragte Börner.

»Hier schauen Sie«, sagte Meininger und reichte dem Anwalt die Mappe. »Wir wollen zunächst einmal den Ablauf des gesamten Wochenendes rekonstruieren«, fuhr Meininger fort. »Wir haben nach Auswertung der Überwachungskamera auf dem Hafengelände festgestellt, dass Zita-Fee Maier am Freitag den dreiundzwanzigsten Juli, gegen siebzehn Uhr am Boot ihres Vaters angekommen war. Wenig später kamen die Herren Nevel und Testard hinzu. Paul Nevel und Zita-Fee Maier bereiteten alles Nötige für ihre

Fahrt in der Nacht vor. Die Fahrt sollte von einem Grundstück in der Nähe von Arbon an das gegenüberliegende Ufer bei Friedrichshafen gehen. Da das Ganze in der Nacht stattfinden sollte, musste das Radargerät und der Routenplaner mit den Streckendaten programmiert werden. Zita-Fee Maier konnte das, denn sie hatte schon öfter solche Fahrten unternommen. Dann verließen sie den Hafen Ultramarin in Richtung Schweiz. Dort holten sie eine Anzahl Personen ab. Wie viele, Herr Nevel?«

Der Befragte hatte es vorgezogen, wieder zu schweigen.

»Okay, spielt im Augenblick keine Rolle. Diese Personen wurden nach Friedrichshafen gebracht, wo sie schon erwartet wurden.«

Wieder schwieg Nevel.

»Anschließend sind sie gemeinsam zurückgefahren. Kommen wir nun zum Samstag. Jean Testard geht am frühen Morgen zurück auf das Boot. Er war in der Nacht bei einem Mädchen, das er am Vorabend kennengelernt hatte. Er frühstückt, während die anderen noch schlafen. Dann legte er sich auf das Vorderdeck und sonnt sich. Plötzlich sieht er einen Mann, der mit dem Fahrrad neben dem Boot steht. War es dieser Mann da?«, fragte Meininger und deutete auf Rolf Blocha.

»Oui, ja!«, antwortete Testard.

»Um wie viel Uhr war das?«

»Kurz vor zwölf. Ich wollte ins Dorf, noch schnell was für den Abend einkaufen. Da dachte ich, ich schau mal bei Zita vorbei. Aber dann sah ich den Mann da liegen und bin gleich wieder gegangen!«, erzählte Blocha leise.

»So, So. Und was geschah dann?«

Hinterher reimte sich Kriminalhauptkommissar Meininger den Ablauf etwa so zusammen: Am Nachmittag begannen Nevel und Testard zu trinken. Nevel hatte die

Absicht, seinen Freund betrunken zu machen, damit dieser für die nächste Aktion am Abend nicht im Wege stand. Das gelang ihm offenbar, denn noch vor Sonnenuntergang schlief Testard bereits. Kurz bevor Nevel und Zita-Fee Maier den Hafen wieder verließen, verfrachteten sie Testard auf eine Parkbank in der Nähe. Dann begann die zweite Fahrt in die Schweiz. Wieder klappte alles wie am Schnürchen, bis auf die Ankunft in Friedrichshafen. Dort musste etwas geschehen sein, was nicht vorgesehen war. Denn nun fährt das Boot nicht direkt zurück zum Hafen, sondern zuerst in Richtung Schweiz und erst dann nach Langenargen. Etwa gegenüber der Argenmündung fand Zita-Fee Maier den Tod. Dort wurden ihr Leiche und ihre Kleider ins Wasser geworfen. Was war der Grund für den Tod der jungen Frau? Gab es vorher Streit? Wenn ja, mit wem? Er konnte sich vorstellen, dass es wegen des Geldes war. Maier und Nevel wollten sich ursprünglich die Belohnung teilen. Aber Zita-Fee wollte mehr, weil sie ja das Boot stellte und auch noch das Benzin bezahlen musste.

»Wir wissen, dass Zita-Fee Maier eine sehr streitlustige und gewaltbereite Person war. Wollte Zita-Fee Maier Sie auf dem Boot erschießen, Herr Nevel?«, fragte Meininger.

Der Angesprochene schaute den Kommissar mit großen Augen an und rief: »Non!«

»Wir wissen, dass die Ermordete eine Pistole aus dem Tresor ihres Vaters entwendet hat! Für welchen Zweck hatte sie diese Waffe an sich genommen?«

»Sie wollte sich vor den Männern schützen, die wir abgeholt haben. Es waren alles Araber und Nordafrikaner!«, antwortete Nevel plötzlich.

»Wo ist die Waffe jetzt?«, fragte Pit Börner.

»Das wissen wir nicht. Wir vermuten, dass sie auf dem Grund des Sees liegt«, antwortete Meininger.

»Woher wissen Sie, dass Zita-Fee Maier die Waffe entwendet hat? Ihr Vater könnte diese auch der Tochter mal gezeigt haben, die lag doch bestimmt in einer Schublade!«

»Nein. Der Herr Richter Maier hat das Fehlen der Waffe erst auf unsere Nachfragen hin bemerkt.«

»Wer hat Ihnen das mit der Waffe erzählt?«, fragte Börner weiter.

»Ich war das! Zita hat mir in der Osternacht erzählt, wo die Waffe liegt und wie man herankommen konnte«, mischte sich Blocha ein.

»Also, Herr Nevel, Zita hat Sie mit der Waffe bedroht, da haben Sie sich mit dem Messer gewehrt. Sie hat mal wieder den Verstand verloren gehabt, stimmt das?«

»Non! Ich war gar nicht auf dem Boot!«

»Wo waren Sie dann zum Zeitpunkt des Todes ihrer Freundin?«

»Ich bin in der Schweiz geblieben!«

»Gibt es dafür Zeugen?«

Wieder schwieg Nevel.

»Sie haben für die Samstagnacht zur Tatzeit kein Alibi. Wir haben auf dem Boot viele Fingerabdrücke sichern können und es sind mehrheitlich Ihre. Die Geschichte mit der Mutter hat Sie verraten, denn von der Mutter haben wir absolut keine Spuren gefunden. Sie waren es, der Zita-Fee Maier getötet hat. Wenn Sie uns die Wahrheit sagen, können wir uns vorstellen, sogar eventuell den Notwehrparagrafen anzuwenden. Ansonsten wartet auf Sie ein Prozess wegen Mordes!«

»Ich war es nicht! Nein! Nein!«, rief Nevel und schlug dabei mehrmals auf den Tisch.

»Dann erzählen Sie uns die wahre Geschichte und keine Märchen!«

»Moment, ihre Beweislage gegen meinen Mandanten

reicht bei Weitem nicht aus, um ihn anzuklagen! Wir wissen nicht, ob Herr Testard oder Herr Blocha nicht doch an Bord des Bootes waren. Deshalb plädiere ich für die sofortige Freilassung meines Mandanten!«

Plötzlich gab es ein Wortgefecht zwischen den beiden Franzosen. Meininger verstand nur teilweise, was gesagt wurde, weil die beiden sehr schnell sprachen. Er war aber der Ansicht, dass Testard Nevel aufforderte, endlich die Wahrheit zu sagen. Der schüttelte energisch den Kopf. Man konnte den Eindruck gewinnen, dass Nevel Angst hatte.

»Ich war am Samstagnachmittag gar nicht betrunken«, sagte Testard ziemlich erregt. »Ich habe es nur vorgetäuscht. Mein Vater hat im Elsass ein Weingut und ich kann gut trinken. Ich habe mich betrunken gestellt und legte mich schlafen. Das habe ich gemacht, weil ich am Freitag in der Tasche von Zita diese Pistole gesehen habe. Sie war verziert. Außerdem habe ich eine Seekarte gesehen, auf der eine Route eingezeichnet war. Paul sagte zu mir, er wolle sich mit Zita ein schönes Wochenende auf dem Boot machen und ich solle mitkommen. Also bin ich halt mitgegangen. Er hat gesagt, dass wir sogar etwas Geld verdienen können. Am Freitag habe ich dieses Mädchen mit dem Fahrrad kennengelernt. Wir haben eine Pizza im Hafen gegessen und dann sind wir zu ihrem Boot gegangen. Am Samstag ist sie leider wieder nach Hause gefahren. Da musste ich morgens zurück zum Boot. Paul und Zita haben noch geschlafen, da habe ich die Karte angeschaut. Ich habe gesehen, wo sie in der Schweiz an Land gegangen sind und wo sie in Friedrichshafen angelegt haben. Dann habe ich Geld gefunden. Viel Geld. Ich habe es nicht gezählt, denn Paul war aufgewacht. Ich bin dann auf das Deck gegangen und habe mich gesonnt. Dann kam dieser Mann da! Später haben wir Karten gespielt und viel Bier getrunken. Ich habe mich dann oben auf dem Deck schlafen gelegt. Dann haben die beiden um das Geld gestritten. Es war nicht der ausgemachte Betrag. Zita hat gesagt, Paul solle den Leuten das Geld abnehmen und in der Schweiz bleiben. Zita wollte sich um den Kerl kümmern, der uns betrogen hat.«

»Wurde der Mann mit Namen genannt?«

»Non!«, mischte sich plötzlich Nevel ein.

»Kannte sie den Mann?«

»Non. Zita ist mit den Leuten an Land gegangen. Sie hat das Geld entgegengenommen!«

»Kannte Zita also den Mann?«

»Ich weiß nicht, sie sprach nicht über ihn. Sie sagte aber, dass sie sich von dem nicht noch einmal hereinlegen lassen wolle.«

»Hat sie die Waffe deswegen mitgenommen?«

»Nein, am Anfang nicht, aber dann hat sie gesagt, sie werde den Mann umlegen und wir ziehen das Geschäft alleine durch. Der Kontaktmann hatte ihr gezeigt, wohin die Männer gebracht werden sollen.«

»Was geschah dann?«

»Wir sind in die Schweiz gefahren und haben acht Männer getroffen. Ich habe das Geld genommen und Zita fuhr mit ihnen nach Deutschland. Sie hatte eine Perücke aufgezogen und einen Bart angeklebt. Sie wollte wie ein Mann aussehen. In der Nacht ist der Unterschied nicht aufgefallen. Dann habe ich sie nicht mehr gesehen. Ich habe am Strand geschlafen und bin am Sonntag mit dem Schiff nach Friedrichshafen zurückgefahren. Ich habe dann Jean angerufen, dass er zum Bahnhof kommen solle. Wir sind dann zurück nach Hause gefahren.«

»Stimmt das, Herr Testard?«

»Ja. Er hat mir gesagt, dass Zita einen Mann umbringen wolle und er nicht darin verwickelt sein möchte. Wir haben das Geld geteilt und sind zurück gefahren. Paul hat ein paar Tage später bei Zita angerufen«, antwortete Jean Testard.

»Ihre Mutter war am Telefon sehr komisch. Sie sagte mir nicht, wo Zita ist. Ich konnte mir denken, dass ihr etwas zugestoßen ist. Da habe ich beschlossen, die Waffe zu holen, die ich bei ihr versteckt habe«, ergänzte Paul Nevel.

»Klingt plausibel, ist aber nicht wahr! Bringen Sie das Ticket vom Schiff und Sie sind raus aus der Sache!«

»Soll ich in den See springen und nach dem Ticket tauchen?«, brüllte Nevel.

»Sie können meinem Mandanten die Tat nicht zweifelsfrei nachweisen! Bringen Sie uns die Waffe, bringen Sie uns einen Zeugen! Sie wissen doch selbst, dass die Indizienlage äußerst dünn ist. Also, sage ich es noch einmal, mein Mandant ist unschuldig!«, mischte sich Pit Börner ein.

Gerhard Meininger ging zum Fenster und ließ die anderen diskutieren. Er sah hinunter auf den Parkplatz. Er betrachtete die Autos, die da unten standen. Da stand auch sein Eigenes. Wieder kam ihm der Ärger über sein Missgeschick hoch. Was der Schaden wohl kostete? Plötzlich wurde vorsichtig die Tür geöffnet. Gernot Maier trat ein und nickte allen Anwesenden zu. Meininger deutete Maier an, dass er auf seinem Stuhl Platz nehmen könne. Maier setzte sich und schaute gespannt in die Runde. Sein Blick war wie versteinert. Plötzlich ergriff Rolf Blocha das Wort.

»Der junge Mann ist unschuldig, das stimmt«, sagte Blocha mit ruhiger Stimme.

»Können Sie das bezeugen?«, fragte Meininger nach.

»Ja, er war nicht auf dem Boot, als es in Friedrichshafen anlegte.«

»Woher wissen Sie das?«

»Weil ich dort war. Ich habe alles gesehen.«

»Dann sind Sie der Mann, der die Flüchtlinge einschleuste?«

»Nein, aber ich habe den Kerl gesehen. Allerdings habe ich ihn nicht erkannt.«

»Woher wussten Sie dann von der Sache?«

»Zita hat mir in der Nacht, in der wir uns liebten, erzählt, dass sie einen guten Nebenjob habe. Sie helfe armen Menschen zu uns zu kommen und bekomme Geld dafür. Nicht viel, aber ihr reiche das. Ich habe sie gefragt, wie das abläuft. Sie hat mir alles erklärt und sogar die Stelle gezeigt, wo die Menschen nach Deutschland eingeschleust werden. Ich bin am Samstagabend mit dem Rad dorthin gefahren, nachdem ich gesehen habe, dass das Boot nicht mehr an seinem Liegeplatz war. Ich habe mich auf dem Gelände in Friedrichshafen versteckt. Das geht ganz gut, denn dort steht allerlei Schrott herum. Ich musste lange warten, bis ein weißer Sprinter angefahren kam. Er fuhr rückwärts in das Grundstück. Ein Mann stieg aus und wartete. Dann kam ein weiterer hinzu. Es muss so um elf Uhr gewesen sein, als plötzlich das Boot auftauchte. Es ging alles ziemlich schnell. Ich weiß nicht, wie viele Männer von Bord gingen. Sie begaben sich direkt zu dem Sprinter und verschwanden auf der Ladefläche. Dann fuhr der Sprinter weg. Der Mann blieb zurück und ging zum Boot. Ich konnte hören, wie er laut geschrien hat: ›Was soll das?‹ Dann fuhr das Boot wieder ab. Ich habe den Mann und Zita an Bord gesehen«, erzählte Blocha und senkte dabei den Kopf.

»Und Sie sind sicher, dass es nicht dieser Mann da war?«, fragte Meininger und zeigte auf Paul Nevel.

»Ja, ganz sicher. Der Mann war kleiner als Zita und breiter gebaut. Und ich habe sein Auto gesehen.«

Jetzt knisterte die Spannung im Raum. Sprach der Lehrer tatsächlich die Wahrheit oder fantasierte er?

»Können Sie uns das Auto beschreiben?«

»Ja, es war ein grüner Jaguar. Er hatte eine Tübinger Nummer.«

Nun schauten sich alle erstaunt an. Meininger grübelte kurz, stand auf und sah noch einmal auf den Parkplatz hinunter. Dann ging er zurück zum Tisch, auf dem die Akten lagen. Er nahm den Hefter, in dem die Aussage von Margit Maier-Hof abgelegt war, wieder an sich.

»Da unten auf dem Parkplatz steht ein grüner Jaguar, wem gehört der?«, fragte er schließlich.

Nach einer kurzen Pause meldete sich Pit Börner: »Der gehört mir, na und?«

»Waren Sie am Samstag, den vierundzwanzigsten Juli, am Bodensee?«

»Beweisen Sie es mir!«

»Auf diesem Ordner sind Ihre Fingerabdrücke. Wir werden sie sofort mit den auf der Jacht gefundenen und noch keiner Person zugeordneten vergleichen«, sagte Meininger.

»Bis dahin verlassen Sie diesen Raum nicht mehr! Wir beenden die Vernehmung der anderen Beschuldigten. Ich ordne hiermit ihre Freilassung an, sofern Sie nicht an anderen Straftaten beteiligt waren«, sagte der Untersuchungsrichter.

»Viel Vergnügen, Sie werden nichts finden, gar nichts!«, sagte Börner grinsend.

Christian Fromm eilte mit dem Ordner aus dem Raum, um die Fingerabdrücke von Börner zu sichern.

»Warum haben Sie uns nicht schon vorher die Wahrheit gesagt, Herr Blocha?«, fragte Meininger, der den Lehrer beiseitegenommen hatte.

»Weil ich Angst hatte. Ich wusste, dass wenn ich auspacke, mein Leben in Gefahr ist. Diese Halunken scheuen doch nicht vor einem Mord zurück. Zita hat mir erzählt, dass der da einen Flüchtling in den See gestoßen hat, weil er zu wenig Geld dabei hatte! Das arme Schwein ist jämmerlich ertrunken!«

»Was hat Zita dazu gesagt?«, fragte Meininger.

»Sie wollte es ihm heimzahlen. Bei passender Gelegenheit!«

»Warum hat Zita ihrem Vater nichts davon erzählt?«

»Der war mehr mit seiner Karriere beschäftigt, als sich für die Probleme seiner Tochter zu kümmern!«

Gernot Maier fixierte den Lehrer mit einem hasserfüllten Blick.

Inzwischen saß nur noch Börner, außer den Ermittlern, als Beschuldigter in dem Raum. Die Tür wurde geöffnet und Fromm kam freudestrahlend herein.

»Volltreffer!«, sagte er nur.

Pit Börner kommentierte das Ganze nur mit einem Kopfschütteln.

»Sie glauben uns nicht? Sie sind sich ja ganz sicher, gell. Denn Sie haben ja alles über Bord geworfen, was irgendwie DNA-Spuren von Ihnen aufweisen könnte. Dann haben Sie sogar den Boden geputzt, wegen der Fußabdrücke. Ich sage Ihnen, wo wir die Fingerabdrücke gefunden haben. Sie müssen wohl zur Toilette gegangen sein. Denn am Deckel der Klobrille haben wir diese Fingerabrücke sichergestellt. Und es sind zu hundert Prozent die Ihrigen! Sie wissen hoffentlich, was das bedeutet!«

Pit Börner saß da und überlegte. Dann lachte er kurz auf.

»Die wollte mich doch tatsächlich abknallen! Die schoss auf mich!«, brüllte er plötzlich.

»Sie hat Sie wohl nicht getroffen!«, fragte Meininger nach.

»Nein, es war ja dunkel. Sie hat wohl nur eine Patrone in der Waffe gehabt oder das Ding streikte. Die hat nachgeladen und es hat nur Klick gemacht. Ich rannte hinunter in die Küche in Deckung, da habe ich die Messer gesehen und mir eines genommen. Als sie bemerkt hat, dass die Waffe nicht mehr funktionierte, wollte sie auch nach unten in die Küche. Ich bin inzwischen wieder nach oben gegangen. Es kam zu einer Rangelei. Sie hat sich gewehrt wie ein wildes Tier. Dann hat sie mich in den Unterleib getreten, da hab ich zugestochen. Sie sackte zusammen und fiel sofort über Bord. Ich hab alle Sachen von ihr in den See geworfen und bin dann irgendwo ans Ufer gefahren. Ich weiß nur, dass das Wasser nicht tief war, weil das Boot aufsetzte. Dann bin ich am frühen Morgen mit dem Zug zurück nach Friedrichshafen gefahren«, sagte der Anwalt und starrte ins Leere.

»Unter Umständen kommt bei der Tat der Notwehrparagraf bei Ihnen zur Anwendung. Für die Schleppertätigkeit müssen Sie sich aber in der vollen Gänze des Strafrechtes verantworten«, sagte der Staatsanwalt.

»Wieder einer von vielen Anwälten, die der Geldgier zum Opfer gefallen ist. Wir haben zu viele Anwälte, die ohne ausreichendes Auskommen bleiben. Die sind dann besonders anfällig für illegale Machenschaften!«, fügte der Haftrichter hinzu.

Gernot Maier blieb auf seinem Stuhl sitzen und schlug sich die Hände vors Gesicht. Er hatte nun niemanden mehr, mit dem er zu streiten hatte, auf den er für die Zukunft setzen konnte. Der einst so geachtete und gefürchtete Richter war nun ein gebrochener Mann. Irgendwann stand er auf und verließ wortlos den Raum.

Meininger und seine Kollegen saßen anschließend noch zu einer Nachbesprechung im Besprechungsraum beieinander.

»Unglaublich! Da denkt man, dass ein intelligenter Mensch wie ein Rechtsanwalt es nun mal sein müsste, zu solch einer Tat nicht fähig sein kann. Er kennt doch eigentlich die Konsequenzen ganz genau!«, sinnierte Meininger.

»Vielleicht hat der Mann in seinem bisherigen Berufsleben keine Rückschläge hinnehmen müssen. Da wird man zuweilen leichtsinnig, man glaubt unangreifbar zu sein!«, antwortete Fromm.

»Tja, da kann ich ein Lied davon singen! Ich habe in den letzten Tagen auch eine schmerzvolle Erfahrung machen müssen!«, sagte Meininger.

»Du meinst die Sache mit seinem Kotflügel?«, fragte Fromm nach.

»Quatsch, ich hab doch Vollkasko! Das wird nächste Woche gerichtet! Nein, die Erfahrung mit dieser Frau. Ich kann nicht sagen, dass mich das Ganze kalt lässt. Ich dachte auch, dass mich die Erfahrung in meinem Job vor solch einer Enttäuschung schützt. Pustekuchen!«

»No woman no cry! Kann ich da nur sagen!«, meinte Carsten Dombrowski, der seit seiner Scheidung eingefleischter Single war, mit einem schelmischen Lächeln.

Werner Kehrer

ist in Reutlingen geboren und lebt mit seiner Familie in Metzingen-Neuhausen. Er arbeitet als Ausbildungsmeister für Elektroniker, ist Hobby-Wengerter und schreibt seit 2007 Schwabenkrimis mit Hauptkommissar Gerhard Meininger als leitendem Ermittler.

Dieser Kriminalroman spielt an realen Schauplätzen.
Alle Personen und Handlungen sind frei erfunden.
Sollten sich dennoch Ähnlichkeiten mit lebenden oder verstorbenen Personen ergeben, so sind diese rein zufällig und nicht beabsichtigt.

Postfach 16 42 · 72706 Reutlingen

Titelfoto: © Adobe Stock
Gestaltung: PMP Agentur für Kommunikation, Reutlingen
Lektorat: Bernd Weiler
Korrektorat: Sabine Tochtermann
Satz: Uhl + Massopust, Aalen
Druck und Bindung: CPI books GmbH, Leck
Printed in Germany
ISBN 978-3-96555-066-7